GERTRUDES E CLÁUDIO

JOHN UPDIKE

Gertrudes e Cláudio

Tradução
Paulo Henriques Britto

COMPANHIA DAS LETRAS

Título original
Gertrude and Claudius

Capa
João Baptista da Costa Aguiar
sobre *Retrato de um homem e uma mulher na janela,*
têmpera s/ madeira de Fra Filippo Lipi (c. 1406-69)

Preparação
Eliane de Abreu Santoro

Revisão
Carmen S. da Costa
Isabel Jorge Cury

Os fragmentos de poemas foram extraídos de *Lyrics of the Troubadours and Trouvères: An Anthology and a History*, editado por Frederick Goldin (Nova York: Doubleday and Co., 1973; reimpresso em Goucester, Mass.: Peter Smith, 1983).

Dados Internacionais de Catalogação na Publicação (CIP)
(Câmara Brasileira do Livro, SP, Brasil)

Updike, John
Gertrudes e Cláudio / John Updike ; tradução Paulo Henriques Brito. — São Paulo : Companhia das Letras, 2001.

Título original: Gertrudes and Claudius
ISBN 85-359-0157-4

1. Romance norte-americano I. Título.

01-3317 CDD-813.5

Índices para catálogo sistemático:
1. Romances : Século 20 : Literatura norte-americana 813.5
2. Século 20 : Romances : Literatura norte-americana 813.5

[2001]

EDITORA SCHWARCZ LTDA.
Rua Bandeira Paulista 702 cj. 32
04532-002 — São Paulo — SP
Telefone (11) 3846-0801
Fax (11) 3846-0814
www.companhiadasletras.com.br

Para Martha

De dezir mos cors no fina
vas selha ren qu'ieu pus am

GERTRUDES E CLÁUDIO

Prefácio

Os nomes utilizados na Primeira Parte foram extraídos da versão antiga da lenda de Hamlet contida na *Historia danica* de Saxo Grammaticus, texto latino do final do século XII publicado pela primeira vez em Paris em 1514. As grafias utilizadas na Segunda Parte seguem o quinto volume das *Histoires tragiques* de François de Belleforest, uma adaptação livre da obra de Saxo publicada em Paris em 1576 (em *Sources of Hamlet*, de Sir Israel Golancz [1926], consta a reimpressão da edição de 1582) e traduzida para o inglês em 1608, provavelmente devido à popularidade da peça de Shakespeare. O nome Corambis aparece na versão do Primeiro Quarto (1603) e reaparece como Corambus em alemão na obra *Der bestrafte Brudermord oder Prinz Hamlet aus Daennemark* (publicada pela primeira vez em 1781, com base num manuscrito perdido datado de 1710), uma versão muito abreviada e corrompida ou da peça de Shakespeare ou do chamado *Ur-Hamlet*, obra perdida da década de 1580 que, segundo uma conjectura plausível, teria sido escrita por Thomas Kyd e adquirida para ser trabalhada pelos Chamberlain's Men, a companhia teatral à qual pertencia Shakespeare. São do texto de Shakespeare os nomes utilizados na Terceira Parte.

I.

O rei estava encolerizado. Sua filha, Gerutha, embora não passasse de uma mocinha rechonchuda de dezesseis anos, havia manifestado relutância quanto ao plano de casar-se com o nobre escolhido por seu pai, Horwendil, o Juto, um guerreiro musculoso adequado sob todos os aspectos, até onde era possível um juto ser um noivo à altura de uma donzela da Selândia nascida e criada no castelo real de Elsinore. "Desobedecer ao rei é traição", disse Rorik, admoestando a filha, cujas faces de tez fina estavam rubras de rebeldia e indignação. "Quando o culpado é a única princesa do reino", prosseguiu ele, "o crime torna-se incestuoso e autodestrutivo."

"Adequado sob todos os aspectos para *o senhor*", disse Gerutha, fiel a seus próprios instintos; o brilho real de seu pai afastava para os cantos mais remotos de sua mente toda e qualquer sombra. "Eu, porém, acho que lhe falta sutileza."

"Sutileza! Ele tem toda a argúcia de guerreiro de que necessita um dinamarquês leal! Horwendil matou o verdugo de nossas costas, o rei Koll, da Noruega, segurando sua espada longa com as duas mãos, desse modo expondo o próprio peito; mas antes que o outro pudesse feri-lo ele destroçou o escudo do norueguês e amputou-lhe o pé, fazendo-o esvair-se em sangue! Enquanto jazia, transformando em lama as areias sob seu corpo, Koll fez certas exigências a respeito de seu funeral, que seu jovem matador generosamente aceitou."

"Imagino que tal conduta passaria por sutil", disse Gerutha, "na idade das trevas, num tempo em que os feitos das sagas estavam se desenrolando, e homens, deuses e forças da natureza se confundiam."

Rorik protestou: "Ninguém mais moderno que Horwendil — o valoroso filho de Gerwindil, meu companheiro de batalhas. Ele vem se revelando um excelente co-governador da Jutlândia, juntamente com seu irmão, Feng, que me causou impressão menos favorável. Aliás, um excelente governador por si só, por assim dizer, já que Feng vive no sul, lutando em favor do imperador do Sacro Império Romano ou quem quer que confie em seu braço e em sua língua ágil. Lutando e fornicando, segundo se diz. O povo o ama. Refiro-me a Horwendil. Não ama a Feng".

"Pois as exatas qualidades que granjeiam o amor do povo", retrucou Gerutha, o rubor das faces lentamente diminuindo à medida que passava o momento do confronto mais direto entre pai e filha, "podem vir a dificultar o amor individual. Nos nossos rápidos contatos, Horwendil trata-me com uma cortesia insensível e impessoal — como se eu fosse um ornamento da corte cujo valor derivasse de minha condição de filha do rei. Ou então ele olha-me sem nem sequer me ver, atento apenas para o que fazem os outros homens, seus rivais. É esse o homem galante que, tendo colocado Koll e uma quantidade suficiente de ouro no navio negro enterrado que o levaria para a outra vida, perseguiu e estraçalhou a irmã do homem que ele matara, Sela, sem manifestar a mais mínima consideração por ser ela mulher."

"Sela era uma guerreira, uma pirata, igual a qualquer homem. Merecia uma morte de homem."

Aquela expressão indignou Gerutha. "Será a morte de uma mulher coisa menor do que a morte de um homem? A meu ver, a morte de um homem ou de uma mulher é exatamente tão grande quanto tem de ser, tal como a lua quando escurece o sol, eclipsando a vida por completo, até o último suspiro, um suspiro porventura causado pelas oportunidades perdidas e a felicidade desperdiçada. Sela era uma pirata, mas nenhuma mulher quer ser apenas um móvel, uma coisa que se negocia, compra e depois senta em cima."

Essa definição desafiadora, pronunciada pelo belo rosto corado de sua filha, fez Rorik levantar as sobrancelhas grisalhas em sincronia com o lábio superior, do qual pendia um bigode longo e flácido. O lábio deteve-se no momento em que a gargalhada instintiva e indulgente foi contida e endurecida, por motivos de Estado, num esgar feroz. Rorik dizia a si próprio que tinha de ser severo. Sua boca era carnuda, retorcida e vermelha entre o bigode e a barba encanecida e desordenada. Seria feio, não fosse pai dela. "Desde a morte precoce de tua mãe, minha querida filha, tua felicidade é minha maior preocupação. Mas prometi-te em casamento a Horwendil, e se palavra de rei volta atrás, todo o reino desaba. Durante os três anos em que Horwendil saqueou a Noruega, arrancando troféus do tesouro de Koll e do palácio de Sela, para não falar em mais de uma dúzia de portos ricos na Suécia e na Rússia, ele cedeu a mim, como seu suserano, o melhor do butim."

"E eu serei o butim dado em troca", observou Gerutha. Era uma moça robusta, tranqüila, pura e sensata. Se sua beleza tinha um senão, era uma pequena falha entre os dentes incisivos, como se um sorriso excessivamente largo houvesse aberto aquele espaço para sempre. Seus cabelos, soltos como convinha a uma virgem, eram vermelhos como cobre diluído pelo estanho da luz solar. Havia um calor a seu redor, uma aura perceptível desde a infância; suas amas, nas gélidas câmaras de Elsinore, cujos assoalhos eram cobertos de palha, gostavam de apertar contra o peito seu corpinho elástico. As pulseiras de bronze retorcido, os broches que formavam um labirinto de fitas entrelaçadas e um pesado colar de escamas de prata fina indicavam um generoso amor paterno. A mãe, Ona, era apenas uma lembrança evanescente, pois morrera quando a menina tinha três anos; a mesma sezão que matou a mãe frágil poupou a filha robusta. Ona era morena, uma cativa vêneta. Um rosto sério de pálpebras baixadas e sobrancelhas espessas, uma melodia cantada com um sotaque cuja estranheza era percebida até por uma criança pequena, o toque de dedos carinhosos mas frios formavam todo o repertório de reminiscências maternas na memória de Gerutha. A jovem gostou de ficar sabendo, ao ouvir seu pai falar de Sela, que uma mulher podia ser uma guerreira. Sentia que em suas próprias veias corria sangue de guerreiros — o orgulho, a ousadia dos guerreiros. Outrora, três ou quatro anos após a morte da mãe, parecia-lhe que ela e as crianças com quem brincava, na ausência de irmãos — filhos de cortesãos e criados, de damas de companhia, até mesmo de escravos da cozinha, segundo os costumes rústicos de Elsinore —, tinham todas a mesma condição. Então, muito antes de a puberdade despertar nela qualquer anseio por um companheiro, deu-se conta da presença do sangue real de seu pai dentro dela. Não tendo irmão varão, ela era a mais próxima do trono, e essa proximidade seria assumida pelo homem que ela desposasse. Assim, uma parte do poder de Estado pertencia a ela, naquele desigual conflito de vontades.

Perguntou-lhe o pai: "Que defeito percebes em Horwendil?".

"Nenhum — o que por si só talvez já seja um defeito. Dizem-me que a esposa completa um homem, e Horwendil já se sente completo."

"Nenhum homem sem esposa se sente completo, ainda que não o admita", disse Rorik, ele próprio um homem sem esposa, com voz séria.

Seria uma tentativa de enternecê-la, para que ela se submetesse à sua vontade com mais facilidade? Que mais cedo ou mais tarde ela haveria de ceder era algo que ambos sabiam. Ele era rei, todo substância, de essência imortal, e ela tinha apenas uma beleza efêmera, que pouco contava em meio aos imperativos históricos das dinastias e das alianças. "Dize-me", Rorik insistiu, "é mesmo impossível que Horwendil venha a agradar-te? Já tens uma visão tão bem formada de como deve ser um marido? Pois acredita no que te digo, Gerutha: no rude mundo dos homens, ele é dos melhores. Tem consciência de suas obrigações e cumpre sua palavra. Como em tuas veias corre sangue real, escolhi para ti um homem que merece tornar-se rei." Baixou a voz, trocando o registro político, a oscilar entre ameaça e súplica, por outro, de uma ternura irresistível. "Minha querida filha: o amor é de tal modo natural para os homens e as mulheres que, em condições normais de saúde e havendo uma paridade aproximada de qualidades, é quase inevitável que ele surja quando dois vivem juntos, compartilhando os muitos incidentes da vida matrimonial. Tu e Horwendil sois espécimes magníficos de nosso vigor setentrional — duas feras louras, por assim dizer, sólidas como monolitos cavados num pasto. Vossos filhos serão gigantes, conquistadores de gigantes!

"Não viveste o suficiente para conhecer tua mãe", prosseguiu Rorik sem fazer pausa, como se tudo o que dizia formasse uma única narrativa que complementava suas súplicas, "mas tu, na flor da juventude, és testemunho vivo de nosso amor. Para nascer, tu abriste caminho à força pelos canais estreitos e relutantes de tua mãe. Na verdade, eu e ela éramos de tal forma contentes um com o outro que não pedimos aos céus um filho. Ela era uma princesa vêneta, como certamente hás de ter ouvido contar mais de uma vez, trazida do sul por meu pai, o grande Hother, após um ataque devastador. O que jamais te contaram, que estou te contando pela primeira vez, é que ela me odiava, por ser eu filho do homem que matara seu pai, até o momento da cerimônia sagrada, e continuou a odiar por um bom tempo depois. Tinha cabelos negros e a pele clara, e por seis meses, com unhas e dentes e toda a força de seus membros esguios, frustrou minhas tentativas de possuí-la. Quando por fim consegui, aproveitando sua fraqueza após uma doença, ela tentou dar fim à própria vida com um punhal, de tal modo passou a sentir repugnância por si própria por ter se submetido àquela conspurcação — uma conspurcação da própria raiz da vida. No entanto, nos seis meses que se seguiram, a persistência de meus carinhos e o sem-número de pequenas cortesias e favores com os quais um marido homenageia uma esposa querida tiveram o efeito de despertar nela o amor. Sua antiga ojeriza sobreviveu apenas como um fogo especial em sua paixão, uma volúpia que repetidamente tentava porém não conseguia satisfazer-se. Vez após vez, éramos como que impelidos a encontrar na cópula — nessa união do escuro e do claro, do vêneto e do dinamarquês — a solução do mistério do mundo.

"Ora, se de um início tão pouco promissor pôde nascer um amor tal, como poderá fracassar tua união com o admirável, o honrado, o heróico Horwendil? Ele é praticamente teu primo, por força dos vínculos de aliança entre o pai dele e o teu." A mão de Rorik, mão de velho, cheia de nós e manchas, leve como se oca, ergueu-se na onda de sua eloqüência insistente e suave, pousando, como madeira jogada na praia, sobre a mão de sua filha. "Aceita minha decisão, Gerutha querida", instou o rei. "Entrega-te de todo a essa união. Algumas vidas têm um encantamento especial, creio eu. Desde teu penoso nascimento, que para sempre enfraqueceu tua mãe, manifestas uma quantidade extraordinária daquilo que faz a felicidade dos outros — chame-se a isso radiância, sensatez ou uma doce simplicidade. É impossível não despertares o amor de teu marido, tal como desde a infância tu despertaste o meu."

É difícil, pensava Gerutha, avaliar um homem na presença de outro. Horwendil — que era considerado um homem belo, com sua pele clara como cera, cabelos louros e crespos, nariz curto e reto, olhos azuis frios alongados como peixes no rosto largo, lábios finos e tensos — apequenava-se em sua mente por força da distância temporal que o separava dela, por menor que fosse. Já Rorik estava ali, sua mão tocando a dela, seu rosto familiar e tão familiar a dois palmos do seu, com uma verruga translúcida sobre o nariz adunco, grande e poroso. Um cansaço nobre emanava de todas as suas rugas, juntamente com um odor de couro, aquela pele espessa bronzeada no sal e no sol das viagens de sua juventude através do mar Báltico e subindo os grandes rios desabitados da Rússia. Suas vestes — não a túnica purpúrea orlada de arminho envergada nas ocasiões de circunstância, e sim o traje de lã grosseira e sem cor que usava nos aposentos da família — tinham o discreto cheiro gordurento que exalam os carneiros na chuva. Os ossos de Gerutha vibravam ao som grave daquela voz tão conhecida e enternecedora, e seu crânio sentia a pressão paterna da mão que a abençoava. Gerutha deu por si, como se derrubada por um golpe, ajoelhada diante dele num espasmo de amor filial.

Rorik, por sua vez, ao debruçar-se para beijar a risca central, branca e reta, do cabelo da filha, sentiu roçar-lhe de leve o rosto algo assim como minúsculos flocos de neve; alguns pêlos rebeldes, invisíveis de tão finos, haviam escapado do penteado da moça, preso com um diadema semelhante a uma versão mais delicada da pesada coroa octogonal que ele usava nas mesmas ocasiões cerimoniosas em que era obrigado a trajar as vestes de veludo e arminho, que quase o imobilizavam de tão pesadas. Rorik afastou o rosto um pouco do vigor excessivo daqueles cabelos e sentiu uma pontada de culpa; a postura da filha a sua frente era quase a de escrava — de uma escrava capturada, drogada com heléboro, prestes a ser sacrificada.

Porém o casamento com Horwendil, que quase certamente lhe valeria a condição de rainha, decerto nada tinha a ver com a escravidão. O que quereriam as mulheres? Também em Ona havia algo disso, que ele jamais conseguia atingir, a não ser no instante em que seus corpos se entrelaçavam e encontravam a libertação num ritmo cego de penetração, em que a pélvis dela era tão ativa quanto a dele — algo de uma paixão de quem se entrega para o sacrifício, para ser consumida nesse ato que, afinal, não era senão de captura. Então, no instante seguinte, os lençóis ainda úmidos de suor, os fôlegos de ambos ainda a recuperar-se, como duas pombas voltando aos pombais, ela começava a retrair-se. Ou seria ele que se retraía, tendo conseguido a captura e sentindo-se mais leve após a vitória? Eram como dois assassinos em conluio que se encontravam no escuro e, finda a tarefa furtiva, rapidamente e sem qualquer cerimônia separavam-se, divididos por um ódio mútuo. Não, ódio não, pois uma suave marola os mantinha lado a lado por algum tempo, sob o dossel bordado, por trás das cortinas de linho de espessura dupla, para que seus vultos engalfinhados não pudessem ser vistos de fora, dentro da câmara de pedra vasculhada por correntes de ar geladas e criados impertinentes, enquanto seus corpos suados secavam, e eles dois entregavam-se a uma conversação sonolenta e sem rumo, e em suas pálpebras Rorik ainda retinha imagens daquela nudez esplêndida acima dele, embaixo dele, de cabeça para baixo a seu lado, a abundância de pêlos obstinados, negros como a penugem do corvo, entre as coxas separadas, fazendo-lhe cócegas nos lábios. Muitas vezes, nessas ocasiões, conversavam sobre a filha que crescia, o fruto radiante de um desses embates — sobre o modo como gradualmente a criança adquiria a mobilidade e a fala, como pouco a pouco deixava para trás pronúncias errôneas e palavras inventadas à medida que assumia uma linguagem mais correta e modos mais adultos.

Gerutha fora sempre o principal, o único e absoluto tema do deleite do casal, porque não foi seguida por nenhum irmão ou irmã, como se uma porta tivesse se fechado no ventre de Ona. Três anos depois, a rainha de Rorik estava morta, levando para o silêncio do túmulo aqueles gritos noturnos de libertação do cativeiro da volúpia que o curioso pecado de Eva impôs à humanidade, silenciando também as suaves sílabas vênetas que atrapalhavam sua pronúncia dos sons guturais do dinamarquês, erros que davam tanto prazer a Rorik quanto os balbucios confusos de sua filha. Os dedos de Ona eram gelados, ele lembrava, e no entanto Gerutha era quente até o couro cabeludo, revelado a seus lábios na risca do cabelo. Fosse qual fosse o destino duro ou feliz que a vida lhe reservava, ela fora fruto do amor.

Rorik estava recebendo a filha numa pequena câmara com balcão, assoalho de tábuas e parede recobertas de lambris, recentemente construída como anexo do quarto do rei, numa das constantes reformas a que era submetido o velho castelo de Elsinore. Losangos de rubro sol vespertino espalhavam-se nas largas tábuas de pinheiro oleado, justificando o nome de "solário" dado àquelas câmaras do andar superior do castelo em que ficavam os aposentos da família. A lareira rasa do quarto tinha a coifa coberta de estuque, segundo o método mais eficiente e moderno. O luxo de uma tapeçaria de brocado suavizava a parede de pedra em frente à janela de três arcos e dois pilares, da qual se viam as águas verde-acinzentadas do Sund, que separava a Selândia da Escânia. A Escânia, que os suecos ambicionavam, era domínio dos dinamarqueses, com Halland e Blekinge a leste; a oeste, a Jutlândia e Fyn, e, ao sul, as ilhas de Lolland, Falster e Møn. Para manter intato um tal reino, esparramado e fracionado como os cacos de um prato que se despedaçou no chão, eram necessárias toda a força e toda a argúcia de um rei; assim, cada novo monarca subia ao trono eleito pelos senhores das províncias e — desde o advento do cristianismo — pelos grandes prelados. Os direitos de sucessão pelo sangue se tornaram enfraquecidos na Dinamarca pela antiqüíssima democracia das *thing*, as assembléias de cidadãos que julgavam e geriam os afazeres de cada localidade e, acima dela, da província. O rei precisava dos votos de quatro *thing* provinciais, reunidas em Viborg. Essas tradições limitavam os habitantes do castelo de modo tão concreto quanto as próprias paredes múltiplas, a fortaleza, o barbacã, as portarias, as ameias, torres, casernas, cozinhas, escadarias, alcovas e capela.

Para a pequena Gerutha, a capela parecia um lugar malsinado e perdido, ao qual ela chegava após atravessar, com os pés gelados metidos em chinelas, a extensão do salão principal, uma galeria e uma sucessão de escadas enviesadas — um ambiente frio, de teto alto, recendendo a um incenso forte que lhe titilava as narinas, à umidade dos lugares pouco usados, aos corpos sujos dos religiosos que, com seus mantos, faziam gestos rituais, elevando a hóstia alva e circular em direção à janela de vidros brancos, muito acima do altar (daí ela pensar que Eucaristia queria dizer devorar o céu), murmurando um latinório ininteligível. A capela assustava-a, como se seu corpo jovem fosse um pecado que teria de ser expiado algum dia, penetrado por baixo no momento em que ela provava o vinho rascante, o cáustico sangue de Cristo, no cálice incrustado de jóias. O frio, o latim, os cheiros bolorentos a faziam sentir-se *acusada*; seu calor natural era como que punido.

Horwendil veio da Jutlândia para fazer a corte. Em reconhecimento aos serviços por ele prestados à Coroa, Rorik havia presenteado Horwendil e seu irmão com propriedades senhoriais adjacentes a duas horas dali, em direção ao interior. A de Feng era a menor, com apenas noventa servos, embora os dois irmãos houvessem corrido os mesmos riscos e passado pelas mesmas provações nas costas da Noruega e Suécia. Feng era apenas um ano e meio mais moço, uma ou duas polegadas mais baixo, mais moreno e menos robusto. Raramente vinha a Elsinore e passava muito tempo em terras alemãs, guerreando e espionando para o imperador, embora a espionagem fosse chamada de "diplomacia". Tinha facilidade com línguas e também servira ao rei da França, cuja província da Normandia fora outrora domínio dinamarquês, nos tempos heróicos de antes do rei Gorm, quando todos os dinamarqueses eram aventureiros. As atividades mercenárias de Feng o levaram mais longe ainda para o sul, para o outro lado dos Pireneus, onde uma terra seca, quente e nua estava tomada por infiéis que brandiam espadas curvas montados em corcéis de ossos longos, que voavam como aves.

Feng não havia se casado, embora, tal como Horwendil, já se aproximasse dos trinta anos. Os irmãos mais moços, pensou Gerutha, são como as filhas, pois ninguém os leva tão a sério quanto eles desejariam. Por que não se casara Feng, se seus olhos negros e seu ar atento exprimiam uma natureza cheia de anseios? Seus olhos, ela pensara alguns anos antes, quando ele e Horwendil foram à Selândia para valer-se da gratidão do pai dela, fixaram-se nela com algo mais que o interesse passageiro que um adulto manifesta por uma criança cheia de vida. Porém Gerutha não conseguia pensar num homem quando outro estava por perto, e Horwendil estava a seu lado, com seu manto cor de vinho e sua cota de malha, cujos fios finos de aço brilhavam como ondulações num lago ao luar. Ele trouxera um presente para a jovem, dois pintarroxos mosqueados numa gaiola de junco, um preto com manchas brancas e o outro, a fêmea, de um tom mais pálido, com manchas escuras. Sempre que os pássaros cativos silenciavam, Horwendil sacudia a gaiola, e as pobres criaturas, assustadas, repetiam seu canto, uma cascata de notas que terminava numa curva ascendente aguda, como uma pergunta humana.

"Algum dia, em breve, Gerutha, tu também estarás cantando a felicidade conjugal", prometeu ele.

"Não sei se é de fato a felicidade que eles cantam. Talvez lamentem sua prisão. É possível que os pássaros tenham humores vários, tantos quantos os nossos, porém uma única melodia para exprimi-los."

"E qual seria o *teu* humor, minha bela? Ainda não te ouvi gorjear nenhum canto sobre nosso noivado, que foi declarado por teu pai, abençoado pelo meu no outro mundo e aplaudido por todos os dinamarqueses vivos que desejam ver nossa raça enriquecida pela união da bravura com a beleza, sendo esta protegida por aquela." Pronunciou essas frases bem ensaiadas com firmeza porém de modo suave, hesitante, com um lampejo de humor no olho alongado, cuja íris era tão translúcida que mais parecia algo mineral do que orgânico.

Retrucou Gerutha, áspera: "Devo concluir que suas imagens referem-se a mim e a si. Porém, meu senhor, já desfruto da proteção de meu pai, e o que o senhor chama de minha beleza, para lisonjear-me, se fosse possuída mais tarde do que cedo, creio eu, talvez viesse a amadurecer para o meu próprio proveito e o de meu futuro esposo". E prosseguiu, indignada de constatar que, para Horwendil, deles dois era só ele que podia ter pretensões de bravura: "Não há falta de que eu possa acusá-lo; o senhor é o modelo dos guerreiros, segundo todos, matou o pobre Koll com todas as devidas cortesias pagãs, e em seguida a pobre Sela. É um saqueador de truz, que soube liderar seus esbirros num alegre massacre de pescadores quase desarmados e monges seminus que só podiam valer-se de suas preces. Como disse, não vejo nenhuma falta na sua pessoa corajosa, porém no modo como o senhor busca aproximar-se de mim, vindo de cima, por meio da antiga amizade de nossos pais, vejo algo de friamente prático. Mal saí da infância, meu senhor, e é com um rubor nas faces que exponho minha hesitação de menina".

Horwendil não pôde deixar de rir ao ouvi-la, tal como Rorik rira de sua impertinência antes — um riso confiante, possessivo, que expunha dentes pequenos, regulares, impecáveis. Aquela hilaridade rude fez ferver o sangue de Gerutha, sentindo que, suas hesitações destroçadas, ela já lhe pertencia de todo. Seria esse o prazer da entrega que suas amas e criadas haviam vivenciado e absorvido? A complacência da presa submissa, a fêmea esmagada contra o colchão e perfurada como uma galinha no espeto, entre a lareira do quarto das crianças e o fogão da cozinha. Enquanto amadurecia, Gerutha estava sempre atenta para o tom de orgulho e luxo entorpecido com que as mulheres casadas, da mais alta à mais baixa, falavam do homem ausente e onipresente, o "ele" cujo vulto se interpunha entre seus corpos e o universo. Essas mulheres haviam se tornado aparvalhadas de tanto serem amadas por suas partes inferiores.

"Tanto protestas que chego a desconfiar", disse-lhe Horwendil, manifestando por sua resistência uma tolerância complacente que teve sobre ela o efeito de um abraço. Gerutha estremeceu nos braços da arrogância daquele homenzarrão. O ardor que manifestava por ela, embora esfriado pelo cálculo, era ardor de fato; como seu ser era muito maior que o dela, bastava uma fração de sua vontade para sobrepujar toda a vontade concentrada da moça. Cansado de ficar em pé no grande salão em que ela o recebera, Horwendil apoiou uma das nádegas numa mesa de cavalete que aguardava a toalha para o jantar. "Tu não és mais menina", afirmou ele. "Tens uma compleição vigorosa e estás pronta para servir à natureza. Quanto a mim, não posso continuar à espera. Em meu próximo aniversário estarei completando minha terceira década de vida. É hora de mostrar ao mundo meu herdeiro, como prova de que sou favorecido por Deus. Querida Gerutha, o que em mim te desagrada? És como esta gaiola, em que a plena maturidade de esposa se debate para escapar. Modéstia à parte, digo-lhe que minha pessoa tem sido admirada, minha fronte é considerada nobre. Sou um homem honesto, duro com quem me desafia mas terno com quem me jura lealdade. Nossa união é desejada por todas as partes, e mais que tudo por meu coração." O metal fino da malha cintilou e tilintou quando ele pôs a mão larga, calejada de tanto agarrar o punho da espada, sobre o peito — o peito amplo que, segundo a lenda, fora ousadamente exposto à lâmina do rei Koll, uma oportunidade de que o soberano norueguês não pôde valer-se, devido à lentidão da idade, por um segundo fatal. Agora Horwendil mais uma vez expunha o peito; Gerutha sentiu uma espécie de pena daquele seu pretendente, tão ingenuamente convicto de seus próprios méritos.

Disse ela, impulsiva, como se estivesse de fato tentando fugir de uma gaiola: "Ah, se eu pudesse sentir tal coisa e ouvir seu coração fazendo tal jura! Porém o senhor parece vir a mim por uma questão de conveniência, movido mais pela vontade política que pelo desejo pessoal". Ele havia retirado o elmo, e seus cachos claros como lascas de álamo caíam-lhe sobre os ombros metalizados, uma cascata deslumbrante. Gerutha deu um passo em sua direção e ele inclinou-se para a frente, como se fosse levantar-se da mesa. "Perdoe-me", disse-lhe a jovem. "Sou desajeitada. Falta-me instrução. Perdi minha mãe com apenas três anos. Fui criada por serviçais e por mulheres que meu pai tinha à sua volta por outros motivos que não o de cuidar de sua filha solitária. Muito me ressinto da falta de uma mãe. É talvez contra a insensibilidade da natureza que protesto — se é que de fato protesto."

"E como não fazê-lo?", replicou Horwendil, ele próprio impulsivo. "Exilados da esfera dos anjos para viver nesta terra em meio a feras e imundícies, e condenados à morte na angústia da antevisão!" Agora estava em pé junto a Gerutha; era mais alto que ela, com uma cabeça de diferença; seu peito era mais largo que o tear em que ela bordava; em seu queixo brilhavam fios curtos e pálidos, raspados imperfeitamente, traindo uma manhã apressada e apreensiva; ele havia partido cedo e viajado a cavalo duas horas para fazer-lhe a corte. Uma certa vaga fragilidade daquele ideal de masculinidade nórdica manifestava-se do modo menos atraente no queixo duplo, visto de baixo, e Gerutha ficou a imaginar se, após casados, ela talvez não conseguiria convencê-lo a deixar crescer a barba, tal como fizera o pai dela.

Do que ele dissera, agradara a Gerutha o súbito tom caloroso, porém algo na substância daquelas palavras a perturbava: a veemência de Horwendil traía um desprezo pelas coisas deste mundo até então oculto por trás da fachada de estoicismo marcial — uma gota amarga nas seivas da juventude. Nem mesmo naquele momento de confidências ele focalizara a atenção nela: via a moça como parte de um brocado, uma noiva recoberta de fios de prata, e não como uma estátua, um anjo de pedra ou Virgem Maria de madeira pintada, que pesasse tal como pesa um homem.

Agora, tendo se aproximado dela durante aquela espontânea declaração de desdém pelo mundo — por todo e qualquer mundo que não o que ele mesmo estava criando com determinação —, Horwendil abraçou Gerutha, e no entanto não se abaixou para beijá-la, limitando-se a tocar com os lábios tensos e decididos os olhos dela, enquanto suas mãos, entrelaçadas às costas da jovem, apertavam-na contra si próprio. Gerutha relutou um pouco, contorcendo-se, mas o tilintar dos guizos de sua cinta chamou-lhe a atenção para o absurdo daquela resistência, tendo em vista as testemunhas daquele encontro — sua criada, Herda; o escudeiro de Horwendil, Svend; os guardas do castelo, encostados imóveis nas paredes de pedra do salão, sob os enormes caibros de carvalho —, fantasmas da floresta de cujas formas pintadas e talhadas tantos anos antes pendiam bandeiras rotas e desbotadas, conquistadas no campo de batalha por monarcas dinamarqueses havia muito sepultados na história. Gerutha sentia-se presa na imobilidade de um desenho bordado, e seu coração palpitante debatia-se contra seus fios. Nada se movia ali além dos passarinhos, os pintarroxos mosqueados, que saltitavam num movimento circular do fundo da gaiola para o poleiro e deste de volta para aquele, emitindo fragmentos de melodia. A jovem pousou a cabeça latejante e o rosto corado no peito de Horwendil, e um pássaro desfiou um longo fio de música que concluiu com um delicioso aperto dentro das costelas de Gerutha. Não havia escapatória. Aquele homem, aquele destino, era seu. Tal como um bebê bem apertado em seus cueiros, ela estava presa.

Porém, mesmo agora, no momento tão disputado de sua entrega, seu prometido pensava em outra coisa. "Eles se alimentam com sementes de linho e cânhamo", disse Horwendil, referindo-se aos pássaros. "Linhaça. Se lhes dão qualquer semente mais grossa, eles adoecem em protesto." Ela levantou o rosto, para lembrar-lhe quem era, e ele, numa carícia brincalhona, roçou os nós dos dedos ásperos em sua face, marcada de vermelho pela pressão contra a malha metálica.

Horwendil, o Juto, era, de modo geral, terno, tal como lhe prometera que seria, e melancólico e pensativo a um grau extremo, coisa de que ele — Gerutha dizia a si própria, pois precisava pensar bem do marido — não se dava conta. O casamento ocorreu nas alvas profundezas do inverno, quando as questões de guerra e colheita ficavam adormecidas, permitindo que os convidados da Coroa viajassem por uma semana e ficassem em Elsinore por mais duas. A cerimônia consumiu todo um longo dia, desde as abluções matinais da noiva e uma missa purificadora rezada pelo bispo de Roskilde até uma festança turbulenta em que, no clímax, os convidados — pelo que Gerutha conseguia divisar com seus olhos já turvos — começaram a jogar cadeiras e bancos nas duas grandes lareiras que rugiam no salão, uma em frente da outra, sob arcos curvos. As labaredas saltavam como homens atormentados; a fumaça escapava das chaminés e formava uma névoa acima das cabeças. O traje nupcial de Gerutha era tão pesado, eram tantos os colares de ouro batido e pedras preciosas, tantas as espessas camadas de veludo e brocado, que lhe doíam a nuca e as costas. A dança e o vinho haviam liberado seu corpo, despertando nela uma impetuosidade animalesca. Tinha agora dezessete anos; atravessava o salão, à luz bruxuleante das lareiras, segurando mãos úmidas de homens e mulheres nas danças de roda, mãos escorregadias, lambuzadas de gordura, enquanto os tocadores de alaúde, flauta e pandeiro tentavam projetar suas frágeis melodias em meio à confusão e ao rumor de tantos dinamarqueses bêbados. Sentindo que a música lhe penetrava os ossos, Gerutha balançava os quadris e ouvia o som alegre dos guizos de sua cinta. Pela última vez, seus cabelos de um ruivo claro, que doravante estariam sempre encobertos em público, como faziam todas as esposas, flutuavam no ar, iluminados por dezenas de juncos untados de graxa que se destacavam das paredes na diagonal, lembrando feixes de lanças que cuspissem fogo, sitiando os convidados. Nas danças mais solenes, os noivos seguiam à frente; ensinava-lhes os passos que tinham de dar ao longo do caminho um mímico franco que usava um gorro de bufão com guizos. A dança era uma novidade um tanto desajeitada; a Igreja relutava em afirmar que não era pecado. E no entanto cantar e celebrar era o que faziam os anjos.

Ao dar sua bênção final, seu pai, pela primeira vez, pareceu-lhe frágil — o rosto amarelado pela quantidade homérica de hidromel que era de rigor um rei consumir, o corpo arqueado sob o fardo enorme da hospitalidade real, os olhos turvos ou rasos d'água no momento da despedida. Estaria vendo sua filha, casada com um homem que ele escolhera, ou estaria vendo, a ir-se embora, sua última recordação viva de Ona?

Um trenó enfeitado com chifres de renas e ramos de azevinho levou-os de Elsinore para a propriedade de Horwendil, chamada Odinsheim. A neve de tal modo tolhia os movimentos dos cavalos que a viagem, normalmente de duas horas, levou três, enquanto a noite gélida girava em torno de seu pivô estraçalhado no alto do céu crivado de estrelas. Uma lua elíptica ardia; seu reflexo os acompanhava pelos campos nus salpicados de restolhos, pelos pântanos vitrificados. Gerutha ora adormecia, ora emergia de sonhos fragmentários, gozando a presença sólida do corpo largo do marido sob tantos agasalhos superpostos de pele de lobo. Por algum tempo ele comentou a festa, quem viera e quem faltara, e o que significavam aquelas presenças na rede de fortunas e alianças que mantinham a Dinamarca precariamente unida. "O velho Guildenstern comentou que o rei Fortinbrás, substituindo Koll na lista de noruegueses ambiciosos, vem assolando as costas de Thy em seu trecho mais inóspito e mais indefeso. Esse norueguês precisa de uma lição, senão pode decidir tomar Vestervig e Spøttrap, com as terras férteis de Limfjord, e proclamar-se o verdadeiro soberano da Jutlândia."

Havia na voz de Horwendil um timbre tranqüilo, um ritmo confiante, uma fluente loquacidade pública que ele não manifestava nas conversas tensas e estridentes que tinha com Gerutha. Desde que ela cedeu a seu pedido de casamento, passou a tratá-la de modo cuidadoso e polido, convencionalmente amoroso, ou então até seco, quando passava apressado pelos corredores de Elsinore ocupado com seus afazeres. Em pouco tempo ficou à vontade no castelo. "Teu pai, homem tão resoluto, já não parece ter força suficiente para liderar um exército, no entanto é orgulhoso demais para delegar autoridade."

"Agora ele tem um genro", murmurou Gerutha sonolenta, "por quem sente muita estima." O hálito de Horwendil, trescalando vinho, espalhava-se como um ácido pela amplidão da noite estrelada, da neve, à luz refletida da lua gibosa. Quanto mais a lua subia, menor, mais sólida e mais brilhante se tornava. Parecia menos uma lanterna que uma pedra lançada para o alto, para captar a luz do sol, do fundo de um arvoredo ensombrado.

"A estima é um bom sentimento, porém não transfere a autoridade. Quando Fortinbrás bater à porta, a estima não servirá como tranca."

Horwendil esperou pela resposta, que não veio. Gerutha adormecera, pois a oscilação do trenó evocara nela o movimento do berço, balançado pela mão fina e morena da mãe, depois transformada na garra enrugada de sua velha ama, Marlgar, no tempo em que as bonecas da princesinha, com seus rostos de retrós e carvão, tinham a presença de pessoas de verdade, e nomes também — Thora, Asgerda, Helga. Naqueles vôos de imaginação e dominação da infância, em que a criança encena uma tirania em miniatura, ela as despachava em viagens, casava-as com heróis feitos de gravetos pintados, jogava-as no chão em mortes dramáticas. Agora, em seu sonho de noiva, via-se de volta com elas, em seu pequeno solário de teto abobadado, sob a supervisão da ama, porém as bonecas estavam maiores, sacudindo-se numa dança, esbarrando nela com corpos do tamanho do seu, rostos gigantescos, narizes de pano e olhos de contas de porcelana; famintas e solitárias, queriam alguma coisa dela, alguma coisa que não podiam abrir suas bocas costuradas para especificar, algo que elas sabiam, e a própria Gerutha sabia, que ela poderia lhes dar, mas não agora, implorava ela, ainda não, minhas queridas...

O sacolejo cessou. O trenó havia estacionado diante da porta escura do palácio de Horwendil. Por trás das camadas de pele de lobo, o corpo de seu marido pressionou pesadamente o dela ao desmontar do veículo. Seu irmão, Feng, não comparecera ao casamento, porém enviara de uma terra do sul habitada por artesãos hábeis uma travessa de prata delicadamente trabalhada; sua ampla superfície oval espelhada foi se apagando da mente de Gerutha quando o trenó parou.

"Por que seu irmão não compareceu?", perguntou-lhe ela, emergindo da confusão de seu sonho.

"Ele há de estar envolvido em alguma justa ou intriga além dos Elba. A Dinamarca é pequena demais para ele, quando estou aqui." Horwendil tinha dado a volta no trenó, contornando os cavalos que estremeciam, emitindo nuvens de vapor, e aguardava em pé, um espectro imóvel ao luar, que ela saltasse para seus braços, para que ele pudesse carregá-la para dentro de casa. Gerutha esforçou-se para não pesar muito, mas assim mesmo ele gemeu fundo, com um bafo de vinho velho. Perto dos olhos dela, os lábios de Horwendil contorceram-se num esgar. Ao luar, seu rosto parecia exangue.

O palácio de Horwendil não era pequeno, embora não fosse circundado por uma vala, e os cômodos pareciam baixos e apertados em comparação com os de Elsinore. A lareira do andar de baixo não estava acesa. Homens com movimentos entorpecidos, recém-despertos, guiavam-nos com tochas. Seguiram por um corredor tortuoso até chegar a uma escada circular de pedra. Longos triângulos de sombra saltavam e estremeciam à frente deles à medida que iam subindo. Passaram por uma ante-sala vazia, onde um único guarda dormia. Horwendil despertou-o com um soco ao passar por ele. A lareira do quarto que iam ocupar estava acesa havia horas, de modo que o recinto estava sufocante de tão quente. Mais que depressa Gerutha despiu a capa, com seu capuz pesado, forrada de pele branca; o casaco sem mangas de tecido de ouro, decorado com losangos de cruzes e rosetas; a túnica azul com mangas largas e a gargantilha bordada, incrustada de jóias; depois um gibão branco com mangas mais compridas e apertadas; e, finalmente, a fina camisa usada junto à pele, suada depois de tanta dança. Uma mulher gorda e silenciosa, de mãos trêmulas, desfez os laços, desamarrou o cinto e as mangas, deixando que ela ficasse a sós com Horwendil para despir a camisa. Foi o que ela fez, largando no chão a roupa e dela emergindo como se saísse de um lago em que tivesse se banhado.

À luz vacilante da lareira, sua nudez dava-lhe a impressão de ser uma fina camada de metal, um sutilíssimo traje angelical. Da garganta aos tornozelos, sua pele jamais vira o sol. Gerutha era branca como uma cebola, lisa como uma semente recém-arrancada da terra. Era intata. Essa bela pureza, o tesouro de sua vida, ela incitava-se — num transe diante das labaredas, cuja fúria, contida pelos limites da lareira, refletia-se nas pontas de seus cabelos soltos — a entregar, tal como mandava a lei dos homens e a de Deus, a seu marido. Conseguiu excitar-se. Virou-se para Horwendil, exibindo-lhe seu peito puro, tão vulnerável quanto o dele quando ele o expôs, num momento de perigo que se tornou famoso, à possibilidade do golpe de Koll.

Ele estava dormindo. Seu marido, com uma touca grosseira e disforme, não havia resistido ao excesso de comemorações e às três horas de exposição ao ar gelado, seguidas daquela sauna no quarto de dormir. Um braço comprido e forte estendia-se sobre o cobertor, como se amputado na altura do ombro, onde uma massa nua de músculo brilhava sob uma dragona de pêlos dourados. Dos lábios frouxos escorria um fio de saliva, brilhando como se fosse uma pequena flecha.

Meu pobre, querido herói, pensou ela, *carregando todo esse corpanzil macio pela vida afora, dispondo apenas de sua própria argúcia e de um escudo de couro para protegê-lo contra os golpes assassinos do mundo*. Gerutha descobriu nesse momento um segredo feminino: há prazer em sentir um amor que corresponde, tal como o calor de duas lareiras uma em frente à outra, ao calor de ser amada. O fluxo de amor de uma mulher, uma vez iniciado, só pode se estancar com muita dor. Em comparação com tal fluxo, amor de homem não passa de um esguicho. Lépida, levou seu corpo nu e reluzente para a cama, ladeada por uma única vela, encontrou sua touca, dobrada sobre o travesseiro como um bilhete de amor rabiscado às pressas, e adormeceu à sombra do sono por vezes trovejante de Horwendil.

Pela manhã, despertando constrangidos um com o outro, repararam a omissão da noite de núpcias, e o lençol ensangüentado foi solenemente exibido ao velho Corambus, o camareiro-mor de Rorik, que, na neve espessa, chegara de esqui com três testemunhas oficiais: um padre, um médico e um escrivão real. A virgindade da princesa era uma questão de Estado, pois era quase certo que Horwendil haveria de ser o próximo rei, e o filho dela seria o rei que o sucederia, se tal o desejasse o bom Deus. A Dinamarca era agora uma província do corpo de Gerutha.

Com o passar dos dias, a dor do defloramento foi se atenuando, e com o passar das noites Gerutha aos poucos aprendeu um novo prazer, porém ela não conseguia livrar-se da lembrança daquela primeira humilhação, quando, excitada com sua própria beleza desnudada, virou-se para receber um golpe que não foi dado. O amante ideal teria ficado acordado para conquistar seu prêmio, por mais cansado e embriagado que estivesse. Desde então, a volúpia de Horwendil manifestara-se sempre com muito vigor, e muitas exclamações elogiosas partiam de seus lábios finos enquanto roçavam a pele de Gerutha, e o produto de suas penetrações explosivas daria para encher um balde, porém ela, princesa sensível que era, sentia haver algo de abstrato naquela paixão: era apenas mais um aspecto do vigor geral daquele homem. Ele teria sido voluptuoso com qualquer outra mulher, como certamente já fora com muitas antes dela. Tampouco sua devoção era do tipo que o impediria, vendo-se ele afastado da esposa por algum tempo, de lançar mão de uma bela escrava pomerânia ou de uma criadinha lapã.

Horwendil era cristão. Reverenciava Haraldo Dente-Azul, o pai da Dinamarca moderna, cuja conversão privou o imperador alemão de sua desculpa favorita para promover invasões: a conquista do paganismo. A história dos dinamarqueses estava registrada em inscrições rúnicas nas pedras: na de Haraldo, em Jelling, lia-se: "O Haraldo que tornou cristãos os dinamarqueses". Gerutha achava mais comovente a pedra que o pai de Haraldo deixara em Jelling: "O rei Gorm construiu este monumento em homenagem a sua mulher Tyra, glória da Dinamarca". Glória da Dinamarca: Gorm sabia dar valor a uma mulher, antes que a Cruz viesse toldar o espírito dinamarquês. O credo cristão reforçava a tendência melancólica de Horwendil, porém não conseguia conter, uma vez que ele se visse num navio de guerra, a velha ética guerreira do saque e do êxtase imprudente. Cristo estava nos lábios de todos, mas em seus corações os dinamarqueses continuavam adorando Tyr, deus dos esportes, da guerra e da fertilidade. Uma mulher nobre podia ser o objeto de honrarias, porém apenas no pequeno círculo que a paz doméstica traçava em torno das mulheres e crianças — não no mundo maior e implacável em que os homens lidavam com as necessidades do sangue e da competição.

Desde que se submetera à vontade do pai, Gerutha havia adquirido a reputação de pessoa realista e razoável. Tratava bem os subalternos e rapidamente percebia os limites de cada situação. Uma boa mulher devia deitar-se na cama que outros haviam preparado para ela e caminhar com sapatos que outros haviam feito. O temperamento maleável de seu sexo lhe permitia fazer essas coisas de bom grado e até mesmo com prazer. Boa parte de seu ser não conseguia deixar de reverenciar o homem que a possuía, que lhe dera um lar e a protegia, e também — e esta era a chave de todas as relações corretas — a *utilizava*. Ser útil e ocupar-se dá a cada dia um brilho sagrado. No cumprimento dos deveres repousa a vontade divina. Sem esse repouso, os dias tornam-se tensos. A conseqüência é o tédio ou a guerra.

Pois o corpo de Gerutha em pouco tempo começava a preparar outro ser. Quando começou o degelo da primavera, seu fluxo sangüíneo mensal falhou uma vez, e depois outra, enquanto a grama brotava no lado ensolarado dos muros de Odinsheim. Quando chegou o tempo em que as andorinhas já haviam voltado de seu paraíso hibernal, o qual Gerutha jamais conheceria, e ocupavam-se em buscar na lagoa palha e lama para construir seus ninhos semelhantes a balcões sob os beirais do celeiro, ela teve certeza, e abandonou à própria sorte os dois pintarroxos que Horwendil lhe trouxera como presente de noivado. Foi o macho, o mais escuro, cujas manchas eram mais visíveis, que pareceu ficar perplexo, a esvoaçar dentro do quarto, empoleirando-se depois num armário atrás das cortinas como se buscasse um novo limite à sua liberdade, enquanto a fêmea, de cor esmaecida e menor, mais que depressa saiu pela janela aberta e pousou no galho curvo de um salgueiro coberto de folhas tenras, cantando sua melodia, à espera de seu companheiro. "Depressa, depressa", Gerutha ralhava com ele, sorrindo, "senão ela encontra outro!"

À medida que o ser crescia dentro dela, deslocando órgãos de cuja existência ela nem sequer se dera conta antes, gerando desagradáveis surtos de mau humor e desejo súbito, náusea e fraqueza, seu pai sucumbia. No casamento ele já lhe parecera amarelento e murcho, e agora essa aparência se intensificara, reduzindo-o ao tamanho de um menino, enrodilhado na cama em torno da doença que o devorava. Naturalmente, Rorik não se dignava a queixar-se, mas no sexto mês da gravidez, quando o mal-estar de Gerutha deu lugar a uma espécie de estado sonhador e sonolento de contentamento vazio, o pai lhe disse, com um sorriso que entortou o bigode, que se sentia nas garras da águia de sangue. Referia-se a uma modalidade de execução do tempo das sagas, em que as costelas de um homem eram separadas da espinha e o coração e os pulmões eram arrancados pela enorme ferida vermelha, a águia de sangue a urrar. Alguns prisioneiros nobres, segundo se dizia, imploravam essa forma de morte para demonstrar sua coragem.

Gerutha jamais gostaria de ouvir tais histórias, as crueldades complexas que os homens inventavam para se torturarem mutuamente, embora a dor e a morte fossem parte integrante da natureza criada por Deus. Seu pai viu a reação de repulsa esboçar-se em seu rosto e disse, com a voz suave que sempre usava para tornar sua argumentação irrespondível: "Tudo pode ser suportado, minha filha, porque tem de ser. Minha morte atua dentro de mim, tal como teu filho dentro de ti. Os dois têm de ser, tal como o exigem os deuses". Sorriu ao perceber que havia recaído no paganismo; pôs a mão quente e seca sobre a da filha, mais macia e úmida, e disse: "Os sacerdotes que teu bom marido consulta não se cansam de nos lembrar que cada um de nós carrega sua cruz, em imitação de Cristo. Ou teria sido Cristo que assumiu sua cruz nos imitando? Seja como for, há sofrimento bastante no mundo para todos nós, e se é verdade o que dizem os sacerdotes, em breve estarei vendo Ona, jovem tal como era quando morreu, e voltarei a ser jovem a seu lado. Se essas histórias se revelarem falsas, não ficarei decepcionado. Estarei além do alcance dos sentimentos".

"Horwendil dá ouvidos aos sacerdotes", disse Gerutha, leal, "porque, a seu ver, eles sabem o que pensam os camponeses."

"E conhecem pessoas importantes em Roma, e em todas as terras onde Roma instalou suas igrejas que vivem a falar do inferno. Horwendil tem razão, minha filha querida e confiante

— essa religião de escravos, e depois de camponeses e comerciantes, tem futuro. Os infiéis estão sendo expulsos da Terra Santa e da Espanha, e aqui no Norte, a última região da Europa a resistir, os altares pagãos não passam de pedras abandonadas. Os camponeses já não sabem o que eles representam, e usam as pedras para cercar suas pocilgas."

Gerutha fora batizada e criada segundo a fé e as práticas cristãs, porém sem fervor, no ambiente por vezes licencioso da corte de seu pai, em que não havia uma rainha. Quanto às crenças de Rorik referentes aos pontos fundamentais — de onde viemos, para onde vamos —, ela imaginava que fossem convencionais e pouco sólidas, tal como as suas. "Pai, o senhor parece zombeteiro, porém por meio da fé Horwendil tenta não apenas ser um senhor melhor para seu vassalos como também um homem melhor para seus pares. Ele trata-me com delicadeza, mesmo quando não está num estado de espírito em que possa sentir desejo por mim." Seu marido, disse ela a si própria, desde que sua gravidez se tornara mais evidente, procurava-a bem pouco, muito embora agora, mais que nunca, ela sentisse necessidade de uma confirmação de que continuava bela. "Ele quer ser bom", concluiu, com uma simplicidade pungente que surpreendeu seus próprios ouvidos, como se as notas agudas da criança enterrada dentro dela houvessem soado de repente.

"Eu preferiria ouvir-te dizer que ele *é* bom", Rorik conseguiu dizer, apesar da dor que sentia. "É grande o descompasso entre o que ele quer ser e o que é?"

"Não", disse ela, secamente. "Não há nenhum descompasso. Horwendil é maravilhoso. É um marido adequado sob todos os aspectos, tal como o senhor me prometeu que ele seria." Era com um toque de malícia que evocava as promessas interesseiras que ele lhe fizera. Mesmo os moribundos, enquanto não morrem, os vivos não os poupam.

"Sob todos os aspectos", Rorik repetiu por fim, suspirando como se sentisse o que havia de vingativo naquela expressão. "Entre duas pessoas nada nunca é nada 'sob todos os aspectos'. Até mesmo entre mim e Ona havia uma barreira de idioma, uma divergência quanto a expectativas tácitas. Em todo casamento sempre há peças que não se encaixam. Os filhos de Gerwindil têm a marca da selvageria da Jutlândia. É uma terra dura, onde a solidão leva os pastores a enlouquecer e maldizer a Deus. Durante meses a fio, as nuvens negras jamais descobrem o Skagerrak. Horwendil tenta ser bom, mas seu irmão Feng não cuida de sua propriedade vizinha e hipotecou boa parte de sua herança na Jutlândia para buscar aventuras no sul — até mesmo, segundo ouvi dizer, numa distante ilha que já pertenceu aos normandos chamada Sicília. É uma conduta imprudente e irresponsável. Terei errado, minha filha querida, ao insistir para que te casasses com um filho de Gerwindil? Já naquela época eu sentia minha morte dentro de mim, e queria ver-te bem protegida por um outro homem."

"E estou protegida, sim", disse ela com doçura, compreendendo que aquela conversa era o pedido de desculpas de Rorik, caso tal fosse necessário. Porém Gerutha, sensata, pensou que nada de mau fora feito: fizera um excelente casamento.

Rorik morreu, e Horwendil era o candidato natural. Para não ter de viajar com freqüência, Gerutha havia se mudado com todo seu séquito para Elsinore, de modo que pudesse cuidar do pai moribundo. Após a pompa do funeral no cemitério pedregoso e nevoento, onde voltavam ao pó os ossos dos habitantes de Elsinore — o advogado ao lado do curtidor, o cortesão ao lado do verdugo, a donzela ao lado do louco —, Horwendil juntou-se à esposa indo para o castelo real, instalando-se prematuramente nos aposentos do rei durante as semanas em que se reuniam as *thing* provinciais em Viborg. Umas poucas vozes pronunciaram-se em favor de Feng, por ser o irmão de Horwendil — embora um ano e meio mais moço — melhor conhecedor do modo de agir dos estrangeiros e, portanto, mais capacitado para frustrar as tramóias dos alemães, polacos e suecos sem necessidade de recorrer à guerra; pois a guerra, à medida que as colheitas e o comércio, não sendo interrompidos, iam proporcionando mais conforto tanto nos castelos quanto nos casebres, estava se tornando impopular. Outros defenderam com lealdade este ou aquele membro da *råd* nobre — em particular o conde de Holsten —, cuja rede de parentesco parecia uma maneira mais promissora de manter unidos os diversos pedaços da Dinamarca, ali na fronteira setentrional de uma Europa convulsa. Porém no final parecia claro que os votos dos eleitores escolheriam Horwendil, matador de Koll e marido de Gerutha.

Apenas Corambus, o camareiro-mor de Rorik, julgou inapropriada a mudança precipitada de Horwendil para os aposentos reais. Embora Gerutha o considerasse um velho, na verdade Corambus era um quarentão robusto, com um filho ainda pequeno e uma mulher mais moça, Magrit de Møn, de tez tão clara que parecia transparente, e de sensibilidade de tal modo delicada que suas palavras eram misteriosas e melodiosamente confusas. Viria a morrer no segundo parto, dez anos depois, e (para adiantar um pouco nossa história) Corambus jamais perderia de todo o ressentimento contra Horwendil, que no íntimo sempre lhe pareceu um usurpador rude. Embora servisse o novo rei de modo escrupuloso, cumprindo todas as suas obrigações, era a rainha, filha única de Rorik e única representante viva de seu espírito, que Corambus realmente servia e amava. Amava-a tal como o faziam todos os moradores de Elsinore que haviam convivido diretamente com aquela criança encantadora e radiante; e mesmo depois que Gerutha tornou-se uma mulher casada seu amor permaneceu, talvez até transformando-se em ciúme, embora ela o considerasse um velho e embora seus modos formais desde cedo o tornassem uma pessoa cautelosa, implicante e sentenciosa.

Antes mesmo que os mensageiros chegassem de Viborg com o veredicto esperado — decisão unânime das quatro províncias —, Horwendil já havia começado a buscar apoio na *råd* no sentido de promover um ataque contra Fortinbrás. O ritual de coroação foi perfunctório, pois era necessário formar um exército para expulsar o invasor norueguês de suas cabeças-de-praia na Jutlândia. Enquanto esses preparativos militares apressados se realizavam, Gerutha lentamente amadurecia, o lindo ventre inchado coberto de veias azuis e estrias prateadas. E, por obra de uma dessas coincidências auspiciosas que ficam marcadas nos calendários da memória dos homens, Fortinbrás da barba loura foi combatido, derrotado e morto, nas dunas de Thy, no mesmo dia em que a rainha, após uma agonia de águia de sangue, deu à luz um herdeiro varão, a quem deram o nome de Amleth. O menino, que emergiu azul com o esforço do parto, nasceu com uma coifa, o que era uma marca de grandeza ou de fortuna adversa — os adivinhos discordavam quanto a esse ponto.

O nome, proposto por Horwendil, era uma homenagem a sua vitória, nas dunas do oeste da Jutlândia, de onde se vêem, ao longe, as águas tormentosas do Skagerrak, sendo uma referência a um dos versos cantados pelos bardos sobre as Nove Donzelas do Moinho da Ilha, que nos tempos de antanho preparavam a farinha de Amleth — *Amloða mólu*. O significado dessa expressão, que passara de uma geração a outra tal como um seixo que vai ficando cada vez mais liso, era desconhecido para os próprios bardos; a farinha era interpretada como as areias da praia, sendo um moinho a máquina do mundo que reduz a pó todos os filhos da terra. O desejo de Gerutha era o de que o menino se chamasse Rorik, para homenagear seu pai e predestiná-lo ao trono. Mas Horwendil preferiu homenagear a si próprio, ainda que de modo indireto. Assim, o amor que Gerutha sentia por aquele rebento de seu próprio corpo desde o início continha um travo amargo.

Amleth, por sua vez, achava azedo o leite da mãe — pois passava boa parte da noite chorando, digerindo-o, e quando sua boca grudava-se no seio doído de Gerutha seu rostinho franzia-se de repulsa. Não era uma criança grande; se fosse, o parto teria se prolongado de tal modo que a mãe morreria, e tampouco era saudável. Havia sempre alguma pequena moléstia a incomodá-lo — cólicas, brotoejas, resfriados e crupes intermináveis, febres que o deixavam acamado por muito tempo e que, quando o menino cresceu mais, a mãe, saudável e ativa em quase todos os dias de sua vida, passou a ver como um melindre. À medida que nele se desenvolviam as faculdades da linguagem e da imaginação, Amleth passou a dramatizar sua própria situação, brigando por todos os motivos com os pais, os padres e os professores. Apenas Yorik, o bobo da corte, um ser desprezível, talvez louco, parecia contar com sua aprovação: o menino adorava um chiste, a ponto de ver todo o mundo, tal como o conhecia em Elsinore, como uma grande piada. Sua mãe achava que as pilhérias eram para Amleth uma espécie de escudo por meio do qual ele se esquivava das obrigações mais sérias e das intimidades mais profundas.

Gerutha sentia que seu amor sofrera um desvio. Algo impedia que seu coração se abrisse para aquela criança frágil, tensa e respondona. Talvez tivesse se tornado mãe cedo demais; teria pulado uma etapa na jornada de sua vida, de modo que não pudera fazer a transição do amor filial para o materno. Ou talvez a culpa fosse do menino: tal como a água se divide em glóbulos sobre uma mesa recém-encerada ou couro oleado, assim também seu amor lhe parecia escorrer sobre Amleth e permanecer na superfície, brilhando como gotas de mercúrio, sem ser absorvido. Ele era bem filho de seu pai — contido, distante, com a melancolia dos jutos recoberta pelos modos afetados e as habilidades refinadas de um nobre. Não apenas um nobre: ele era um príncipe, tal como Gerutha fora uma princesa.

Seria o fato de não ter ela tido mãe que a deixara com um sentimento materno deficiente? Gerutha permitia que amas, professores, instrutores de equitação e esgrima se interpusessem entre ela e o rapazinho. As brincadeiras dele pareciam escolhidas com o fito de causar desagrado à mãe e excluí-la — jogos incompreensíveis e barulhentos, com bastões e raquetes, arcos e flechas, dados e fichas, ruidosas imitações da guerra em que, com sua voz aguda e seu rosto pálido e nervoso, ele comandava o bobo Yorik e os filhos sujos das rameiras freqüentadas pelos soldados do castelo. Os brinquedos silenciosos da infância de Gerutha, os aros e piões e bonecas, não tinham lugar naquele mundo masculino de fantasias agressivas, de golpes e ataques e revanches — pois em meio a tantos gritos e tantas lutas os pontos estavam sempre sendo cuidadosamente marcados, ela observava, tal como nos conflitos mais sangrentos da guerra adulta, tal como Horwendil vangloriava-se por ter o rei Fortinbrás, ao ser morto, perdido não apenas o território que havia tomado na Jutlândia mas também algumas terras costeiras ao norte de Halland na costa da Suécia, entre o mar e o grande lago de Vänern, terras conquistadas não por valerem muita coisa, mas para humilhar o adversário, como marca de desonra.

Assim como sua mãe, Amleth não teve irmãos. Para Gerutha, sua esterilidade após o primeiro filho era um castigo divino por sua ausência de sentimento materno, que não lhe era possível ocultar de Deus. De tão perturbada, chegou a comentar a questão com Herda, a criada que a vira ceder ao pedido de Horwendil cerca de sete anos antes. Naquele ínterim, Herda desposara Svend, escudeiro do rei, e lhe dera quatro filhos antes que ele morresse numa das batalhas finais na guerra de Horwendil contra os noruegueses, cujo trono passara para o irmão de Fortinbrás, um dândi glutão com pouca disposição para a luta. Horwendil adorava atacar os postos avançados daquele soberano fraco e incompetente.

"O meu querido Amleth", Gerutha começou, hesitante, "parece tão isolado, tão pensativo e imprevisível para um menino de cinco anos, que eu e o rei nos perguntamos se um irmão ou uma irmã talvez pudessem torná-lo mais sociável e gentil."

"Quem há de saber?", respondeu Herda, sucinta. Trajava branco, pois estava de luto por Svend. A morte dele, no ano anterior — fora num ataque a um pequeno porto de pescadores, supostamente indefeso, mas rico com o comércio de arenque, que traiçoeiramente havia contratado uma guarda de espadachins escoceses —, a transformara numa pessoa taciturna. Por vezes Gerutha julgava detectar em sua criada um certo rancor contra o trono. Um rei acumula antipatias e inimizades de modo tão inevitável quanto um lago acumula sedimentos no fundo.

"Digo gentil", prosseguiu Gerutha, "porque cada vez mais constato que Amleth manifesta por seus subalternos — os lacaios e serviçais, bem como os moleques que com ele brincam — uma certa crueldade, disfarçada de gracejo. Ele e o horrendo Yorik estão sempre atormentando o pobre camareiro-mor, um homem tão sério, com suas travessuras e fantasias."

"Ter um irmão ou uma irmã, senhora, não suaviza a alma, é o que me ensinou a vida. Eu tinha oito irmãos, alguns eram tímidos, outros desembaraçados, uns bons e outros não tão bons. Nós estávamos sempre roçando uns nos outros como pedras dentro de um balde, mas arenito continuou sendo arenito e quartzo continuou sendo quartzo. O jovem príncipe não é mau; tem bom coração, mas sua cabeça é ativa demais."

"Se ao menos o pai lhe desse mais atenção... Amleth zomba de mim, mesmo quando finge uma atitude de respeito. Ainda não completou seis anos e já sabe que não é necessário dar ouvido às mulheres."

"Sua Majestade, o rei, não o perde de vista. Apenas aguarda até que o menino esteja pronto para receber a formação devida. Então haverá de cuidar dele."

"Tu e Svend...", Gerutha hesitou.

"Éramos felizes, senhora, até onde podem sê-lo os que não são bem-nascidos."

"Teus filhos... eu te invejo. Tu os tens, e eles têm um ao outro. Tu e Svend pedistes tantos assim a Deus?"

"Que eu me lembre, nossas preces pouco tiveram a ver com isso. Os filhos foram nascendo segundo o curso da natureza. Não os pedimos nem os rejeitamos. Às vezes, quem sabe, desejar demais um filho acaba deixando o pavio úmido, por assim dizer. A fagulha não pega. E, como o rei passa tanto tempo longe de casa, ampliando seus territórios e combatendo os noruegueses, talvez ele perca as ocasiões oportunas. É a vontade de Deus, o mistério de Deus. Para a maioria das pessoas, o problema não é fazer filhos, e sim lhes dar comida."

Gerutha sentiu endurecer por dentro; não gostava de ver-se a si própria como a viam seus subalternos, como uma rainha que não conhecia o fardo que onerava a gente comum. "É estranho", concordou ela, "que Deus dê tantos filhos a quem não os pode alimentar e os negue a quem pode fazer tanto por eles."

Herda esperou um momento; parecia inchada de perplexidade, os lábios apertados eram como uma rolha no rosto avermelhado. Em seguida, indagou: "Se me permite a pergunta, a senhora tem conversado com o rei sobre seu desejo de ter outro filho?".

"Muito, tanto quanto o permite o decoro. Ele sente ainda mais vontade do que eu de ter mais herdeiros. Deseja deixar uma linhagem de sucessores, e não quer que esta dependa de um único fio. O príncipe não é robusto. Seu temperamento nervoso é suscetível ao menor choque."

"Talvez um irmão, neste momento, fosse um tal choque. O rei tem um irmão, e nunca ouvi Sua Majestade manifestar contentamento por esse fato."

"Feng decidiu abandonar a Dinamarca e perseguir seu destino nos reinos mais avançados ao sul."

"Quem sabe se pelo bem do rei. Por vezes a ausência é uma verdadeira dádiva. E quanto à questão delicada que a senhora muito me envaidece por discutir comigo, uma parteira talvez pudesse lhe oferecer conselhos mais detalhados, se bem que, diante de pessoas tão elevadas, ela pode temer parecer que sabe demais e terminar sendo enforcada como bruxa ou esquartejada como traidora. Meu conselho é que se deixe a natureza seguir seu próprio curso, já que temos pouca escolha desses assuntos. Há uma forma nas coisas do mundo, por mais que tentemos modificá-la remexendo aqui e ali."

"Tentarei ser mais humilde e submissa", concluiu Gerutha, áspera, irritada consigo mesma por ter se rebaixado tanto em busca de conselhos.

Passaram-se os anos, e, embora a rainha raramente se esquivasse de suas obrigações matrimoniais, o príncipe permaneceu filho único. Quando ele começou a tornar-se homem, suas pernas de repente encompridaram e um buço sedoso surgiu no lábio superior; Gerutha, cada vez mais incomodada pela sensação de distanciamento de tudo o que deveria alegrá-la, recorreu a Corambus, único membro da corte de Rorik ainda vivo, cujo afeto pela rainha parecia-lhe tão antigo quanto ela própria. Se seu pai fora o sol vivificante, Corambus fora a lua refletora, movendo-se a uma distância harmoniosa, voltando sobre ela seu carinho quando Rorik estava ausente. A saudação que o camareiro-mor lhe fazia várias vezes por dia, sempre que os seus caminhos se cruzavam nos labirintos de pedra de Elsinore — "Como está minha nobre senhora?" —, dessa vez foi respondida pelo pedido, uma súplica revestida de dignidade real, de uma breve audiência. Ela o recebeu uma hora depois no solário com assoalho de pinho que fora outrora o quarto de Rorik, mas do qual ela se apropriara, utilizando-o como câmara privada, para ler romances, bordar e contemplar, da janela tripla de dois pilares, o Sund verde-acinzentado, cuja expansão inquieta e imprevisível parecia gozar de uma liberdade que lhe causava inveja.

"Meu velho amigo, conselheiro de meu pai e agora de meu amado marido", foi dizendo ela, "queria que me dissesses o que pensas a respeito dos progressos de Amleth. Suas atividades, cada vez mais viris e marciais, afastam-no cada vez mais da minha débil esfera feminina."

Nas lembranças mais antigas de Gerutha, Corambus aparecia como um homem magro, porém desde cedo tornara-se corpulento, e as exigências de seu alto cargo, que incluíam passar muito tempo pacientemente sentado comendo, já o haviam transformado por completo aos cinqüenta e tantos anos. Porém ainda havia nele algo de ágil; movia-se lépido dentro dos limites invisíveis que o apoiavam, sua auto-imagem de cortesão perfeito, de sólido pilar do trono. Instalou-se com cuidado numa cadeira de três pernas, que com seu assento triangular e seu encosto estreito e espiralado apenas com dificuldade acomodava sua anatomia, e inclinou a cabeçorra (cujo tamanho avantajado era acentuado pela curiosa pequenez das orelhas, do nariz e do cavanhaque curto que se destacava do queixo) numa atitude imponente de atenção. Falava com os gestos expressivos e harmoniosos — um indicador graciosamente levantado, uma sutil piscadela — de um homem cuja substancialidade física corroborava a consciência que tinha da dignidade de sua posição. "O príncipe é um cavaleiro excelente, e quase nunca deixa de acertar a área vital do boneco quando investe com a lança. Sua mão é firme ao retesar a corda da besta, porém tende a soltar a flecha um pouco cedo demais. Como enxadrista é apenas mediano, faltando-lhe a capacidade de previsão; nos duelos é entusiasmado, ainda que lhe falte *finesse*; e seu latim é daqueles que não conseguem pensar senão em dinamarquês. Fora isso, não há o que criticar. Ele é *rex in ovo*, tal como, *natura naturans*, deveria ser."

No entanto, os olhos do velho conselheiro estavam atentos, sob as abas do chapéu verde, rígido, em forma de pão de açúcar; aguardava uma confissão de Gerutha. Seu cabelo pendia do chapéu em mechas oleosas de um louro grisalho, que haviam manchado os ombros de sua opalanda de colarinho alto, e — outro toque pouco asseado — seu lábio inferior era desses que estão sempre úmidos e parecem não estar totalmente sob controle, soltando perdigotos ao emitir certas sibilantes e pendendo para um dos lados quando relaxava.

Perguntou a rainha: "Não terá ele — como dizê-lo? — o coração duro? Não será desrespeitoso para com os mais velhos e frio no trato com os subalternos? Não haverá algo de imprevisível em suas súbitas mudanças de humor? Comigo, ora é afetuoso, como se me conhecesse melhor do que qualquer outro homem, ora é apenas um garoto que me dá as costas como se eu não passasse de uma ama-de-leite de uma criança desmamada. Sinto-me, querido amigo, um fracasso completo como mãe".

Corambus protestou, permitindo-se um sorriso superior, um ricto que entortava sua cabeça e empurrava para o lado o lábio inferior. "Vossa Majestade se culpa quando ninguém mais o faria na sua situação. Não é apenas a mãe que cria um príncipe; todo o Estado é responsável. Tendo suportado o parto, Vossa Majestade cumpriu seu principal dever — e Deus recebe muitas mães jovens no paraíso nesse momento. Ao amamentar a criança por um ano, Vossa Majestade assumiu uma função que muita senhora nobre, ciosa de seus seios elegantes, delega para uma camponesa rude. Quando Amleth aprendia a caminhar, a balbuciar, a formar as primeiras frases, a juntar as letras, a apreender os instrumentos e costumes e necessidades do mundo, Vossa Majestade foi muito mais atenta do que costuma ser a maioria das rainhas. Vergonhosamente, muitas vezes um menino nascido para ser representante de Deus na Terra é tratado com mais negligência do que o filho de uma rameira com um salteador. Vossa Majestade tem sido uma mãe extremosa. Afaste esses pensamentos, minha boa rainha. Aos treze anos, Amleth está formado, para o bem ou para o mal. As características que a preocupam, eu as atribuiria à predileção que o príncipe manifesta pelo ofício de ator. Ele sente necessidade de experimentar diversas atitudes, uma logo depois da outra. Ser sincero, depois insincero, depois sincero em sua insinceridade — tais mudanças o fascinam. Como é maravilhosa, para sua mente de estudioso, essa capacidade humana de ser muitas coisas, de assumir muitos papéis, de ampliar a identidade pequena e orgulhosa do indivíduo com outros tantos disfarces e representações! Vossa Majestade certamente terá percebido a animação e a admiração que ele manifesta quando vem a Elsinore uma companhia de atores — com que avidez ele assiste aos ensaios, atenta para os detalhes de suas ilusões e imita, a sós, em nossas câmaras e nossos salões, as cadências pomposas de suas falas."

"É verdade", interrompeu a rainha enfática, "eu o ouço em seu solário, declamando para seus próprios ouvidos!"

Corambus prosseguiu em seu raciocínio. "Fez mal a Igreja, por vezes penso, ao suspender, nestes tempos libertinos, suas imprecações contra os espetáculos teatrais, essa imitação profana da Criação, que afasta os homens das coisas últimas e também das primeiras. E isso me faz pensar ainda o quanto o menino era apegado ao falecido Yorik, até que esse piadista incansável, entorpecido de tanta pândega e dissipação, por fim juntou-se ao resto da humanidade como alvo daquela última peça da qual nenhum de nós escapa. Seu filho o amava, Majestade, tal como ama todos os bufões e comediantes, porque eles afastam de sua consciência os pensamentos sérios da condição de rei e da autodisciplina. É possível que seu marido constitua um exemplo excessivamente severo para o rapaz. Porém não tenho dúvida de que, quando chegar o momento do dever, Amleth, após considerar a coisa deste e daquele ângulo, terminará fazendo o que deve ser feito."

"Que as suas palavras se revelem verdadeiras", disse Gerutha, não inteiramente convencida e sentindo-se obrigada a defender o marido. "O rei não pretende ser severo; ele é atormentado pelas ameaças de uma Noruega incontida, uma Polônia fervilhante, uma Holsten rebelde, para não falar nos camponeses e no clero, constantemente a criticar os gastos do governo."

"A grandeza tem a desvantagem", observou Corambus, com tato, "de conquistar inimigos entre todos os que são de menor grandeza."

"Para ser franca, o rei é menos severo com o menino que eu. Como ambos já têm quase a mesma estatura e se interessam pelas mesmas atividades, Horwendil manifesta cada vez mais amor por Amleth. Sou eu que, na impotência de meu sexo, vivo atormentada por ansiedades."

Corambus permaneceu ereto em sua cadeira por um momento, dispondo sobre as coxas largas as dobras das mangas imensas de sua opalanda; em seguida, inclinou-se um pouco para a frente e falou com voz mais suave. "Exatamente. Não é a saúde de Amleth que preocupa, levando-se em conta a arrogância sonhadora e o desajeitamento exterior comuns aos jovens em vias de tornar-se adultos, e sim, se me permite dizê-lo, a de sua mãe. Quando menina, Gerutha, eras sempre radiante e serena; tu cativavas todos os corações. Agora que és mulher, aos trinta anos..."

"Trinta e um anos, em outubro. A idade de Amleth ao contrário."

"... continuas radiante, porém, em algum recanto íntimo do teu ser, desconsolada. No entanto, nenhuma mácula visível tolda a tua condição, a mais elevada que uma mulher pode atingir na Dinamarca."

"Elevada e excelsa demais, quando não se tem ânimo para com ela arcar. Quando jovem, tinha eu esperanças de dar irmãos a Amleth, toda uma multidão deles, que enchessem Elsinore com seus burburinhos alegres."

"As crianças são, de fato, um conforto. Suas necessidades suplantam as nossas, e sentimo-nos justificados por cuidar delas. De certo modo, nos escondemos por trás dos filhos; a proximidade de nossa morte se esquece no meio da azáfama familiar. Meu Laertes, pouco mais velho que teu filho buliçoso, já se vê como protetor de seu pai, tanto quanto da irmãzinha, que ficou sem mãe..."

Gerutha tocou na mão roliça do viúvo, que voltou a repousar no braço da cadeira, após enxugar os olhos com a manga volumosa. “Magrit é feliz no céu”, confortou-o. “O mundo era uma provação para aquele espírito delicado.” O mundo, pensou Gerutha para si, e a sucessão de abortos espontâneos que a pobre mulher sofrera entre o filho e a filha que conseguira gerar com sucesso. A seu ver, aquela mulher tão superior fora desgastada pelas exigências insaciáveis da lascívia de Corambus.

O conselheiro, com um pigarro, retornou às queixas vagas de sua rainha. “A falta de filhos deixa a mulher numa posição de ócio”, afirmou ele, “especialmente quando seu marido reina sobre um arquipélago disperso, com tantas milhas de litoral expostas aos ataques dos estrangeiros.”

“Meu marido” — Gerutha hesitou, porém tinha um ressentimento profundo no peito e sentia que suas palavras seriam bem recebidas por seu astuto interlocutor — “é tudo o que meu pai me prometeu que ele seria, mas” — hesitou outra vez, antes de ceder ao que havia de mais fraco em si — “não fui eu que o escolhi. Também ele não me escolheu, senão como conveniência política. Gosta de mim, mas para ele sou mais uma de suas obrigações públicas, que não representa risco nenhum para as muitas outras, nem para ele próprio.”

Gerutha estava atraindo seu cortesão atento para algo que se aproximava perigosamente da traição; Corambus recuou e empertigou-se. “Por que desejar o risco?” Em seguida, inclinou-se para a frente outra vez, o lábio inferior brilhando. “Vossa Majestade lê em excesso esses romances gauleses imorais, que defendem a adoração ociosa e estéril como principal ocupação da vida. Se me permite falar com a franqueza de um pai, a senhora devia ler e bordar menos, e exercitar seu corpo mais. A senhora devia cavalgar, caçar, tal como fazia quando jovem. Vossa Majestade está ficando pesada. O sangue ágil de Rorik torna-se estagnado em suas veias, prejudicando-lhe o equilíbrio dos humores, fazendo-os pender para o lado da melancolia.”

Gerutha riu, para deter aquele atrevimento, por trás do qual ela sentia a presença de um amor ciumento. "Jamais imaginei, meu velho e grande amigo, que algum dia o ouviria criticar-me por estar pesada."

"Apenas uma forma de expressão — referia-me ao peso espiritual."

"Decerto. Meu bom Corambus, aliviou-me muito contar-lhe esses meus pensamentos desconexos. Bastou colocá-los em palavras para que eles se revelassem etéreos e infundados."

Tirando o chapéu verde em forma de cone e balançando as mangas abundantes, o camareiro-mor despediu-se, satisfeito por ter dado os conselhos confortadores que era capaz de oferecer. Se ele a havia irritado, também ela o irritara ao lhe pedir que escutasse com atenção os caprichos de uma mulher. No entanto, dava-lhe prazer saber que havia uma falha nas coisas do rei, um toque de mal-estar na vizinhança imediata do trono. Corambus fez uma mesura ao sair, deixando Gerutha a sós para viver mais aquele dia.

Ah, os dias, os dias com toda a sua beleza e variedade a passar quase despercebidas — dias de sol e sombra a suceder-se como as manchas no dorso de uma fera exuberante, dias de frio forte e implacável e alvoradas rubras como o sangue, dias pardacentos de outono recendendo a feno e uvas, dias de primavera sabendo a maresia e fumaça de lareira carregada pelo vento, dias nevoentos de sol peneirado e garoa suave a cintilar e ronronar nas janelas como um gato prateado, dias de nuvens altas e opulentas, trazendo o trovão da Jutlândia, dias em que o litoral da Escânia estendia-se vívido como um debrum púrpura sobre a expansão ondulada do Sund, dias de céus amplos, riscados de nuvens semelhantes a costelas, lembrando o esqueleto de um anjo, dias de dezembro com nevadas que o vento fazia cair de viés, dias de março com granizo a descer do norte como um punho irado batendo à porta, dias de junho em que o verdor ocupava toda a paisagem, dias sem qualidades, dias com um furo no meio, dias que jamais sabiam aonde queriam chegar e terminavam em insônia, dias de viagem, dias de cerimônias em que ela e Horwendil eram instalados em seus lugares como se fossem estátuas de bronze ou então saracoteavam como atores, dançando em meio a cortinas de velas e florestas de comida, dias de lavar roupa em que, em meio a gargalhadas e lixívia, ela trabalhava lado a lado com as servas de Elsinore, com suas mãos vermelhas, dias de doença em que ela flutuava, febril, e recebia uma sucessão de visitas de fala mansa, uma das quais talvez viesse a revelar-se a Morte sem rosto, que a levaria para junto de Rorik, Marlgar e Ona, Ona que havia morrido mais moça do que ela, e em seguida dias de terna convalescença, dias em que as faias ostentavam longas flores vermelhas e os salgueiros arcavam com flores amarelas, dias em que o filho de uma criadinha nascia morto, dias em que Horwendil estava ausente, dias em que eles dois haviam feito amor na noite da véspera, dias em que ela comia demais, dias em que ela jejuava até sentir-se tonta, dias que começavam com o Sund liso como um lago de mercúrio à luz perolada do amanhecer, dias em que o vento arrancava gotículas de água das ondas encolerizadas que eram como labaredas brancas, dias de menstruação, dias de santos — os dias se passavam, e Gerutha sentia que eles levavam embora sua vida, enquanto ela envolvia-se em atividades e compromissos que cabiam a uma rainha escandinava, companheira de um belo rei louro que a cada ano tornava-se mais admirável e mais distante, como se fosse aumentando à medida que se afastava dela.

“Martelo”, disse-lhe Feng. “Eu o chamava de Martelo. Nem um pouco sutil, mas acertava bem na cabeça.”

E era assim que Gerutha se sentia depois que fazia amor com o rei — martelada, reduzida a uma submissão quase beatífica, pregada, resolvida. Feng, o irmão de Horwendil, estava de volta de suas aventuras no sul, tendo recentemente colocado sua espada, sua lança e sua língua versátil a serviço dos senhores de Gênova em suas prolongadas disputas com Pisa pelo controle da Córsega e da Sardenha. "O Mediterrâneo", Feng explicou a Gerutha, "tem águas mornas o bastante para que se possa nelas nadar com prazer, desde que não se leve uma ferroada mortal de certas criaturas transparentes em forma de sino. Na margem oposta fica a África, onde os infiéis muçulmanos refinam suas torturas e abominações, e para o leste há um império de curiosos cristãos orientais, que despacha exércitos para debater a presença ou ausência de um 'i' num termo grego de teologia, e que permite que seus sacerdotes se casem e usem barbas. É o próximo lugar que eu gostaria de conhecer. Os nobres de lá, em vez de brandir porretes e montantes tal como se faz aqui nestas atrasadas terras setentrionais, preferem o punhal e sofisticaram muito a arte do envenenamento, segundo dizem. Muitas insidiosas influências asiáticas são levadas a Gênova pelos cruzados que voltam da Terra Santa e seus cativos, juntamente com muita riqueza e idéias engenhosas. A senhora gostaria das terras ao sul dos Alpes, Gerutha. São montanhosas e verdejantes, e as cidades, situadas no alto dos morros, estão sempre se digladiando, de modo que nunca falta trabalho para guerreiros andantes como eu. As terras de lá têm um aspecto reluzente, fantástico, muito diferente destes nossos pântanos nevoentos, ou névoas pantanosas. As aldeias encarapitam-se no alto das pedras do modo mais espantoso; há terraços apegados às encostas até a beira dos penhascos; e as gentes de lá, de pele mais escura que a nossa, são de uma natureza suave e astuta, solares e no entanto assíduas na prática de artes manuais."

"Lembro-me", disse ela, "de uma travessa oval de prata, com uma borda larga coberta por desenhos estranhos, densos, lineares, que o senhor nos enviou por ocasião de nosso casamento, ao qual não pudeste comparecer."

"Lamentei minha ausência. Imaginei que não sentiriam minha falta."

"Pois eu a senti, embora não nos víssemos desde meus tempos de menina, quando de vez em quando o senhor me dirigia um olhar. Muitas vezes tenho pensado naquela época. O irmão do marido é uma figura de interesse, pois nos dá uma outra versão dele — é, por assim dizer, o mesmo homem refeito por um outro lance de dados."

"Meu destino", disse Feng, com certa impaciência, "é ser sempre visto como uma versão menor de meu irmão. Por isso vivo viajando para lugares onde tal comparação não seja feita. Imaginei que, ao se casar com a filha do rei Rorik, ele estaria ganhando mais uma oportunidade de comparar desfavoravelmente a minha fortuna com a dele."

Aquele homem, pensou Gerutha, falava com uma liberdade instigante, de um modo a desafiar tanto a ela quanto a si próprio. Falava com facilidade, com curiosas variações de andamento, as palavras ora atropelando-se umas às outras, ora prolongando-se em seus lábios, que não eram finos e secos como os de Horwendil, nem gordos e escorregadios como o lábio inferior de Corambus, e sim rubros e formosos, como lábios de mulher, sem serem exatamente femininos. Não eram talhados de um só golpe, como os de Horwendil, nem derramados de qualquer jeito como os de Corambus, e sim moldados como se por dedos amorosos e diligentes. Sua voz era mais grave — um instrumento mais lustroso, tangido por mãos hábeis — que a de seu marido, e sua pele era mais escura, fosse por ser aquela a sua tez natural, fosse por ter ele passado tanto tempo no sul, isso ela não sabia. Era uma ou duas polegadas mais baixo: mais próximo da altura de Gerutha. "Há dezoito anos, se não me falha a memória", disse ele, "a diplomacia do sacro imperador romano enviou-me ao reino de Aragão, onde atrás das catedrais há barracas em que se vendem artigos obtidos do comércio ilegal com o emirado de Granada, artefatos produzidos pelas mãos fanaticamente pacientes dos infiéis. O desenho linear a que a senhora se refere é uma escrita, que avança no sentido oposto à nossa, cujo sentido era, creio eu, que não há outro deus senão Alá, e que seu profeta é um comerciante de camelos chamado Maomé."

Sua voz tornara-se seca e rápida, com um certo toque zombeteiro que escandia certas frases, como se para expô-las à luz da ironia. O cabelo era negro, cortado rente, com fios grisalhos eretos a circundá-lo. Acima de uma das têmporas havia uma mossa lustrosa que indicava a presença de uma cicatriz antiga, sobre a qual os fios nasciam de um branco puro, dando-lhe uma aparência mosqueada. Os olhos eram menos azuis e menos alongados que os de Horwendil; eram castanhos e um pouco amendoados, com cílios de uma espessura inusitada, como os de um ator pintado. O nariz era adunco, com narinas largas e ávidas. Embora mais moço, parecia mais velho que o irmão, mais curtido. Tinha sido marinado numa essência saturnina. Gerutha achava atraentes as rugas que as intempéries e o cansaço das viagens haviam traçado em sua pele grossa, e também a magreza musculosa do rosto cheio de fundos e elevações. Feng tinha a vitalidade rija dos que haviam se libertado das restrições. Ela sentia que aquele homem não teria escrúpulos em mentir e enganar os que o amavam, porém isso não lhe causava nenhuma repulsa; o efeito era que seu interior acabava parecendo, para ela, ter algo da textura atraente, rugosa e labiríntica de seu exterior. À medida que amadurecia, Horwendil sucumbia às tendências dos homens de pele clara e fina. A ponta carnuda do nariz curto e reto avermelhava-se; as pálpebras estavam caídas; as carnes moles da papada, do queixo e das faces não eram de todo recobertas pela barba rala e crespa que ela, quando ainda tinha influência sobre o marido, o convencera a deixar crescer.

Feng estava com quarenta e sete anos. Após seu feito lendário de matar Koll, Horwendil havia expandido e consolidado sua fortuna e fortalecido sua posição no trono, enquanto Feng vagava pelas florestas e velhas estradas romanas do sul. Agora voltara à Dinamarca para tentar fazer reverter a decadência das suas propriedades na Jutlândia que tinham sido hipotecadas — além de saqueadas pelos vizinhos e feitores, enquanto os camponeses foram devastados pela peste e pelas más colheitas — e afirmar, com alguns meses de residência no palácio que Rorik lhe concedera, seu lugar na corte real do irmão. Sua guarda, boa parte dela composta de soldados estrangeiros, seus cavalos e pajens, tinha de ser acomodada em Elsinore, por dias a fio. Horwendil reclamava. Feng revelou-se um excepcional cortesão; bebia bem, embora só revelasse estar ébrio por se tornarem seus movimentos mais lentos que de costume. Nos últimos estágios das festas, atacava, dizia-se, as criadinhas, porém esse fato causava a Gerutha menos repulsa do que era de se esperar. O próprio Rorik agia assim desde que morrera sua Ona. Veio à tona que Feng também tivera uma esposa, Lena, das ilhas Órcadas; o casamento fora não muito tempo depois do de seu irmão. Seu corpo era delgado como o de uma rainha das fadas, Gerutha ficou sabendo, e seus cabelos tão finos que, embora longos, era possível enlaçá-los num aro do tamanho de uma aliança. Dizia-se que Feng trazia sempre uma mecha desses cabelos presa à túnica de baixo, junto ao coração: fora Herda quem lhe passara essa informação da criadagem, ao ver que sua senhora estava interessada. Lena, ao que parecia, fora vítima apenas de sua própria beleza e bondade extraordinárias, antes que tivesse tido tempo de gerar um filho. Tantas mulheres boas morrendo jovens: era uma característica daqueles tempos decadentes, castigados pela peste. Gerutha não podia deixar de se perguntar se sua própria vitalidade persistente não seria um indício de uma falta de virtude, algum pacto tácito com o mal. Estava agora com trinta e cinco anos, e todos, menos ela própria, consideravam-na velha.

Em sua companhia, o comportamento de Feng era irrepreensível; parecia mesmo fugir a qualquer contato com a cunhada, quando sem querer ela estendia o braço e lhe tocava a manga, ou dava-lhe um pequeno tapa nas costas da mão agradecendo, deliciada, algum caso particularmente vívido ou divertido por ele narrado, alguma ninharia por ele trazida desse ou daquele canto de uma Europa fabulosa e arlequinal. Não estava acostumada a lidar com homens com quem ela pudesse conversar e que estivessem dispostos a ouvi-la. Horwendil e Amleth afastavam-se dela no meio de uma frase, para trocar fatos masculinos e fazer seus cálculos pessoais.

"Ao que parece, meu irmão te agrada", comentou Horwendil, quando estavam os dois no quarto de dormir amplo e frio. Sua voz era neutra e aguda, provocadora e estóica.

"Ele me fala de terras que jamais hei de pisar, pois que me falta a liberdade de um homem. Em Veneza, diz ele, há palácios construídos sobre troncos de árvore afundados no mar; as ruas são de água, as pessoas vão de um lado para outro sobre pontes que parecem pequenas escadas e usam barcos tal como nós usamos carruagens. Em Castela, só chove na primavera, quando as papoulas cobrem as encostas de vermelho. Na França, cada aldeia construiu uma igreja do tamanho de uma montanha, dedicada à Virgem."

"Tais coisas tu mesma podias ter encontrado nos romances que lês. Aliás, quem sabe foi neles que Feng as encontrou.

Quando menino, causava muitos dissabores a meus pais por sua tendência incorrigível a contar mentiras. Meu irmão é uma dessas pessoas com muitos talentos, decerto encantadoras, que acreditam que existe um atalho para chegar-se às recompensas da vida, sem que sejam necessários o trabalho paciente e a dedicação aos deveres. Por ser ele meu irmão, os laços de sangue forjados por Deus que nos unem me obrigam a amá-lo e recebê-lo, mas não te sintas obrigada a ser tão hospitaleira quanto tens sido. O príncipe tem observado tuas conversas a dois com ele, e isso o perturba."

Enquanto falavam, Gerutha ajudava o rei a despir a armadura que usava nas justas e a desfazer os inúmeros pequenos fechos e laços que prendiam as diversas camadas de metal brunido. À medida que as espadas se tornavam mais afiadas e as flechas mais velozes, as cotas de malha estavam sendo substituídas por couraças; sob as camadas superpostas de sua brigandina flexível, Horwendil parecia uma espécie de tritão, volumoso e reluzente. Gerutha ajudou-o a retirar os segmentos articulados e em seguida desatou-lhe nas costas o nó que prendia as peças de couro e acolchoado; a diminuição gradual do volume terminou reduzindo-o a uma figura um tanto patética e mirrada, embora com o passar dos anos sua barriga estivesse cada vez mais protuberante.

Já trajando sua camisola de lã crua, Gerutha entregou ao marido a dele, e enquanto ele a enfiava, debatendo-se com suas dobras, a cabeça oculta pelo pano, ela alfinetou: "Surpreende-me saber que o príncipe se dignou a dar atenção a uma atitude minha. Desde a infância que ele constantemente me evita, para poder apegar-se mais ao senhor. Atormenta-o saber que metade dele pertence à mãe. Da próxima vez que ele voltar a falar sobre sua sensibilidade ferida, bem que o senhor podia dizer-lhe que seria bom ele manifestar um pouco mais de cortesia para com o tio. É bem possível que Feng se canse de minha companhia feminina, mas o fato é que nenhuma outra lhe é oferecida, já que o senhor e Amleth estais sempre em algum outro recanto de Elsinore, quando não partis juntos em alguma viagem supérflua".

"É importante que o menino aprenda como age um homem e um rei", informou-lhe Horwendil, com aquela irritante tranqüilidade que assumia sempre que se colocava num plano superior de autoridade. A identidade pública que ele criara para si parecia, para Gerutha, oca e cansativa. A condição de rei anulava o homem privado mesmo quando ele estava de camisolão. "Daqui a um ano, Amleth partirá para ir estudar nos domínios do imperador, onde as luzes modernas, sob orientação dos preceitos divinamente inspirados dos padres da Igreja, atingem domínios além de onde foram os antigos."

"Na Dinamarca há bons professores. Não vejo por que exilar nosso único filho."

"Se é 'único', não foi por vontade minha, Gerutha."

"Nem pela minha, meu senhor."

"Eu desejava uma descendência numerosa, para garantir o florescimento de nossa linhagem real."

"Jamais me esquivei de meus deveres, embora o primeiro parto tenha sido tão penoso. Estava disposta a enfrentar aquela tortura outra vez, para servir o trono."

"O ventre é o lugar da fertilidade", argumentou ele, "e o princípio masculino é uma mera tangência. Quem sabe teu ressentimento por teres de te casar tão cedo secou tua seiva frutificativa. Certamente minha semente não te faltou."

Os olhos esverdeados de Gerutha brilharam como folhas de álamo antes de uma tempestade. "Talvez semeada com tal frieza que não foi capaz de fertilizar o solo que a recebeu com tanta disposição."

O semblante do homem mudou; empalideceu, depois avermelhou-se; ele deu um passo em direção à mulher, como se para abraçá-la; aquela muralha viril, coberta de pêlos, fora trespassada. "Ah, Gerutha", retrucou Horwendil, "nunca fui frio. Não sou frio contigo mesmo agora, dezoito anos depois de nossa noite de núpcias."

"Na qual o senhor adormeceu."

"Para não te obrigar ao contato com um bêbado grosseiro — para oferecer um eu melhor, matinal."

Havia algo de arcaico naquela delicadeza, algo que evocava os tons antiquados de Marlgar junto a seu berço, que fez a rainha arrepender-se de sua raiva. "Perdoe-me, meu marido. Não posso imaginar um homem que me servisse de modo mais valoroso e amoroso."

Porém, quando velava ao lado daquele grande vulto que roncava, ou quando, de manhã, levantava a vista do pergaminho de uma gesta, ela imaginava um Cid ou um Orlando, heróis cristãos cujas armaduras encaixavam-se em seus corpos esguios como pele de serpente, enquanto seu olhar saudava, pela janela do solário, as águas cor de bile do Sund e a faixa desolada de terra da Escânia, a atraí-la.

Novembro, até mesmo o final de novembro, quando as árvores já perderam suas folhas secas e os ásteres silvestres foram reduzidos a caules nus pelas geadas matinais, também tem dias de um calor inesperado, e foi num desses dias que Feng convidou Gerutha para visitar sua propriedade. Estando o rei em viagem, ela aceitou. Foram com um séquito, a rainha montada em silhão para que o povo não a visse com as saias arregaçadas. Gerutha sentia o corpo teso e arisco de sua montaria, um jovem garanhão baio, tendões e músculos tão tensos que o cérebro contido naquele crânio alongado não conseguia controlá-los. Ela imaginou-se dentro daquele crânio, vendo em duas direções ao mesmo tempo, duas imagens que não se fundiam numa só. O sol vitrificava os galhos cinzentos; dos campos tosados pelos quais passava aquela fileira esparsa de cavaleiros desprendiam-se cheiros cálidos de estrume e fruta apodrecida, de feno seco e turfa fumegante. Manchas escuras, como um cardume de peixes, formavam um leque contra o brilho alvacento do céu, um lençol incandescente que se repartiu em mil pedaços quando os cavalos penetraram num arvoredo de bétulas e pinheiros, para emergir do outro lado no alto de uma crista onde, numa encruzilhada, uma capela dedicada à Virgem, abandonada, encerrava um amontoado de fragmentos de gesso, alguns deles azuis. Dos dois lados da crista a terra era dividida em faixas de cores diferentes, assinalando o cultivo que ali era praticado, cada terreno exíguo zelosamente amanhado por seu arrendatário, as fronteiras demarcadas com marcos de pedra em forma de cone.

Tudo isso Gerutha via e sentia por um dos olhos: pelo outro via a si própria, com seu traje de montaria avermelhado e sua túnica verde, com padrão de losangos, que só deixava de fora os bicos das botas longas de couro de alce, vivendo aquela aventura tão rara, sob a proteção do cunhado, penetrando um território que para ela até então se reduzira a uma paisagem vista pelas janelas amplas de um castelo que primeiro pertencera a seu pai e depois a seu marido.

Sua vida, tal como ela a percebia por aquele olho interior, fora sempre um corredor de pedra com muitas janelas mas nenhuma porta de saída. Horwendil e Amleth eram os dois guardiães desse corredor, que terminava na porta fortemente trancada da morte. A morte, fim da natureza e início, segundo os sacerdotes do Deus Crucificado, de um mundo muito mais glorioso. Mas como poderia haver um mundo mais glorioso do que este? A luz que o definia, os incontáveis objetos e pontos de vista, os ruídos da vida, do movimento. As estradas das aldeias estavam ladeadas por crianças, filhos de camponeses que queriam assistir à passagem da vistosa comitiva real. Fadadas a suceder a seus pais como escravos daquelas faixas de terra que pertenciam a outrem, por alguns momentos tinham liberdade para agir como crianças curiosas e ingênuas, a olhar e aplaudir. No céu sarapintado de nuvens uma revoada de estorninhos perseguia um gavião, atarantando-o com gritos e mergulhos, enquanto o miserável predador solitário se esquivava e grasnia.

Feng deteve sua montaria, um cavalo árabe negro e esguio, com sela e bridão genoveses que lhe davam uma aparência exótica, bem ao lado do garanhão arisco de Gerutha. "Meu irmão é bom", disse ele, como se surgisse diante do olho interior dela. "Um homem bom. Como antes foi um bom menino. Sempre testando sua própria coragem, passando noites a fio sozinho no urzal, endurecendo seu espírito guerreiro com pequenas mutilações, crivando meu pai de perguntas sobre a guerra e a conduta de um líder intrépido. Creio que por vezes chegava a cansar o velho. Gerwindil era um bárbaro ímpio que jamais fez nada sem antes tomar três taças de hidromel. Seus efeitos mais heróicos foram realizados num tamanho frenesi de embriaguez que depois teve de contratar bardos que lhe contassem o que ele havia feito. Era cristão só em teoria, pois na verdade nem fazia idéia do que significava tal coisa, quem tinham sido os judeus, qual fora o pecado de Eva. Religião para ele era um círculo de pedras grandes e uma dúzia de prisioneiros de guerra sendo eviscerados vivos. Porém não resistiu à onda de conversões e deixou que os sacerdotes entrassem na Jutlândia; o castelo estava sempre cheio de padres, e eu e meu irmão fomos os que mais ouvimos as pregações deles. Não chegamos a acreditar no que diziam, apenas o suficiente para ficarmos *tristes*." Usou o termo francês.

"O senhor é *triste*?", indagou Gerutha, menos num espírito de flerte, pensou, do que por curiosidade — mas a curiosidade era talvez ela própria uma forma de flerte. Sentia-se curiosa a respeito de Feng, do que o levaria a estar sempre fugindo da Dinamarca.

"Não quando uma certa senhora está diante de meus olhos", disse ele.

"Uma certa senhora?" O sangue de Gerutha avivou-se de ciúme: Feng havia encontrado uma sucessora para a formosa Lena das ilhas Órcadas. Horwendil jamais seria capaz de uma devoção tão abstrata. Tudo aquilo que ele não podia diretamente golpear, nem foder, nem trapacear, não existia para ele.

"Cujo nome não posso revelar."

"É claro", disse ela. "Tal como mandam as regras. Porém tem ela consciência, essa senhora, da sua devoção?"

"Sim e não, creio eu. Além disso", mudando de assunto ostensivamente, "minha *tristesse* se dissipa quando me vejo numa cidade onde jamais estive antes. Porém já quase não há cidades desconhecidas para mim, a menos que me aventure em plagas tão distantes quanto Bizâncio, ou me arrisque a penetrar disfarçado nos domínios do Cã da Horda de Ouro."

Haviam chegado à propriedade de Horwendil, e Gerutha já divisava, ao final de uma alameda ladeada por álamos nus, o palácio de Odinsheim, para onde ela havia sido levada na noite de núpcias e se tornara mulher na manhã seguinte. Vários membros da comitiva se dispersaram, a fim de recolher informações para o rei referentes à colheita e à parte dela que lhe cabia por direito. Os demais seguiram adiante em direção ao palácio de Feng — Lokisheim, que Gerutha conhecia de ver ao longe, mas onde nunca tinha entrado.

A fachada era tão larga quanto a de Odinsheim, porém tinha um andar a menos, e era feita de madeira exposta com tijolos comuns, não com o acabamento de tijolos amarelos caros da outra mansão. De dentro vinha o som de passos apressados de criados, tal como ratos ao farejar a aproximação do gato. Porém haviam adiado por demais a hora de acender a lareira; os troncos frios estalavam e fumegavam. Havia no interior da casa um certo ar de ordem militar imposto após anos de abandono. As paredes e os armários abertos expunham lembranças das viagens de Feng por toda a Europa: uma espada recurva com o punho coberto de jóias; uma peça de latão formada por esferas concêntricas, em que o globo interior ostentava o traçado misterioso das estrelas; duas alabardas grandes cruzadas acima de uma arca toscamente entalhada, com alças de corda e fechos de ferro em forma de peixes a saltar.

"Uma bisarma borgonhesa e um montante bávaro", explicou Feng, num tom rápido e nervoso, ao ver que o olhar de Gerutha fora atraído pelas curvas intrincadas das alabardas, suas pontas mortais. "Os alemães da Baviera aprenderam toda a astúcia do norte da Itália. Estas cadeiras curiosas são de Veneza." Pegou uma delas e fechou-a de estalo, como se fosse uma tesoura; em seguida voltou a abri-la. "Elas dobram e as ripas se encaixam nos espaços, mais ou menos como os fios de um tear. No estrangeiro, recorre-se cada vez mais ao engenho, e cada vez menos a Deus. Nós, dinamarqueses, somos uma raça atrasada; o frio nos refresca, porém nos atoleima."

Pôs a cadeira aberta, em forma de X, perto da lareira, onde o fogo preguiçosamente começava a pegar, e cobriu com uma almofada de veludo verde o assento que preparara para ela. Gerutha acomodou-se, e Feng aproximou a outra cadeira veneziana o bastante para que ela o ouvisse sem que ele precisasse levantar a voz, em meio ao estrépito com que a criadagem trazia pratos e tigelas, talheres e travessas cheias para o almoço. "A bondade dele me oprimia", disse Feng, dando prosseguimento à conversa que iniciara quando ainda estavam montados. "Era como um travesseiro que me apertasse contra o rosto. Ele era cheio de respostas, sem nenhuma pergunta."

"Uma vez acusei-o de não ter sutileza", confidenciou Gerutha por sua vez, "no que muito desagradei a meu pai."

"A sutileza ainda não está na moda na Dinamarca", disse Feng, "mas na Europa tem muito futuro. Há mil anos que somos todos camponeses de Deus, cavando e arando, com o suor de nossas frontes, sob nuvens as mais baixas possíveis. Em Roma, cujo bispo atarefado se arroga o direito de ser pastor até mesmo das ovelhas parvas da estéril Jutlândia, vi uma mão de mármore, maravilhosamente fiel à natureza, emergir da terra, onde homens estavam roubando pedras polidas para construir suas cabanas. Em Paris, os sábios monges apaixonaram-se pelas idéias de um mago da Antigüidade chamado Aristóteles. Um desses escolásticos me garantiu que não é mais necessário aceitar Deus e Seus mistérios celestiais por força da fé apenas, pois agora podem todos ser demonstrados de modo tão rigoroso quanto as leis do triângulo."

Por algum motivo estava nervoso, falando depressa demais e olhando para ela apenas de relance. "Nesse caso", ousou dizer Gerutha, pronunciando as palavras com vagar, "temo que nossa pobre humanidade seja posta de lado. Deus não devia ter mandado Seu Filho, e sim um teorema."

Aquele pronunciamento quase blasfemo teve o efeito de por fim atrair os olhos arregalados de Feng. Eram deliciosamente mais escuros que os de Horwendil, escuros como terra esmagada contendo fragmentos de grama, resíduo de uma criação que, tal como a de Eva, viera em segundo lugar. "Diga-me, em que crê a senhora? Tenho a impressão de que a conversão de seu pai não foi mais profunda que a do meu. Ambos viviam e matavam com a inocência de animais."

"Viviam tal como ditavam as necessidades da sobrevivência e do prazer, em meio às exigências da vida cotidiana. Creio", respondeu ela, "no que me é prescrito pelos homens que me são superiores. Pois, fora dessa fé, a sociedade não oferece nenhuma segurança às mulheres. E o senhor, meu irmão, em que crê?"

Porém Feng não era seu irmão. A resposta veio tão rápida que a fez piscar. "Creio que os homens podem ser amaldiçoados", disse ele. "Não tenho tanta certeza se podem ser salvos. Depois do almoço, querida senhora, preciso mostrar-lhe algo — uma beleza que coloca nossas idéias sobre o bem ou mal à mercê da realidade."

A comida era simples e, por isso mesmo, saborosa; as carnes defumadas estavam salgadas, as frutas de outono frescas. Antes de mais nada, para que os recém-chegados se aquecessem após a viagem de duas horas, foram-lhes servidas tigelas de madeira contendo um caldo em que predominavam os sabores do repolho e do coelho; era mantido em fervura, dia e noite, num caldeirão de ferro mais pesado que um homem. Em seguida vieram frios de presunto em salmoura, fatias de ganso preservadas em mel, arenque salgado e bacalhau cortado em faixas bem finas, e aquelas pequenas salsichas secas, de tempero forte, às quais os camponeses dão um nome obsceno. Aspargos cozidos e posteriormente ressecados, com alcachofras-bravas e tanchagens embebidas em vinho para lhes melhorar o sabor, traziam à memória a colheita de legumes do verão. A sobremesa, o clímax da refeição, foi uma travessa de tâmaras e amêndoas descascadas — iguarias exóticas condizentes com os gostos estrangeiros de Feng. A presença dos comensais e o fogo cada vez mais intenso na lareira dissiparam o frio do salão amplo e baixo, tornando pesado o ar sob os caibros enegrecidos do teto.

A rainha almoçou com as outras mulheres na extremidade inferior da mesa comprida, para que seus ouvidos, ainda que protegidos pelas toucas justas, não fossem conspurcados pelo humor fescenino estimulado nos homens pelo hidromel e pela cerveja. Feng parecia tão absorto na conversa masculina, cada vez mais barulhenta, que nem sequer olhava na direção de Gerutha, mas foi procurá-la na outra ponta da mesa ainda mastigando a maçã vermelha listrada de amarelo que comera como sobremesa. Seus dentes eram irregulares, porém pareciam fortes, e estavam todos no lugar; ele não sofrera as dores e extrações humilhantes que haviam deixado falhas na boca tensa de Horwendil, fazendo-o menos propenso do que nunca a sorrir.

Feng levou Gerutha para fora do palácio, atravessando um pátio onde a lama congelada das relheiras brilhava, pois o sol do meio-dia já começava a derretê-la, chegando a um prédio comprido, com telhado de colmo, que ela percebeu, graças aos pios e farfalhares de asas que de lá vinham, ser uma falcoaria. Enquanto os dois atravessavam o pátio, as gralhas pousadas nos carvalhos grasnavam em protesto e medo; era tal o rumor que Gerutha teve a impressão de que seus ouvidos tinham sido subitamente destampados.

A falcoaria possuía uma única porta, tão baixa que um homem tinha de curvar-se para entrar. Feng, embora mais baixo que Horwendil, foi obrigado a baixar a cabeça. Lá dentro, a areia e o cascalho do chão crepitavam e acomodavam-se sob os pés hesitantes da rainha. A escuridão a deteve por um momento. O cheiro de carne e o odor pungente do excremento daqueles carnívoros alados agrediram-lhe as narinas.

"Demora um pouco para a vista se adaptar", disse Feng a seu lado, em voz baixa, para não perturbar a tessitura de sons suaves à sua volta — o adejar de penas rígidas como armaduras, o raspar de garras letais numa alcândora, um suave tilintar de guizos, as vozes dos próprios animais, um murmúrio de pranto sufocado, tão diferente dos gritos agudos daqueles predadores — quando, descrevendo círculos lentos no ar, preparam-se para o mergulho e o ataque — quanto difere a terra do céu.

A penumbra foi clareando. Emergiram alguns detalhes: as gaiolas de vime endurecido, as alcândoras cobertas de excremento branco, os pioses e as avessadas sobressalentes pendurados nas paredes, os caparões emplumados, pálidos como fantasmas, que mantinham as aves imobilizadas numa cegueira artificial. Gerutha sempre encarara a cetraria como um esporte cruel — um abuso da natureza, a transformação de um ser livre em instrumento de prazer dos homens. Essa repulsa vinha desde a primeira vez que seu pai lhe mostrara a falcoaria de Elsinore, um prédio grande como uma igreja, cujos ocupantes tinham liberdade, pois as janelas eram gradeadas, de voar de um lado para outro num espaço alto, riscado de sol.

Naquele viveiro apertado e mesquinho, Gerutha sentiu a pobreza de Feng tal como ele próprio certamente a sentia, em comparação com o rei. Agora que seus olhos estavam acostumados, ela contou apenas quatro aves vivas, em meio aos destroços bolorentos de gaiolas vazias. Era por isso que havia tantos daqueles engenhosos aparelhos de couro pendurados nos pinos cobertos de teias de aranha. "Minhas ausências reduziram meu séquito", comentou Feng. "Meia dúzia de aves e dois falcoeiros, um velho e seu neto manco. A senhora conhece alguma coisa do esporte?"

"Meu pai ensinou-me pouco, meu marido menos ainda. Creio que esse passatempo não dê muito prazer a Horwendil, embora a falcoaria real seja mantida para impressionar os visitantes com a pompa do esporte. Para alguns homens, é uma espécie de religião, creio eu. Tal como a religião verdadeira, nessa as mulheres jamais são ordenadas sacerdotisas."

"E no entanto os únicos falcões de verdade são as fêmeas. O macho é chamado terçó, porque tem apenas um terço do tamanho da fêmea, dita prima, e metade de seu ímpeto e sua fúria naturais. Eis aqui um pôlo capturado poucos dias atrás, que está sendo treinado. Encontra-se no estado intermediário entre o filhote tirado diretamente do ninho, ainda implume, e a ave já com as asas bem formadas, capturada em pleno vôo. Perdoe se lhe parece pedantismo, porém há nisso uma espécie de ciência que exige nomenclatura própria."

"Já ouvi esses termos antes", disse Gerutha.

"Esta jovem bela e orgulhosa é chamada Betsabée."

Pela luz fraca de uma única janela pequena na extremidade da falcoaria oposta à da porta, Gerutha esforçou-se para enxergar. A ave estava enrolada como um pergaminho dentro de uma espécie de meia de malha; de uma das pontas saía a cabeça, e da outra os pés amarelos, já presos a pioses. A cabecinha estava encerrada num caparão negro. Nas faces brancas havia manchas negras, como se algo tivesse escorrido de seus olhos. Quando seus olhos se alargaram para ver melhor, Gerutha percebeu, horrorizada, que as pálpebras de Betsabée haviam sido costuradas, com pontos grossos, regulares.

"Os olhos", disse Feng, ao perceber a interjeição sufocada, pois o rosto dela, sobre a touca branca, estava virado para o lado. "Ela foi pestanejada, como se diz. É para sua própria proteção; senão fica desesperada ao ver as possibilidades de liberdade à sua volta. As garras foram aparadas e aos pés lhe foram atadas cascavéis, para que o falcoeiro ouça o menor movimento que ela fizer. É uma ave complexa, sensível, excitável. Para que se torne parceira do homem, é preciso prendê-la, tal como se prende um bebê com cueiros, ou se mantém um rei em seu trono durante um dia inteiro de cerimônias sagradas. Seu coração pede o ar livre, e tentamos vertê-la, como se através de um funil, dentro de um vasilhame prático. Ela é alimentada, Gerutha — recebe mais carne do que jamais conseguiria obter se estivesse em seu estado selvagem. Para ela, a cegueira é uma bênção, um modo de convencê-la a aceitar a segurança. A senhora já observou que, para pegar um ganso, o pastor joga um lençol sobre ele e o animal imediatamente se imobiliza, como se adormecido?" Sua voz a acalentava ao pé do ouvido, áspera, numa abrasão agradável.

"Do mesmo modo os homens subjugam as mulheres com suas promessas arrebatadoras", disse ela. "E depois, seus olhos são abertos?"

"Tão logo o falcoeiro julgue que está pronta para o caparão. Ele a acostuma à voz humana, ao nosso toque, ao nosso cheiro, que são sensações fortes demais para os sentidos delicados do falcão. Para tranqüilizar a ave, ele borrifa água sobre ela com sua própria boca; canta-lhe a mesma canção, vez após vez. Passa noites e mais noites acordado, mantendo-a desperta com ele, até por fim ela sucumbir e aceitar sua luva como lugar natural para repousar. Essas criaturas milagrosas não são como os cães e os porcos; o mundo em que vivem é muito diverso do nosso, e só nos aproximamos dele se pacientemente formos tecendo um vínculo com elas de modo a trazê-las pouco a pouco para junto de nós."

"Pobre Betsabée, quisera eu que ela compreendesse suas ardilosas justificativas para o sofrimento que lhe é imposto. Veja, ao pé da alcândora, como ela perdeu penas! Há de ficar tão nua quanto no dia em que o rei Davi a viu do telhado de seu palácio."

Ela estendeu uma pequena pena marrom, de ponta branca como se coberta de creme. Com um gesto solene, ele pegou-a da palma rosada de Gerutha e prendeu-a em seu cinto. "Venha", disse ele, "venha conhecer Joquebede, a mãe bíblica de Miriam, mãe de Moisés. É um gerifalte, das regiões de neve e gelo eternos. Suas penas mudam de brancas para castanhas e vice-versa conforme a estação do ano; no momento ostenta sua nova penugem de inverno. Os gerifaltes", prosseguiu ele, tentando proteger seu nervosismo amoroso por trás de uma impessoalidade de professor, "são maiores que os falcões-peregrinos. Betsabée é falcão-peregrino. Joquebede foi treinada para caçar grous nos pântanos, mas creio que deve estar tão sem prática como seu senhor. Quando o falcão não é treinado de modo constante, ele tende a reverter ao estado selvagem e põe-se a bater asas com fúria quando se vê preso ao piós, pendurando-se de cabeça para baixo; rejeita a alcândora e recusa-se a comer até mesmo uma iguaria como um fígado fresco de coelho."

Enquanto falava, calçara uma luva de couro que chegava quase à altura do cotovelo. Estalando a língua com suavidade, acariciando as penas alvas do pescoço de Joquebede, Feng induziu a prima encapuzada a pular para cima de seu pulso, com pioses amarrados nos pés. Murmurando para ela, levou-a para fora da falcoaria, para um extenso prado em declive atrás do prédio, junto à única janela; ali a grama parecia viva, com as ondas brancas que o vento nela traçava e as sombras rápidas das nuvens, que haviam se tornado mais abundantes e escuras depois daquela manhã de céu encarneirado. "Veja: o falcoeiro em pessoa", disse Feng.

Era um velho, chamado Thord, enrugado e curvado pelo passar dos anos, porém com o peito largo, como se feito para sustentar asas. Tirou o chapéu comprido de feltro para saudar seu senhor, sua rainha e o gerifalte, como se fossem três membros de uma mesma estirpe excelsa. Num trecho próximo do prado, onde a grama fora ceifada, explicou Feng, o falcoeiro e seu neto, Ljot, estavam treinando uma terceira ave, um gavião-europeu chamado Jezebel, fazendo-a atacar alguns arganazes que eles haviam capturado e aleijado, torcendo e quebrando uma pata de cada um deles para torná-los mais lentos. Para divertir Gerutha, fizeram uma demonstração: Ljot, um menino de membros magros, cílios alvos e olhar embaçado, que mancava ao caminhar, deixou sair de um saco um corpinho pardo e trêmulo que partiu com fúria em direção a um trecho de capim alto, aos saltos e ziguezagues por estar com a pata quebrada. Quando a ralé já quase conseguia enfiar-se no matagal, Thord soltou a ave; após um vôo rápido e rasteiro, a prima preou a criatura indefesa, que em seguida suas garras deixaram cair no chão.

"O gavião não faz vôo de altanaria", explicou Feng. "Ele plana a braço-tornado e ataca de surpresa."

"E parece estar tão saciado que nem sequer come a presa que mata", disse Gerutha, já acostumada com a presença de Feng o bastante para ousar um tom de reprovação.

"Deixa a presa para seus senhores. Foi treinado a só comer o que lhe é dado por mãos humanas. Agora vou mostrar-lhe como Joquebede caça grous."

Haviam feito um engodo com duas asas azuis de grou amarradas com uma tira de couro de cavalo. O menino trouxe esse instrumento tosco de um galpão junto à falcoaria e levou-o para o lado oposto do trecho ceifado. Thord, com um grunhido paternal, pegou a ave, pousada em sua mão protegida pela luva, e, com um rápido movimento da outra, prendeu uma corrente fina nos tornéis nas pontas dos pioses. Com a mesma mão, em seguida arrancou o caparão, guarnecido com uma borla vermelha, que lhe cobria a cabeça.

O olho do falcão! Era maior do que Gerutha poderia ter imaginado, mais negro e mais brilhante — uma pérola de pura noite. Foi o que ela pensou, até que o gerifalte virou a cabeça num ângulo que captou o sol, e uma flor multipétala, dourada e castanha, surgiu por trás da córnea transparente. Era tão fina a penugem da cabeça achatada e reluzente de Joquebede que ela parecia calva, e as penas alvas do pescoço eram salpicadas de finas marcas pretas. O bico adunco estremecia, convulso, enquanto o olho observava todos a sua volta, examinando os rostos à procura de uma presa. Quando os olhos pareceram fixar-se nos de Gerutha, a rainha prendeu a respiração. Assim, a morte não se esqueceria dela, ao contrário do que ela imaginara quando menina, no tempo em que o mundo parecia uma única e interminável manhã.

"Desvie seu olhar, senhora", pediu o velho falcoeiro com voz suave. "Um rosto humano desconhecido é veneno para elas, enquanto ainda não estão de todo adestradas."

Aquela admonição feriu Gerutha, pois em verdade desde pequena fora habituada a ser admirada. Olhou de esguelha para Feng, porém ele estava absorto na prática da cetraria, seus olhos negros tão implacáveis quanto os de Joquebede.

Mancando e assobiando, Ljot rodopiava o engodo, agitando o ar; era tocante vê-lo correr, com tanto empenho e tanta dificuldade, o rosto pálido voltando-se para trás de quando em quando. Fixou o aparelho desajeitado onde o capinzal iniciava, a meia distância de uma flechada dali, e acocorou-se, desaparecendo no mato. Veio um assobio fraco, úmido e insistente do ponto onde ele se escondera. Feng explicou a Gerutha, sussurrando junto a seu ouvido, que aquele apito fora feito com uma laringe seca de grou, cortada. Thord soltou o falcão; a ave saiu na disparada, arrastando um fio fino preso à avessada. Thord, com seu grunhido gutural, excitado, ia soltando o fio enquanto o falcão voava; Gerutha ouvia seu corpo roçar no capim. Joquebede, com os pés bem abertos, pousou no engodo de asas azuis.

Ljot saiu de seu esconderijo e recompensou a ave com a perna peluda de um coelho recém-abatido. Enquanto o falcão comia, o menino recolhia os pioses, amarrando-os. Joquebede foi levada de volta ao velho Thord, que acariciou com uma pena rígida seus pés cruéis e descarnados, seu bico recurvo ainda sujo de pêlos de coelho e sangue. Feng explicou, ao pé do ouvido de Gerutha, que pouco a pouco o fio era dispensado e ralés diversas eram utilizadas, como narcejas e perdizes. Aves vivas, de asas quebradas e olhos pestanejados, seriam colocadas num prado, para o adestramento do falcão. Assim, pacientemente, passo a passo, o assassino natural se tornava parceiro do homem.

Uma diversão tão cruel e pueril, pensava Gerutha, *um passatempo tão trabalhoso*, ao mesmo tempo admirando o que havia naquilo de paixão e afinco, a perícia que passava de uma geração a outra, como uma gadanha afiada muitas vezes. Os homens precisam brincar com a morte, para torná-la menos terrível quando ela vier. Feng tirou a luva, com a qual trouxera Joquebede para fora da falcoaria, e ofereceu-a a Gerutha, para que a provasse. Parecia haver naquilo algo de perigoso, enfiar a mão onde mulher alguma jamais pusera a sua. A luva era larga demais e estava bem quente por dentro — o calor da pele de Feng. Seguindo as instruções dele, ela deixou que Joquebede se empoleirasse em seu punho. A ave era mais leve do que parecia ser, toda ossos ocos e fome ávida: mais leve que um filhote de gato, que uma cesta de costura pendurada no braço. Quando mudavam de posição, as garras recurvas rasgavam de leve a luva acolchoada, em farrapos. Os pés letais de Joquebede apertavam, enquanto seu crânio insistia em seu movimento inquieto; o olho negro, esférico e reluzente, buscava o ajuste perfeito, o ângulo para melhor observar o rosto de Gerutha.

Abruptamente, Thord cobriu a cabecinha curiosa com o caparão e fez Joquebede passar da luva de Gerutha para a sua.

"Perdão por interromper", disse ele, sem olhá-la nos olhos. "Mas o olhar humano a assusta. Temos de tirá-la da escuridão com muito jeito." A relação do velho com aquelas aves, Gerutha constatava, tinha prioridade sobre o respeito devido a sua rainha.

Perguntou-lhe Feng: "Como foi a sensação de ter um assassino sobre o punho?".

A luz do sol estava sendo obstruída; os fragmentos de nuvens no céu haviam inchado e escurecido, acumulando-se como placas de gelo a barlavento do Skaw. O dia curto de novembro estava rapidamente perdendo aquele calor fora de época.

"Somos mulheres, ela e eu", respondeu Gerutha. "Temos de aceitar o que nos oferece o mundo. Certamente ela comeria folhas, se a natureza não a tivesse tornado escrava da carne. Não devemos julgá-la pelas normas que criamos para as ovelhas."

Feng riu; os dentes, embora irregulares, eram atraentes naquela boca vermelha, entre o bigode aparado e a barba pontuda, à moda italiana. "Gostaria de lhe deixar uma ave como presente. Não Joquebede, que é demasiadamente sua irmã, mas talvez a delicada Betsabée, quando seus olhos não mais estiverem pestanejados."

"Deixar-me?"

"Sim. Terei de partir em breve. A Dinamarca ainda não é meu pouso. Meus senhores de Gênova permitiram-me que me ausentasse por questões pessoais; as questões foram devidamente examinadas e as medidas necessárias, tomadas. Só meus falcões sentirão minha falta; meu irmão tem a Dinamarca sob controle. A Dinamarca e a dama que, nos sentimentos do povo, é a verdadeira herdeira do trono. Todo o país a ama, Gerutha, até o mais distante dos súditos." Fez uma breve mesura, para não haver possibilidade de que ela não identificasse o súdito em questão.

Era praticamente a primeira vez que lhe faltava a sutileza; naturalmente, qualquer mulher sabe o que está acontecendo, que negociações estão se travando entre as partes inferiores, desprovidas do dom da palavra, sob o disfarce de maneiras refinadas. "Distante", disse ela, "espero que não no afeto. Meu marido, o rei, já conta com a sua presença na corte. Seus conselhos lhe são de valor, bem como a lembrança do passado comum que sua presença lhe evoca. A ele, o senhor relembra o jovem que ele foi outrora. Não é bom que os filhos de Gerwindil fiquem tão separados."

"Talvez a separação seja melhor para ambos. Dois filhotes de lobo não podem viver toda a vida na mesma toca. A distância traz segurança e uma pureza que evita quaisquer riscos à lealdade, tanto para irmãos quanto para amantes."

"Por que falar em amantes?", indagou Gerutha. "De minha parte, perderei um amigo e irmão que acabei de ganhar — irmão, amigo, e amante de falcões."

"Pertencemos àqueles que nos controlam", disse Feng, e meneou a cabeça num gesto súbito, como se de irritação, fazendo sinal para Thord de que precisavam partir. Thord desamarrou Joquebede da corrente, prendendo-lhe aos pés os pioses e guizos para que nenhum movimento dela durante o dia ou a noite passassem despercebidos a ele, para que melhor pudesse controlá-la. Os olhos do velho, pensou Gerutha, brilhavam no fundo das rugas de seu rosto castigado pelo tempo, como se houvessem se sujeitado, com o passar dos anos, ao olhar altivo e enfático dos gaviões. Sentiu piedade do menino Ljot, fadado a envelhecer, tornar-se recurvo, o rosto enrugado e crestado de sol, a serviço de uma raça de rapinantes ingratos.

Deus meu, pensou Feng, *o amor por ela me devora vivo*. O desejo por Gerutha o consumia à noite; imagens dela ardiam no fundo de sua mente enquanto ele se revirava e contorcia em seu catre de nômade — um certo jeito dela de virar-se, um certo ângulo em que seu rosto se inclinava quando ela se virava, ao ouvir a voz de alguém sem saber que ele a estava observando (ou sabendo?). Seu cabelo solto e fino, cercado de um halo de fios rebeldes; seria uma indecência ver aquele cabelo louro avermelhado de esposa, não fosse o marido seu irmão, que por isso lhe permitia o acesso aos aposentos do casal quando faziam o desjejum, ela trajando uma túnica sem cinto não tão comprida que lhe ocultasse os pés nus, uma nudez rosada que dizia de todo um corpo sob a roupa, ainda guardando o calor lânguido do sono recente, pés rosados dos lados e brancos nos dedos e de uma tonalidade de cera nos calcanhares, todo o corpo de Gerutha uma vela flexível portando a chama pálida e inextinguível de seu cabelo.

Horwendil estaria lá, já vestido para ir à caça com aquele pirralho insolente e ajanotado, Amleth, ou então com um de seus trajes reais de veludo para receber algum embaixador ou o pateta de um funcionário da Fazenda, sem se dar conta daquele tesouro de mulher num silêncio recatado a seu lado, os lábios delicadamente retirando da ponta afiada da faca um pedaço de javali, ou provando ovos de codorna servidos numa travessa de madeira, enquanto o marido palrava pomposo, para impressionar o irmão, a respeito dos noruegueses, ou dos polacos, ou dos novgorodenses que estariam fazendo incursões em alguma miserável fronteira pantanosa ou traiçoeira rota marítima, a voz inchada de majestade. Acostumado a jamais ser contrariado, ele se estendia incansavelmente: "E os comerciantes, os comerciantes, Feng, são uns velhacos impertinentes, sua prosperidade é garantida pela segurança criada pelo Estado, eles usam nossas estradas, nossos portos, nossas cidades protegidas, e precisam pagar impostos, porém escondem sua riqueza desavergonhadamente, guardando-a aqui e ali, onde nenhum contador possa encontrá-la! Nos tempos de nosso pai, Feng, era impossível ocultar a riqueza, ela estava à vista de todos; colheitas e terras, cabanas de vassalos e vilãos, pastos verdejantes e celeiros fornidos, o agente do rei podia calcular tudo com um só olhar, mas agora a riqueza escorre invisível de um lugar para outro, em forma de números, números escritos em livros; é fácil pôr a culpa nos judeus, porém, ouve o que te digo, não são só os judeus que nestes nossos tempos corrompidos se dispõem a sujar as mãos com a usura, que riem da danação, que se dedicam a fazer os balanços abstratos de débito e crédito e impô-los a cada cidade, cada porto, de modo que os laços de lealdade que nos tempos de nosso pai uniam vassalo a senhor, senhor a rei e rei a Deus já não valem nada, por assim dizer, até mesmo os falares que outrora distinguiam as gentes da serra das gentes do vale agora se dissolvem na língua dos números — números, meu caro Feng, inventados pelo próprio Maligno encarnado em maometanos e trazido para cá pelos cruzados, juntamente com tantos casos fatais de bexiga contraídos com alguma rameira de pele azeitonada. A riqueza dos comerciantes, esses desgraçados, é escorregadia como uma serpente: só se manifesta na mobília de seu quarto e na quantidade de prata e ouro com que eles enfeitam a vagabunda com quem se casaram!".

A fala de Horwendil sempre fora marcada por uma licenciosidade dispersiva, uma fanfarronice furtiva, pois sua língua não conseguia evitar dar expressão às partes inferiores de sua mente, as mulheres que ele violara como parte dos privilégios de um saqueador, até mesmo Sela, embora Feng tivesse insistido para que ele a poupasse, que a exilasse para alguma ilha ou a entregasse aos noruegueses em troca de um resgate, mas não,

Horwendil fizera questão de possuí-la, por mais que ela arranhasse e lutasse como uma valquíria. Assim, maculado e corrompido por tantos triunfos fáceis sobre criaturas belas e indefesas, o rei tagarelava mecanicamente, a barba brilhando de gordura, o ventre tão inchado como o de um daqueles comerciantes que ele pretendia roubar. Só de pensar que um porco humano como aquele podia, com a bênção da Igreja, conspurcar Gerutha sempre que sua volúpia o impelisse, Feng sentia uma fúria capaz de levá-lo ao assassinato. Para ele, Gerutha, com seu porte gracioso, era como uma janela luminosa a abrir-se para um mundo mais puro. Quando olhava para ela, a alma de Feng ofuscava-se com o excesso de luz. Ela levantava-se da mesa comum do desjejum para sua mesa individual junto à janela, onde havia um espelho oval de metal, e escovava os cabelos, as costas arqueadas sob a túnica leve, o cotovelo fino e rosado descoberto quando a manga larga caía ao levantar-se o braço num gesto rítmico, os cabelos cor de cobre estalando em mil pontas de fogo. A boca de Feng ficava seca diante da proximidade daquela carne inatingível.

Que também o corpo dela tinha um toque de concupiscência, ela própria admitira numa conversa jocosa com ele. Com humor, usando as imagens do amor cortês, ela comentara que as partes mais elevadas eram meras serviçais das inferiores. Essa fala atingiu-o a fundo, tal como fora a intenção dela. Porém Feng sabia que ela, com aquela perícia graças à qual a mulher oculta de si mesma seus próprios objetivos num excesso de clareza, não pretendia mais do que intensificar uma comunhão de espíritos a partir do castelo inexpugnável de sua posição de rainha e mãe. Aos trinta e cinco anos de idade, estava no auge da maturidade. Enquanto tivesse capacidade de gerar mais um herdeiro para o rei, seria uma extrema traição e uma afronta aos céus se qualquer outro dinamarquês dormisse com ela. O sangue real era sagrado, era o sangue de Deus na Terra. E a devoção de Feng incluía uma austeridade, um quê de abstração, que servia para protegê-lo. Jamais imaginava como seriam as partes pudendas dela, nem a representava em sua mente naquelas poses licenciosas que abrem uma mulher, como uma égua entre os garanhões, para a penetração. A expressão risonha da boca e dos olhos, a música espontânea de sua voz tranqüila, a visão furtiva de seus pés descalços e sua languidez matinal eram um nutrimento suficiente para o amor que sentia: nessa etapa delicada, qualquer imagem mais forte lhe teria causado repulsa. Tal como um falcão, o amor devia ser mantido esfomeado. O que amamos, como lhe ensinara a poesia da Provença, região aonde sua vida errante o conduzira mais de uma vez, é menos o prêmio concedido, a nudez mosqueada de luar, o corpo úmido e submisso, do que a graça celestial da entrega — a última saia retirada e o confronto direto na penumbra da câmara, como se desafiando o homem a dar o devido valor àquele prêmio conquistado das sombras do Éden.

Quanto a Gerutha, seria impossível dar-lhe mais valor do que o fazia ele. Feng amava seu bom senso, o bom humor com que perdoava. Cedida ainda jovem pelo pai ao marido, oprimida por um marido cujas virtudes seriam aprovadas por um pai, ela sabia que sua vida pulara alguma etapa, porém não se tornara ressentida por isso, de tão bondosa, realista e natural que era. "Natureza" era uma de suas palavras prediletas, que ela utilizava tal como mulheres falantes de outros idiomas usavam *der Gott, le bon Dieu, Iddio, Dios*. Feng amava o modo como, ao mesmo tempo que seus tranqüilos olhos esverdeados davam a tudo o seu peso devido, os lábios generosos e os pequeninos músculos a seu redor atuavam juntos, como se todas as palavras contivessem um chiste que sempre a fizesse sorrir. Quando pronunciava o nome dele, deixava o "ng" pairando no ar, de modo a quase criar uma segunda sílaba. Também seu próprio nome, nas raras vezes em que ele a ouviu pronunciá-lo — pois nossos nomes são muito empregados pelos outros, porém em nossas próprias mentes têm uma existência apenas marginal, já que nos conhecemos como entidades imensas e vagas demais para que possam ser nomeadas —, era atenuado para "Geruthe".

Cada inflexão de sua fala, seu pensamento e seus movimentos parecia a Feng de uma perfeição estonteante. Até mesmo a pequena falha entre os dentes era uma perfeição, uma deliciosa surpresa quando ela sorria. *Sas belas dens*, lembrou-se ele de um poema de Bertran de Born. *Vuolh sas belas dens en dos*. Quero-lhe os belos dentes como dádiva. Para que uma mulher possa ser exaltada pelo amor, é necessário que tenha uma falha, uma fraqueza, e a de Gerutha, para Feng, era a maleabilidade, uma fraqueza passiva que permitira que seu pai e depois seu marido lhe impusessem a vontade. O gosto que tinha pela natureza gerara nela um fatalismo, uma tendência a render-se. Também a ele Gerutha se renderia, se houvesse insistência. Isso Feng sentia. E ela se tornaria sua porque ele a *via*. A condição de rei cegara Horwendil, que sempre fora obtuso, sempre lidara com verdades vagas, aproximadas, apenas úteis.

Para Feng, viver com Gerutha a seu lado seria banhar-se diariamente na radiância que agora era obrigado a evitar, embora a imagem continuasse ardendo depois no fundo de seu cérebro. Ela transformaria em ouro o que nele havia de chumbo, lavaria de seu coração a mancha escura que era o legado dos jutos. Além disso — não que isso pesasse, porém era um fato — ela o tornaria rei. A Dinamarca e Gerutha seriam ambas suas. Uma possibilidade tão grandiosa estava ali, à sua frente, enquanto ele se humilhava como cortesão de seu irmão. O desejo de Feng, quando o assaltava pelas costas, era tão forte que os joelhos ameaçavam ceder, e a cabeça latejava de impaciência.

À medida que o desejo se intensificava, a figura de seu irmão passava de desprezível a digna de pena, de odiosa a indefesa. Horwendil não tinha nenhuma consciência dos riscos a que o expunha aquele seu tesouro incomensurável. Não imaginava, ou não concebia como mais do que uma idéia frívola, passageira, a inveja passional de seu irmão. Era preciso que Feng retirasse essa inveja perigosa dos domínios daquele monarca de cabeça dura — indefeso em toda a sua pompa, desapercebido em sua postura de irmão. O fantasma do pai deles, Gerwindil, tudo via. Um vestígio de consciência — certo e errado tal como concebidos por outrem, para o bem de todos, a moralidade do formigueiro — amarrava as mãos do irmão malévolo.

Feng retornou ao sul para servir os cônsules de Gênova, teoricamente vassalos do imperador; esse trabalho o levou ainda mais para o sul e, em seguida, para o leste, como emissário ao aliado de Gênova, o trono criselefantino de Bizâncio.

Como gesto de despedida, mandou Thord entregar Betsabée, os olhos já abertos, à rainha em Elsinore. Durante doze anos de aventuras, que o endureceram ainda mais, Feng de quando em quando pensava no que teria acontecido com seu presente. Presa a sua túnica de baixo, feita do linho mais grosseiro e durável, aonde quer que fosse levava a pena macia e parda que ela lhe havia entregue, como penhor e penitência.

II.

O rei estava encolerizado. "Mas, afinal, o que esse rapaz ainda está estudando em Wittenberg?", perguntou Horvendile. "Ele já completou vinte e nove anos! Quanto a mim, cheguei aos sessenta, e estou cheio de dores, achaques e acessos de uma letargia incontrolável. Já é hora de Hamblet voltar para casa e aprender a ser rei."

Geruthe escovava os cabelos abundantes, que à meia-luz da escura manhã hibernal emitiam um halo faiscante de estática fosforescente com o atrito da escova. Algumas das faíscas eram azuis, outras amarelas, e elas se prolongavam de modo notável, saltando da escova dura de pêlo de javali para os longos fios ruivos esticados. Quanto mais Geruthe escovava, mais filamentos eriçavam-se em torno de sua cabeça. "Creio que ele julga que nos falta sutileza", disse ela. "Bebemos demais. Comemos de modo grosseiro, com facas de caça. Somos bárbaros, em comparação com seus professores de lá."

"Sutileza! Que idéia faz ele da vida — acaso imagina que seja um espetáculo teatral em que rapazinhos afetados andam vestidos de mulher?"

"Ele pouco me fala a respeito do que pensa", disse Geruthe, "ou a respeito de qualquer outra coisa, aliás. Porém, com base no que Corambis dá a entender que Laertes lhe diz, nas rodas mais cultas nos países mais ao sul há toda uma agitação em torno do saber antigo que os cruzados têm trazido, coisas que os árabes e os monges bizantinos vêm transcrevendo há séculos, mas ninguém as lia, algo a respeito de uma nova maneira de ver o mundo *cientificamente*, seja lá o que isso for, deixando que a própria natureza se revele a nós nos menores detalhes, um após o outro, como se as mulheres e as crianças e os moleiros e os fazendeiros não viessem fazendo isso há séculos. Isto é, em vez de confiar cegamente no que dizem os padres e a Bíblia. Em vez de raciocinar a partir dos primeiros princípios, os princípios é que são deduzidos a partir de uma infinidade de detalhes observados. Desculpe se o que digo não faz muito sentido; mas acabei de acordar, meu querido esposo."

"Tu confirmas minhas piores suspeitas. O que meu filho está fazendo às margens do Elba é aprender a *duvidar* — a zombar e blasfemar, enquanto eu tento valer-me da fé e da ordem para conseguir unir um amontoado de dinamarqueses traiçoeiros e rebeldes."

"Tento lembrar-me das outras coisas que disse Corambis", prosseguiu Geruthe, enquanto a eletricidade estalava em cores ao redor de sua cabeça. "Parece que o homem seria a medida de todas as coisas, o que de certo modo faz sentido, já que os homens e as mulheres estão aqui, a nossa volta, enquanto Deus, embora percebamos Sua presença em *algum* lugar, é bem mais difícil de observar. Mesmo assim, estariam as pessoas de fato preparadas para serem a medida das coisas? Mal conseguimos medir a nós mesmos. Somos os únicos animais que cometem erros."

"Precisamos fazer com que Hamblet volte, senão as *thing* regionais hão de escolher outro quando eu... se eu... Como já te disse, tenho tido esses estranhos acessos de fraqueza."

"É natural, são coisas da idade, querido esposo. Também eu sinto necessidade de cochilar com mais freqüência que antes. O senhor ainda há de viver por mais uns vinte anos, ao menos", disse ao rei sua esposa, no momento em que uma faísca azulada particularmente grande saltou de seu cabelo, como se aquela idéia não fosse de todo agradável para ela. "Os jutos são duros na queda. O seu irmão, por exemplo. Sofreu cinco feridas numa emboscada armada pelos turcos, e mesmo assim tem a agilidade de uma pantera, e mais cabelos na cabeça que um urso." Agradava-a mencionar Fengon, que não muito tempo antes encerrara seu longo período de cavaleiro errante no exílio, e que de repente passara a dar muita atenção aos moradores de Elsinore. Sua cabeça e sua barba floresciam, salpicados de fios grisalhos atraentes, enquanto os cachos louros e crespos de Horvendile, que outrora lhe davam uma aparência nórdica magnífica, haviam rareado acima da fronte e no cocuruto, dando-lhe um toque de vulnerabilidade. Seu crânio agora revelava uma dureza mineral, um brilho marmóreo.

"Exatamente", disse ele em voz bem alta, andando pelo quarto e resumindo a situação: "Esse meu irmão destrambelhado está de volta, sempre rondando o castelo como se farejasse seu futuro aqui, e Hamblet, que devia estar em seu lugar, exibindo-se ostensivamente como o sucessor, em vez disso passa os dias em Wittenberg às voltas com filosofias inúteis e as orgias com prostitutas, numa devassidão que seria compreensível num rapazote de dezenove anos, mas não num homem dez anos mais velho".

Estava num de seus rompantes de ira, como uma chapa de zinco sacudida nos bastidores para fazer as vezes de trovão.

Geruthe conteve a ponta da língua com os dentes, evitando dirigir comentários impensados àquele marido de impulsos tão coléricos e de tamanhas conseqüências. Dava-se conta de que, com o passar dos anos, eram cada vez mais bem pesadas e pensadas as palavras que lhe dirigia, ela que antes se abria com ele de modo tão espontâneo, muito embora no mais das vezes ele só lhe respondesse com grunhidos. "Não me parece", disse ela, "que nosso filho tenha muito interesse por esses prazeres grosseiros que o senhor lhe atribui, com uma ponta de inveja. À medida que foi crescendo, suas descobertas dos mistérios da natureza desencadearam nele, até onde uma mãe pode perceber tais coisas, reações mais de espanto e repulsa do que de entusiasmo. Para ele, as mulheres não são assunto de maior interesse; ele próprio possui em tal grau o princípio passivo que este não lhe parece tão atraente em outrem. De tão exigente, ele só se interessaria por alguém que fosse muito jovem e delicada. Tenho em mente — como já mencionei antes, meu senhor — Ofélia. Está com dezessete anos, a idade exata que tinha eu quando me casaram, e nas suas raras visitas a Elsinore o príncipe tem lhe dedicado cada vez mais atenção, pois sua beleza torna-se mais e mais vistosa. No último verão, creio eu, a relação entre os dois já não era mais a de um primo mais velho e jocoso e uma meninota excessivamente tímida que o adora. Ofélia tornou-se uma bela mulher, doce, até espirituosa, embora ainda tímida, como convém a uma donzela."

Disse Horvendile, andando em torno do quarto como se tentasse às cegas encontrar uma saída: "Ela não é apenas tímida; é frágil. Há em seu juízo uma rachadura que, no advento de qualquer circunstância mais séria, pode abrir-se de todo. Ademais, um príncipe deve desposar uma princesa, para desse modo aumentar a rede de influências do trono. Casá-lo com a filha de meu camareiro-mor seria uma espécie de incesto político nada salutar. Há tanto tempo Corambis nos lisonjeia com seus conselhos que chego a pensar em despedi-lo — naturalmente, não nesses termos, e sim com o pretexto de aposentá-lo e recompensá-lo pelos muitos anos de serviço, talvez despachando-o para aquela cabana às margens do Gurre Sø, a qual ele vem reformando e ampliando com as pequenas quantias que desvia do tesouro real".

Essa notícia não agradou a Geruthe, que via Corambis como seu aliado, numa Elsinore que era agora mais fria do que antigamente. Ela disfarçou sua surpresa, limitando-se a protestar: "Corambis não apenas é seu conselheiro como também foi de meu pai, Rodericke. É um elo vivo com a minha infância e com os tempos simples e cordiais em que os noruegueses tinham sido recém-derrotados".

"Precisamente. Ele está acostumado demais a usufruir do poder real. Excesso de proximidade ao trono gera inveja e presunção. Seu propósito de tornar rainha sua filha enfermiça, tão pouco saudável quanto a mãe dela, impedindo-me de fazer uma aliança vantajosa, é a meu ver uma forma de traição. Há princesas para além de Novgorod que proporcionariam dotes de dimensões asiáticas, em âmbar, peles e esmeraldas da tundra, a um aliado ocidental. Os envolvimentos de Hamblet não são questões sentimentais e sim matérias que exigem deliberação nas esferas mais isentas de paixão. Jamais confie num conselheiro que tem uma filha casadoura."

Geruthe largou a escova, afastou-se do espelho, encarou o marido e disse: "Não se trata de nenhuma tramóia de Corambis ou minha, e sim de um movimento natural que nós dois percebemos, sem fazermos nada no sentido de incentivá-lo — trata-se do afeto de Hamblet por uma flor que desabrochou em sua própria corte, enquanto ele passava a maior parte do tempo afastado. Quanto à jovem, como poderia ela não se sentir fascinada por nosso príncipe adolescente ao vê-lo transformar-se num homem tão atraente e expressivo, o melhor partido imaginável, que até agora está livre de qualquer compromisso? Porém ela é dócil, e abandonará todas as suas esperanças se seu pai assim o determinar".

"Então que ele o faça do modo mais direto. É verdade que Ofélia tem a idade que tinhas quando contraíste núpcias, mas não eras uma criatura doente e tímida, que se deixava dominar por teu pai."

"No momento mais importante, deixei-me, sim", retorquiu Geruthe, o rosto avermelhando-se, "como o senhor certamente há de lembrar-se, pois que foi quem mais lucrou com minha submissão. Ofélia tem mais determinação e bom senso e mesmo capacidade de paixão do que o senhor pensa. Ela há de gerar uma prole vigorosa, é o que me dizem meus instintos."

Horvendile encarou a esposa com aqueles olhos claros e fleumáticos que por vezes viam mais do que deviam. "Teus instintos estão a serviço dos teus desejos, minha cara. Nessa jovem vês uma imagem de ti própria quando moça, e o que pretendes é submeter nosso único herdeiro a um eco imaginário da tua juventude. Geruthe, não tentes utilizar essa mocinha frágil como meio de realizar-te tardiamente e conquistar teu próprio filho. Quando tentamos usar uma ferramenta do modo errado, ela pode ferir nossas mãos."

Geruthe largou a escova com um estalo sobre a penteadeira de urze-branca e carvalho, onde estavam dispostos os utensílios que usava para realçar sua beleza — utensílios que, embora ela já estivesse com quarenta e sete anos de idade, eram na verdade quase desnecessários: a escova de cerdas de javali com pontas negras; dois pentes de marfim trabalhado; uma pinça de ferro para arrancar os pêlos indesejados que lhe alargavam as sobrancelhas e se espalhavam pelas têmporas arredondadas; quatro palitos, dois de marfim e dois de ouro; gravetos de amieiro cujas extremidades, marteladas e embebidas em água, abriam-se em fibras as quais, friccionadas nos dentes, protegiam de parasitas e mantinham belo seu sorriso; um pote de pedra-sabão contendo hena em pó e outro com lápis-lazúli, para esfregar nas faces e nas pálpebras nos dias de cerimônias públicas e para atenuar o rubor excessivo da tez; e um estojo de cedro oloroso no qual ela guardava ungüentos perfumados para suavizar a pele e disfarçar as rugas em torno dos olhos. Olhou-se no espelho de metal e viu um rosto que ainda guardava o frescor úmido da juventude, naquele momento avermelhado pela ira e por um sentimento inesperado de culpa. Respondeu ela a Horvendile: "Tudo o que pretendia era manifestar minha opinião a respeito de um assunto que o senhor mesmo levantou: como fazer com que o príncipe Hamblet se interesse por esta corte e por seu próprio destino real. Peço perdão se minhas intenções lhe parecem de tal modo escusas, quando as julgo diretas e honestas".

"O rei recebe conselhos constantemente e logo aprende a ver neles os interesses de quem os dá."

"Até que, por fim, a desconfiança reduz seu coração ao tamanho da ponta de seu cetro", redargüiu Geruthe, feroz, "e seu próprio filho recusa-se a voltar para casa, o que aliás é perfeitamente compreensível."

"Não é a mim que ele evita", devolveu Horvendile. Então, temeroso de que a rainha se magoasse com a conclusão óbvia de que o motivo era ela própria, tentou consertar: "É a... a atmosfera reinante", desistindo de tentar definir uma situação tão confusa, que já começava a cheirar mal.

"O que aconteceu com Betsabée?", perguntou Fengon a Geruthe. Estavam os dois num recinto pouco utilizado de Elsinore, do qual Sandro, o criado de Fengon, um homem magro de pele azeitonada, natural da Calábria, falando um dinamarquês muito claudicante, convencera um serviçal relutante a preparar e acender a lareira. A lenha era de freixo, recém-rachada; porém os dois aristocratas mal sentiam o ardor da fumaça nos olhos e o frio nos pés, tão absortos que estavam um nas entrelinhas do que o outro dizia.

Quase em pânico, Geruthe perguntou: "Betsabée?".

"O pequeno pôlo que lhe enviei muitos anos atrás, antes de voltar para o sul. A senhora esqueceu, pois uma rainha recebe muitos presentes de pessoas quase estranhas."

"E também de outras bem próximas. Eu me lembro. Não nos demos bem, eu e Betsabée. Depois que seus olhos foram abertos, ela via demais e estava sempre investindo contra os objetos do meu quarto em que o sol batia. Lançava-se também contra a parede quando ouvia algum som vindo de lá, camundongos ou andorinhas aninhadas na chaminé, sons que eram fracos demais para os meus ouvidos. Nunca consegui entender-me com ela."

"Ninguém jamais consegue, com nenhum falcão", disse Fengon, com a voz íntima, sussurrada, que só utilizava — Geruthe já o percebera — quando se dirigia a ela. Entre outros homens e criados, adotava um tom bem nítido, quase oficial. Ele havia engordado, e sua voz ganhara volume. "Não se pode chegar a eles por meio da razão. Nisso, os falcões são como nossa personalidade mais profunda, a qual o cérebro tenta em vão controlar."

"Constatei que para uma rainha num castelo não é fácil conseguir todos os dias carne de animal recém-abatido. À noite, seus gritos suaves, porém incessantes — a mim me pareciam um lamento por sua liberdade perdida —, me mantinham acordada. O falcoeiro-mor de Horvendile levou minha Betsabée para a falcoaria real, vendo que ela estava quase morrendo de fome, porém lá existia uma hierarquia estabelecida, e as outras aves de rapina, já adaptadas aos objetivos dos homens, não se dispunham a aceitar a presença de um animal ainda semi-selvagem. O falcoeiro temeu que ela fosse morta, que lhe rasgassem a garganta ou quebrassem a espinha, naquele momento em que são removidos os caparões e os falcões podem voar livremente no espaço alto da falcoaria. Pensei que talvez Thord — não era esse o nome dele? — a quisesse de volta, fui até Lokisheim com dois guardas, e só encontrei o menino, aquele menino pálido, manco...?"

"Ljot", completou Fengon, os olhos negros alertas e faiscantes, bebendo cada movimento dela, cada inflexão de sua voz, cada ângulo de seu rosto, de modo que, enquanto falava, Geruthe sentia diminuir o ritmo de suas palavras e seus gestos, tal como um músico que atenua o andamento quando se preocupa excessivamente com a atenção que lhe dão. Sentia que lhe pinicava a pele o casaco pesadamente forrado, com rendas na frente, usado por cima da cota enfeitada com brocados de prata. Que mulher — ainda mais uma que já vivera quarenta e sete verões e não era mais tão esguia — seria capaz de resistir à pressão de uma atenção tão ávida? Geruthe estava acostumada a ser admirada, mas não a ser devorada por olhos como aqueles.

"O pequeno Ljot, sim", concordou Geruthe, querendo deixar para trás tão depressa quanto possível aqueles eventos frustrantes de mais de dez anos antes, em que o presente um pouco sinistro de Fengon lhe impusera uma espécie de segredo, muito embora Horvendile tivesse ciência da curiosa oferenda de seu irmão, tendo comentado, com um riso irônico:

"Um presente tão inútil quanto seria uma roca dada a um homem!".

Prosseguiu ela, tentando adotar o mesmo tom de cautela de seu interlocutor: "Ele me disse que Thord estava adoentado, por causa da idade avançada e das exigências cruéis dos falcões, e que as suas aves haviam sido entregues, conforme as instruções deixadas antes de partir, a um comerciante de Nødebo, especializado nesses animais tão preciosos e frágeis".

"Eu não esperava voltar tão cedo", disse-lhe Fengon. "Eu havia feito um voto."

"Que espécie de voto?"

"Um voto de renúncia."

"Posso perguntar-lhe a que o senhor renunciava?"

"Ninguém melhor que a senhora para fazer tal pergunta. Renunciava eu a vê-la, a ouvi-la, a sentir o mais leve odor seu, o bastante para enlouquecer-me."

Geruthe corou. Ele sabia como ninguém insinuar o indizível, porém era ela quem o instigava, e assim não podia recriminá-lo. "Decerto tal não era necessário", protestou, no entanto. "Um homem tem direito de privar com sua cunhada, desde que o faça de modo respeitoso."

"Meus pensamentos não excluíam o respeito, porém iam além dele. Assustavam-me por sua veemência, por controlarem cada momento de minha consciência e também, horrorosamente deformados, de meus sonhos. Nos meus sonhos, a senhora era dissoluta, e eu tinha uma coroa na cabeça. Creio que meus escrúpulos eram de natureza dinástica: temia que meu amor pela senhora e minha inveja de meu irmão pudessem prejudicá-lo."

Geruthe levantou-se, em parte por estar assustada, em parte para mexer-se um pouco e aquecer os músculos naquele recinto frio e fumacento. "Não devemos falar de amor."

"É verdade, não devemos. Fale-me do destino que teve a pobre Betsabée, selvagem demais para sua dona e mansa demais para a natureza."

"Nós a levamos, eu e Ljot, até aquele prado onde vi o senhor demonstrar a arte da cetraria, e lhe devolvemos a liberdade."

"Liberdade? Mas o que significava liberdade para ela? Morrer nas garras de um rapinante maior e mais selvagem que ela, que não sofrera nenhuma interferência da mão humana." Também ele estava agora de pé, para não ficar sentado na presença da rainha.

"Não foi minha a mão que a amansou", disse Geruthe. "Desatamos os pioses, e de início ela voou baixo, como se arrastasse um fio que a qualquer momento pudesse puxá-la para trás. Depois, sentindo que nada a tolhia, começou a ascender em direção ao céu, e a pouco e pouco pôs-se a explorar os corredores do ar, porém sempre num vôo oblíquo em que ficava acima de nós, descrevendo círculos, como se não quisesse romper aquele vínculo que havia formado. Depois veio descendo como se para pousar em meu punho outra vez, mas joguei no mato minha luva de camurça acolchoada, e a ave olhou para ela do alto, como se pensasse em pegá-la; mas não, em seguida foi se afastando, gemendo, em direção à floresta de Gurre, para os lados de Elsinore."

"A senhora relembra a cena como se estivesse pintada em sua memória. E ela voltou a aparecer em Elsinore, talvez na sua janela?"

"Não, mas esteve sempre presente em meus pensamentos, pois só então me dei conta do quanto ela me era cara, embora seu valor fosse eclipsado pelo trabalho que me dava."

"A senhora se refere à necessidade de alimentá-la."

"E de limpar seus excrementos, e examinar sua plumagem à cata de carrapatos e piolhos, e toda a preocupação que ela me dava." Seu torso contorceu-se de indignação, como se para fazer soar uma cinta cheia de guizos. "O senhor havia deixado aos meus cuidados uma representante sua, de que eu não ousaria descuidar, para mantê-lo vivo — se nas peripécias de suas viagens ou se na minha memória calorosa, isso não estava claro."

"Os vivos", concordou Fengon, "fazem exigências cruéis." A seu criado disse, em voz baixa: "*Parti*"; e foi só depois que saiu do recinto o rapaz moreno, cujos movimentos tinham uma leveza dócil desconcertante que despertava desconfiança entre os dinamarqueses pesadões, que Fengon abraçou Geruthe, a qual aguardava em pé, indignada e aterrada com o abismo que se abria a seus pés, porém ao mesmo tempo ardendo do desejo de que os lábios dele — curvilíneos e macios, quase como lábios de mulher, e assumindo a forma adequada para pressionar os dela em meio àquela barba negra e densa, salpicada de fios grisalhos — se unissem aos seus, para que o hálito de um poluísse o do outro, e a umidade que havia por trás dos dentes fosse empurrada com a língua para o fundo da boca do outro. Ele era sólido como o mármore, teso como um urso jovem, com seu gibão forrado de padrão diagonal, mais jovem, menor, mais firme que Horvendile. E tinha gosto não de dentes podres e comida misturada com cerveja, e sim de madeira viva, como uma raiz de mandrágora que ela, quando menina, mascou e chupou, excitada com aquele vestígio de sabor, de doçura, que vinha de dentro da terra.

Geruthe libertou-se do abraço. Estava ofegante; um desejo imediato fora saciado, porém outros vinham atrás, num tropel, uma cadeia de suplicantes desavergonhados que a deixava tonta. "Isso é pecado", disse ela a seu cúmplice.

Ele deu um passo de dança para trás, os lábios retorcidos por um sorriso de triunfo. "Não segundo as leis do amor", respondeu depressa com voz suave. "Há pecados contra a Igreja e há pecados contra a natureza, que é a criação mais antiga e mais pura de Deus. Nosso pecado, ao longo de tantos anos, foi o de negar nossas naturezas."

"O senhor pensa que sempre o amei?", indagou ela, cônscia da presunção dele, embora seu corpo se sentisse inchado e abandonado, ansiando por aqueles braços tal como um animal caçado e ferido busca a segurança da floresta.

"Não consigo acreditar...", começou ele, cauteloso, sentindo que a menor afronta seria para ela uma desculpa para o rompimento definitivo. "É para mim questão de fé, mesmo que seja uma heresia", começou outra vez, "que um criador não haveria de gerar dentro de mim um amor tão feroz sem permitir que o objeto a que ele se dirige pudesse manifestar alguma resposta, por menor que fosse. Poderão as preces ser tão inúteis? A senhora sempre recebeu minha presença de bom grado, apesar do tanto que pequei por minha ausência."

O coração de Geruthe, tal como suas mãos, tremia; parecia-lhe que sua vida estava sendo ameaçada por um sentido maior, maior do que qualquer outro que já tivera desde os tempos em que, quando era uma princesinha, mendigava os farelos do amor de Roderick em meio ao caos daquela corte licenciosa. Quando se é pequeno, os significados são grandes; quando, mais tarde, se perde a consciência do perdão garantido e da segurança eterna que se tem na infância, mesmo assim um tênue sentimento de imensidão de vez em quando retorna. "Posso continuar esta conversa", disse ela a Fengon, ofegante, "mas não em Elsinore. Veja que situação — nós dois a sussurrar neste cubículo frio e fumacento enquanto seu criado aguarda lá fora, imaginando o pior! Nestes precintos reais, tudo o que se passa é observado, e minha própria consciência rejeita qualquer ato que seja indigno de uma rainha. Era melhor, meu querido cunhado, acalentar a imagem do senhor num lugar distante que me obrigava a um esforço de imaginação, e relembrar com delícia seu jeito de ousar zombar de uma rainha, com uma entonação diferente de todas as que eu já conhecera, do que vê-lo aqui e ouvir tais reivindicações audaciosas."

Fengon ajoelhou-se sobre as pedras aos pés dela, exibindo não o rosto, mas a cabeça baixa, os abundantes cabelos grisalhos e a mecha branca indicando o lugar da ferida a que ele sobrevivera. "Não reivindico nada, Geruthe. Sou apenas um pedinte. A verdade é simples: vivo apenas na sua companhia. Todo o resto é mero teatro."

"E isto, não será teatro?", retrucou Geruthe, seca, roçando nos cabelos ásperos dele a mão que se tornara fria com a fatalidade de seu envolvimento. "Precisamos encontrar um palco melhor — um que não pertença ao nosso rei."

"É verdade", concordou Fengon, levantando-se e adotando um tom tão prático quanto o dela. "Meu irmão é meu rei também, o que seria intimidante mesmo se eu não me visse na posição vil de desejar sua esposa."

"A mim? Uma mulher já tão madura? Querido Fengon, então naquelas terras mediterrâneas não havia mulheres mais jovens que o fizessem esquecer-se da sua cunhada já gorda e envelhecida? Diz-se que lá o sangue é quente e as noites recendem a limão e flores, tão diferentes desses nossos céus plúmbeos." Estava tentando afastar ambos daquele terreno traiçoeiro onde haviam feito — ainda que apenas de modo tácito, mas de forma a não deixar dúvida — um pacto ilícito.

Ele imitou-lhe o tom de gracejo. "É verdade, e de fato lá havia mulheres assim — em qualquer terra, mulheres não faltam, aos montes —, porém sou filho do urzal estéril e procurava em vão pela aurora boreal em céus onde as estrelas pareciam tão próximas quanto frutas. Aqui os astros se movem ao longe, inatingíveis. Em contraste, o sol quente e a lua gorda que estimulam a lucidez de espírito das raças meridionais me pareciam — como dizê-lo? — vulgares, gritantes, grosseiros..."

"Nem um pouco sutis", completou ela, rindo de si própria e da harmonia em que se via com aquele vilão adorável. Se os padres viviam dizendo que as partes inferiores da mulher eram más, então não lhe restava saída senão tornar-se amante de um homem mau.

Geruthe convocou a presença de Corambis num dia em que não havia possibilidade de que um chamado do rei pudesse perturbá-los. Horvendile fora inspecionar suas tropas na guarnição de Spodsbjerg, exibindo-se com armadura completa, levantando o moral dos soldados para o embate, segundo ele inevitável, com o jovem Fortinbrás e seus renegados noruegueses. Por alguns dias, Geruthe poderia respirar. Nos últimos tempos, a presença de seu esposo corpulento e belicoso estava tendo o efeito de comprimir seus pulmões; bastava pensar nele para que se formasse um nó furtivo em sua garganta.

O camareiro-mor parecia um velho para a noiva recém-deflorada de dezessete anos de idade quando, lépido, com quarenta anos justos, esse funcionário viajou doze léguas de esqui sobre a neve para confirmar que os lençóis estavam ensangüentados; agora, porém, à matrona de quarenta e sete anos ele não parecia muito mais velho que ela própria, embora estivesse prestes a completar setenta anos e seu cavanhaque descuidado estivesse totalmente encanecido. "Caro amigo", foi dizendo Geruthe, "ninguém mais nesta corte, senão o senhor, pôde enxergar a inquietude de meu coração por trás de minha conduta de rainha."

O lábio inferior úmido pendeu para um lado e para outro, pensativo, antes da resposta: "Muitos já a terão entrevisto, porém só eu tive o privilégio de conversar com Vossa Majestade a respeito de uma certa pequena inquietude".

"O que é pequeno com o passar dos anos se avoluma. Um pequeno atrito termina em convulsões."

"A inquietude, Majestade, é parte da condição humana, mesmo para os mais excelsos. O pé mimado é o que mais sofre com qualquer aperto."

"Não ralhe comigo. Creio no seu amor por mim", disse Geruthe, enquanto sua mão nervosa, como que movida por vontade própria, aproximou-se do joelho do conselheiro, instalado na costumeira cadeira de três pernas, com seu encosto reto, encimado por uma ponta, em que era impossível uma pessoa recostar-se com conforto. "E, diante daqueles que nos amam, não devemos nos proteger por trás de sentimentos de vergonha." As mãos dela, sem ter chegado a tocá-lo, gesticulavam de modo a indicar as espessas paredes de pedra que os cercavam. "Para mim, Elsinore é uma masmorra desde que vi meu pai morrer aqui dentro. Ele havia me prometido que eu continuaria a ser a senhora do castelo. Não é natural continuar vivendo no mesmo lugar onde moramos desde o nascimento: à medida que nossas raízes se espalham, elas inevitavelmente são forçadas a atravessar pilhas de entulho velho. Tinha eu esperança de que com o passar dos anos a sensação de sufocamento se atenuasse, tal como os ouvidos se tornam surdos a um som repetido todos os dias, seja ele o grasnar das gralhas ou o ranger das rodas sobre as pedras do calçamento; mas tal não aconteceu. A velhice se aproxima. Minha beleza — que sempre foi mais uma conseqüência da saúde do que uma graça especial — já fenece, e nunca vivi para mim."

"Para si?", exclamou Corambis, torcendo os lábios úmidos como se para saborear aquele conceito tão impalpável.

"Eu era a filha de meu pai, e tornei-me a esposa de um

marido ocupado e a mãe de um filho distante. Diga-me, quando é que haverei de servir a pessoa que trago dentro de mim, o espírito cuja voz me é impossível deixar de ouvir, que tenta se expressar desde meu primeiro grito ensangüentado, quando fui expelida do ventre rasgado de minha mãe? Quando, Corambis? O que necessito — e não é minha intenção chocá-lo..."

O velho estadista fez que não, com um ar indignado, reajustando as mangas extravagantes da opalanda. "Mas, querida senhora, como podemos nos definir senão em relação aos outros? Não existe um eu totalmente livre, desligado de tudo. Também eu posso desfiar ladainha semelhante à sua: sou pai de um filho distante, pois que Laertes resolveu aprimorar-se em Paris, e de uma filha bem próxima, que muito me preocupa por ser uma réplica exata de sua mãe, e portanto ameaçada pela mesma beleza preternatural. Sou, para prosseguir nessa maneira de falar, viúvo de Magrit e fiel servidor de meu rei, o que implica, sem de modo algum me pesar, que sou servidor também de sua consorte, minha excelente rainha."

Havia um pequeno dardo envenenado em meio àquele elaborado protocolo, o qual implicava a prioridade do rei em relação à rainha, como se Corambis, cauteloso, pressentisse que seria colocado numa situação difícil.

Então Geruthe abriu-se de vez. "Preciso de um lugar para mim. Um lugar em que possa ficar — entenda-o como quiser — 'sozinha', sempre que minhas obrigações o permitirem, afastada desses salões apinhados de Elsinore, mas a não mais que meia hora a cavalo daqui. Uma vez o senhor me aconselhou a ler e bordar menos, e a exercitar meu corpo mais. O lugar que imagino seria cercado de natureza, longe dos olhares constantemente voltados para as figuras reais, e lá, na solidão e num ócio salutar, eu poderia recuperar o equilíbrio e a fé que se esperam da consorte amorosa de um monarca."

Corambis a ouvia, a cabeça inclinada, o lábio inferior caído, numa atitude — assim a entendeu Geruthe — de resistência crescente, à medida que se aproximava o pedido que ela lhe faria. "Querido velho amigo", ela obrigou-se a prosseguir, assumindo uma voz mais gutural, mais rápida, que conotava intimidade e que em parte era mesmo fruto de um impulso — de um afeto impulsivo, trazido à tona pela lembrança forçada de imagens dos tempos em que o camareiro-mor ainda era ágil, e ela flexível —, "o senhor sabe como tenho sido conscienciosa no sentido de adaptar meus sentimentos às exigências da Dinamarca. Será esta nação, com tantas ilhas dispersas, pequena demais para me conceder um único lugar de refúgio? Se tal for impossível, posso terminar odiando todo este país que tanto me cerceia."

Corambis estava agora totalmente alerta, percebendo o perigo que havia naquele estado de espírito. "Não posso imaginar Geruthe odiando ninguém, nem mesmo aqueles que lhe restringem a liberdade. A alegria e a generosidade sempre foram o seu hábito. Quando pequena, ainda um bebê rosado no berço, a senhora ria e oferecia seus brinquedos a quem a estivesse observando. Ultimamente, minha filha tem recebido de suas mãos muitos privilégios de atenção amorosa. Ela a considera quase uma mãe."

"Amo Ofélia deveras, e não apenas, como alguém já teve a crueldade de dizer, por ver nela a mim mesma quando jovem. Nunca fui uma moça tão incomum, nem tão tímida, quanto ela. Vejo nela o remédio capaz de curar a frieza de meu Hamblet, e também a de todo este reino gélido. Porém preciso me guardar", prosseguiu ela, mais que depressa, "ao menos por alguns intervalos de privacidade que são para mim, creio, muito mais preciosos do que fui capaz de fazê-lo entender."

"Pelo contrário, Vossa Majestade o fez de modo bem claro."

"Que estranho, uma rainha ter de implorar para obter algo que uma camponesa pode encontrar no celeiro mais próximo! Como deve parecer estranho este meu capricho passional a um homem, para quem basta enrolar-se em sua manta, virar-se para o outro lado e desejar afastar-se de todo o mundo! O senhor adquiriu e reformou uma mansão às margens do Gurre Sø, acoutada na floresta de Gurre, e bem provida de todos os confortos que um visitante poderia desejar."

"Não uma mansão, Majestade — de modo algum uma mansão. Na verdade, é pouco mais que uma cabana. Um pavilhão de caça em desuso, de madeira, soalho de sarrafos, o telhado antigo de colmo substituído por um de ardósia, instalado num tempo em que havia mais caça nos arredores de Elsinore, mas posteriormente abandonado, como já disse. Perto dele, algo de curioso — uma pequena torre arredondada, muito antiga, talvez construída para fins religiosos, um santuário ou capela feita por anacoretas rebeldes antes da grande conversão sob os auspícios de Haraldo Dente-Azul, ou talvez uma religião de todo diferente, pois que os lagos são muitas vezes considerados sagrados. Com senso prático, incorporei essa relíquia à estrutura maior, preenchendo as falhas na alvenaria original com tijolo e massa, refazendo com ardósia e vigas bem firmes o telhado destruído, como já disse, e guarnecendo a única abertura que havia na parede com o que há de mais moderno e caro em matéria de janelas — um vitral chumbado em forma de losangos e discos, e um caixilho com dobradiças de ferro, que pode ser fechado e trancado com segurança ou então aberto para que entre ar e se tenha uma vista do lago, conforme se deseje. Esse refúgio caprichoso é pouco utilizado enquanto Elsinore exige minha presença, porém imaginava eu que lá pudesse terminar os meus dias, quando por fim já estivesse afastado dos trabalhos do serviço público e me entregasse à filosofia última e aos exercícios pios. É, tal como diz Vossa Majestade, um lugar resguardado, porém próximo — a um quarto do caminho de Odinsheim, meia hora de viagem de Elsinore sem cansar demais o cavalo."

Odinsheim e Lokisheim, tanto ele quanto ela pensaram. "Em suma, é uma antevisão do Paraíso", disse Geruthe, "prudente e merecidamente preparada para nela aguardar o Juízo Final. Na verdade, já a vi, Corambis, neste outono, no dia em que eu e Herda levamos sua querida Ofélia para andar de cavalo, a fim de avivar-lhe as faces pálidas. Ela mostrou-me a casa com a alegria de uma menina que exibe sua casa de boneca — toda equipada com o que há de mais moderno em matéria de iluminação, fogo e água, e no entanto fiel às velhas tradições rústicas dos nórdicos, cheia de chifres de veados e peles de animais, sem que haja nenhuma outra construção por perto salvo a igreja, cuja torre de madeira reflete-se invertida junto à margem oposta do lago, e nada se ouve senão o murmúrio das ondas miúdas, o alvoroço dos pássaros, o rumor furtivo dos animaizinhos do bosque, uns correndo atrás dos outros. Num tal lugar eu conseguiria reconquistar o equilíbrio perdido. O que lhe peço, querido amigo, é isto: não poderia eu recolher-me lá para descansar por uma tarde, duas ou três vezes a cada quinzena, levando um bordado ou uma vida de santo para ocupar minhas mãos e meus olhos, ou então, deixando as mãos ociosas repousarem no colo, absorver a bondade que emana do lago e do bosque intatos? Preciso de paz, e a paz é um convidado jamais recebido em Elsinore. Agora que o ponto mediano de minha vida — vendo a coisa do modo mais generoso possível — já foi certamente ultrapassado, desejo algo, a que podemos chamar de retidão ainda que não de santidade, que me dê forças para viver os anos que me restam. Conceda a sua rainha o direito de gozar um pouco o seu refúgio. Poucos ficariam sabendo; Herda viria comigo, e minha guarda pessoal, os membros mais leais e silenciosos de nossa guarnição, para garantir a solidão e o segredo que desejo."

Nesse ponto, interrompeu sua longa fala, embora o nervosismo a impelisse a seguir em frente sem parar, tão perigosas lhe pareciam aquelas mentiras discretas — as quais, como todas as boas mentiras, continham alguma verdade — e tamanho o medo com que aguardava a resposta de Corambis. Além disso, irritava-a estar à mercê do empregado de seu pai e seu marido, um serviçal de reis que, com sua cautela habitual, estava obrigando-a a implorar de modo excessivo para obter um favor muito modesto. Ele deveria sentir-se lisonjeado por ter aquela oportunidade, ainda que irregular, de servi-la.

Corambis voltou para ela a cabeça redonda e ao mesmo tempo quadrada, como uma abóbora eviscerada, fixando-lhe um olhar tornado tenso pelo esforço de não trair nenhuma expressão. "O rei — estaria ele entre as pessoas que não saberiam de seu refúgio?"

A necessidade de aprofundar-se cada vez mais na mentira tinha o efeito de fazer o coração de Geruthe disparar de modo incômodo. Rapidamente respondeu, as mãos brancas se agitando numa negativa múltipla: "Não haveria nenhum problema se ele soubesse, é claro, mas para ser franca eu preferiria que tal não ocorresse. Se ele o soubesse, sua figura estaria inevitavelmente presente em minha consciência, e quero que minha mente esteja livre mesmo das presenças mais benignas. Com seu zelo imprevisível, ele seria perfeitamente capaz de vir visitar-me, com todos aqueles cavalos ajaezados barulhentos, no momento em que eu me sentisse menos disposta a agir como esposa. Sei que minhas palavras parecem um tanto duras, mas, se o senhor relembrar os anos tão felizes de sua vida em comum com Magrit, talvez se lembre de que todo casamento tem necessidade de alguns intervalos de privacidade, para que não se acumule no fundo o lodo do ressentimento".

"Suas idas e vindas certamente seriam observadas no castelo. Haveria especulações."

"Ora, se o rei viesse a descobrir essas minhas inofensivas ausências, ele seria informado, corretamente, que eu estava me dedicando a exercícios espirituais, meditações salutares. Eu, que outrora desperdiçava minhas tardes com romances fúteis sobre cavaleiros e dragões, levarei para lá exemplares bem encadernados dos Evangelhos, ou das Epístolas, ou então comentários edificantes, tal como os que nosso bispo profere em Roskilde. É verdade, meu bom Corambis, e disso ninguém é melhor testemunha do que o senhor, que a corte de meu pai não primava pela religiosidade, de modo que minha instrução referente aos mistérios de Cristo foi bem parca. Defendo o Credo, como todo dinamarquês respeitável, porém mal conheço os princípios dessa fé. Cristo morreu e ressuscitou, desse modo subvertendo a natureza, que desde os tempos de Adão caíra em pecado; porém a natureza permanece, dentro e fora de nós. Como poderia meu rei, cuja fé é tão mais profunda e grave que a minha, cujo projeto principal é tornar a nação que ele governa mais verdadeiramente cristã, se opor a meu objetivo, que não é outro senão o de buscar, na solidão, aprofundar meu conhecimento das coisas sagradas?"

Corambis jamais gostara de Horvendile, e sim dela: a vantagem de Geruthe situava-se nessas intuições, reforçadas por uma infinidade de pequenos incidentes e sensações acumulados nos muitos dias vividos entre os muros de Elsinore.

"Certamente ele não se oporia", concluiu o camareiro-mor; com um sorriso breve e escorregadio, que fez o cavanhaque balançar, e uma mesura desajeitada, esboçada sem levantar-se da cadeira, fazendo-a ranger, ele prosseguiu: "Tampouco posso eu me opor à intenção de minha rainha de valer-se de meu humilde refúgio, se o que seu espírito deseja é condescender em recolher-se ao bosque inculto".

"É o que desejo, ainda que temerosa, como uma incursão a espaços no interior de mim que ainda desconheço. Sou temerosa, porém já tenho idade suficiente para não me deixar intimidar."

"Numa causa nobre", acrescentou ele. "Uma batalha em que sua própria alma está em jogo. Avisarei o casal que, de um casebre próximo, vigia minha casa no Gurre Sø, que a rainha pode ir e vir quando bem o desejar, e que nessas ocasiões não deve ser perturbada."

"A rainha é profundamente grata, e buscará uma maneira de manifestar seu contentamento", disse ela.

Mas o velho político não cobraria tão pouco por tamanho favor. "Todas as bênçãos fluem do trono para aqueles que o servem", disse ele. "Eu não seria capaz de lhe negar que nada estivesse dentro de minhas possibilidades lhe dar. Porém confesso que há um obstáculo: para quem ocupa a minha posição, guardar um segredo do rei é traição, o mais grave dos crimes."

Nisso havia verdade, e, embora a condição de rainha já a tivesse acostumado ao fato de que o destino de muitos dependia do seu, o coração de Geruthe fraquejou ao pensar que estava levando aquele ancião com ela no caminho da traição. Ele não tinha os mesmos motivos de queixa, nem o ardor da rainha. "Apenas um segredo doméstico", retrucou Geruthe, num tom jocoso. "O senhor está conspirando comigo numa conjuração cujo objetivo é me tornar uma esposa melhor, e uma rainha melhor."

Corambis suspirou e mudou de posição mais uma vez, ajustando o chapéu verde em forma de cone de modo a adaptá-lo ao ângulo que a desaprovação impusera à sua cabeça. Pôs as mãos nos braços da cadeira como se fizesse menção de se levantar; suas mãos pareciam extraordinariamente murchas, embora seu corpo ainda fosse roliço. "Faço isso por quem já foste", confessou-lhe ele, cansado de tantos circunlóquios. "Foste uma menina tão lépida, para ficar agora atada àquele peso de prumo."

Horvendile, a fera loura que vinha cortejá-la com um manto cor de vinho e uma cota de malha — um peso de prumo? Geruthe defendeu-o: "Ele ainda me ama, eu creio".

"Na devida medida, nem um grão a mais", disse Corambis, vendo com mais clareza que ela própria o rumo que estavam tomando e não querendo turvar a imagem que para ele se formara. Contemplando o futuro com olhos atônitos, suspirou. "Quando um rei e uma rainha estão em discórdia, a cabeça de seus conselheiros corre riscos."

"Eu não faria o senhor se arriscar por mim", mentiu Geruthe.

Ele voltou a se recostar na cadeira incômoda. "Há momentos em que até mesmo os conselheiros não permanecem escravos dos bons conselhos. 'Não emprestes nem tomes emprestado', é o que dizem, no entanto a vida é um emaranhado de pagamentos e dívidas; todos nós terminamos endividados. Tenho a impressão de que nosso rei gostaria que eu fosse dispensado, o que torna meu risco o maior ou o menor — mas não sei bem qual das possibilidades é a verdadeira. Seja como for, o que tenho em jogo, medido em anos que ainda me restam sob a proteção do rei, é pouco, e diminui a cada dia."

"O senhor é pai de uma futura rainha", tranqüilizou-o Geruthe. "Como tal, dificilmente seria dispensado."

"Ah, senhora, não se fie demais nessa possibilidade. Ofélia é ainda uma menina; ela é bem capaz de entregar algo que não pode ser recuperado, ganhando em troca apenas o desprezo.

Hamblet é arrogante, tem muito mais liberdade que ela e gosta de desfrutar essa liberdade. Temo que ele não dê a meu anjo o valor que lhe damos a senhora e eu."

Foi com dificuldade que Geruthe deu atenção a esse fio do novelo, tão concentrada estava sua atenção no outro, que mais lhe interessava, e tamanha a felicidade que sentia por haver conquistado aquele prêmio. Tinha conseguido um refúgio afastado de Elsinore. E a primavera se aproximava. Nos ramos dos salgueiros, os botões eram longos e de um amarelo vivo, e, nos carvalhos, gordos e vermelhentos.

"Fale-me de Bizâncio", pediu ela a Fengon no primeiro encontro. Com a proximidade do final do inverno, ela passara a freqüentar a casa de Corambis à beira-lago, recebendo, ainda montada no cavalo, as mesuras da velha que morava na cabana de colmo, enquanto seu marido manco — ele trabalhara como lenhador, e um dia o machado escorregou-lhe da mão — apressava-se para acender as lareiras. Seus dois guardas mudos aguardavam na ante-sala de chão de terra, onde aqueciam os pés e as mãos junto a um débil fogo de turfa. Herda instalava-se numa câmara abaixo do nível do solo, com soalho de pedra, onde ficava a fornalha central da casa, grande o bastante para nela se assar um javali, com uma chaminé no telhado que se podia abrir ou fechar com a ajuda de uma vara comprida, e bancos encostados nas paredes, onde outrora talvez dormissem os caçadores. Geruthe refugiava-se num cômodo separado desse por dois recintos — o salão de banquete, de teto alto, enfeitado com chifres de veado e peles de urso esticadas, ainda contendo os crânios grandes a exibir os dentes, e o corredor, uma passagem recém-construída, de teto baixo, terminando numa escada de seis degraus — na velha torre arredondada. Ali, pela única janela envidraçada do quarto, em forma de ogiva, via-se uma cortina de vegetação verdejante. Lariços com agulhas compridas misturavam-se a bordos e carvalhos, que cresciam mais depressa e cujas copas, se não fossem podadas, terminariam sufocando os lariços. O lago brilhava por entre as folhas. Uma pequena lareira, contornada por azulejos azulados das ilhas Frísias, era ligada a um fumeiro embutido na janela externa, à maneira moderna, porém Geruthe preferia aquecer-se, apesar da fumaça, por meio de braseiros de pé cheios de carvão ardente, um de cada lado da cadeira em que ela bordava ou virava lentamente as páginas de pergaminho, iluminadas, dos Evangelhos, escritas num latim difícil.

Homúnculos de tinta, com mantos rosa e azuis, olhos grandes em forma de peixe e bocas pequenas e rígidas, tentavam, em cada inicial ornada com pontos e volutas, dar vida aos textos sagrados, juntamente com animais de um colorido irreal e formas fantásticas, e anjos alados trazendo para a humanidade minúsculos rolos de pergaminho, ou tocando trombetas douradas, ou levantando os dois dedos indicadores, os olhos arregalados, num alerta; Geruthe gostava da vaga sensação de boas novas e de uma distante organização celestial que emanava daquelas páginas, tal como o calor emanava dos braseiros que a ladeavam. Quando o calor se tornava excessivo, ela andava pelo quarto, onde havia uma cama de baldaquim, forrada com penas, e tocava as superfícies dos azulejos lisos, do mármore, do candelabro de estanho e dos vitrais chumbados — a concupiscência do velho viúvo se manifestava naqueles apetrechos luxuosos. As bolhas nos losangos de vidro davam a impressão de que os troncos das árvores tremiam e dobravam-se. Geruthe ouviu um camundongo passar correndo e seu próprio coração bater forte, enquanto tentava medir a profundidade da traição que estava tramando. Os cantos dos pássaros que vinham pela janela, cada vez mais intensos à medida que a luminosidade de abril alertava esses seres alados para a proximidade do momento de fazer os ninhos, tranqüilizavam-na com a inocência essencial da natureza. E no entanto de que modo era recompensada a inocência dessas criaturas? Com a morte na estação seguinte, quando o falcão atacava ou a neve cobria a grama adormecida.

Cuidadosamente ela havia revelado a Fengon, durante aquelas conversas curtas e interrompidas, porém cada vez mais diretas, nos cantos mais discretos dos salões amplos, formais e ressoantes de Elsinore, primeiro a existência de seu refúgio, e em seguida sua localização, e por fim, alguns dias antes, um dia, aquele dia, em que ela estaria lá a sós, acompanhada apenas por seus serviçais, e não ficaria contrariada se ele a visitasse, desde que conseguisse fazê-lo em segredo. O caixilho da janela abria-se para fora e, quando escancarado, não era tão estreito que por ele fosse impossível passar um homem ágil o bastante para subir até o parapeito. A altura deste era uma vez e meia a de um homem. Como se fosse um símbolo, uma trepadeira venerável, com uma profusão de folhas em forma de coração, enlaçara-se às pedras grandes e antigas num abraço tão estreito que os pedreiros, ao reformar a estrutura, temeram abalá-la se removessem a planta e, portanto, limitaram-se a podar os galhos e trabalhar em torno de seu tronco torto; teimosamente viva, ela podia ser usada como uma escada escorregadia, oferecendo escassos pontos de apoio para botas de solas lisas. Fengon, tendo amarrado seu cavalo num lugar onde ninguém o veria, ajudado por Sandro, conseguiu agarrar-se à planta e subir, com muito esforço, bufando e sorrindo de se ver em tal situação com a sua idade: Geruthe foi obrigada a puxá-lo por um dos braços quando ele pareceu entalar-se na janela, exatamente pela metade, o peso de seus cinqüenta e nove anos bem equilibrado, apesar de todo o empenho de seus músculos. Assim, com a ajuda dela, entrou no quarto, ereto e amassado, os dentes de lobo sorrindo constrangidos em meio à barba grisalha e oval.

Vendo que Geruthe recuava, pois embora o tivesse ajudado a entrar sentia-se assustada com a súbita possibilidade de que ele a abraçasse com violência, Fengon contentou-se com um beijo cortês, tranqüilizador, que mal roçou as costas da mão branca e trêmula que ela lhe ofereceu. Agora, ainda um pouco ofegante, sentado a seu lado em meio aos círculos de calor entrelaçados emitidos pelos dois braseiros, tentava, enquanto hesitavam à beira de um crime incestuoso que se abria como um abismo a seus pés, obedecer ao comando dela. Falar evitando o assunto que mais interessava era uma das artes diplomáticas que havia aprendido.

"É uma terra bem semelhante à Dinamarca", respondeu, "composta de ilhas, só que as ilhas de Bizâncio foram embaralhadas pelas contingências da guerra, que há séculos vêm favorecendo seus inimigos — os genoveses, os venezianos, os francos, os búlgaros, os georgianos, os sultões seldjúcidas, os alanos e cumanos, os de Nicéia, os cãs da Pérsia, os mamelucos do Egito. Seu império, outrora imenso, agora está picotado entre os seguidores de Maomé, que consideram os bizantinos infiéis malditos, e os cristãos leais ao papa de Roma, que os vêem como hereges ímpios. No entanto, há uma animação metropolitana em Constantinopla que não se vê em capitais que não sofrem tantos percalços. É a maior cidade do mundo, a menos que haja outra comparável na China. A corte tem uma pompa, um brilho hierático que não encontra igual em nenhuma outra da Europa. Constantinopla é o ponto de encontro da Ásia e a Europa, e a África negra se introduz nos desertos brancos que alimentam o Volga e o Don. Todos vão lá, Geruthe, o mundo inteiro se mistura — há até mesmo, constatei surpreso, dinamarqueses. Nossos antepassados viquingues desceram as corredeiras tumultuosas do Dnieper com suas achas-d'armas, trazendo âmbar e peles; alguns sobreviveram e geraram filhos de olhos azuis na Grécia. São dinamarqueses, suecos, noruegueses e ingleses os membros da Guarda Varangiana do imperador, e são muito valorizados por sua belicosidade bruta. Há até um cemitério especial para nós, perto do portão de Adrianópolis. Passei muitas horas dando notícias recentes a meus compatriotas, num idioma que eles já quase não sabem falar. Para os nórdicos de outrora, Constantinopla era Miklagard, uma cidade mítica em que os sonhos se tornavam realidade. Os bizantinos, numa fantasia paralela, chamam a Dinamarca de Britia, e dizem que uma muralha divide o país em duas partes: um lado é saudável e feliz, o outro é pestilento e cheio de cobras. Na verdade, é uma boa descrição da natureza dividida dos próprios bizantinos. São ao mesmo tempo extremamente pios e extremamente perversos. São cruéis como o são as crianças, com uma inocência insensível. A versão que professam da fé cristã não passa de exterioridades superficiais, prolongadas de modo extraordinário; os padres executam o milagre da transubstanciação atrás de uma tela ornamentada, e depois devoram todo o pão eles próprios. As pessoas são mais morenas do que nós, mas não muito, e seus cabelos são de um negrume luzidio perto do qual os meus parecem foscos. Minha pequena mecha branca foi por eles considerada sinal de poderes mágicos. Gostam em demasia de alho, banhos e castração."

"Fengon, sei de seus contatos com a comunidade dinamarquesa, mas não houve nenhum contato com... por exemplo, uma mulher grega interessada em ter um filho de olhos azuis?"

Ele despachou aquela pergunta ciumenta com um gesto, como algo indigno do coração de sua rainha. "A comunicação era difícil. Os governantes e sacerdotes — cargos que em muitos casos se confundem — falam, naturalmente, um pouco de latim além de grego, uma língua mais líquida e fluida. A gente simples, ao lidar com os estrangeiros, se vale de uma colcha de retalhos de expressões retiradas do francês e do italiano, até mesmo do alemão, embora acredite que a Hungria seja uma nação germânica e que a Espanha seja um califado, aliás dois absurdos que não são de todo errados. Os mercadores judeus e libaneses que passam por Constantinopla falam muitos idiomas, tal como as prostitutas, que constituem uma classe numerosa e próspera. O governo, com seu cinismo vil, cobra um imposto de um oitavo sobre os ganhos dessa encantadora irmandade profissional."

Geruthe ficou rígida; se, naquele momento, pudesse ter ordenado a seu querido Horvendile que matasse aquele insolente, a desfiar recordações de sua vida dissoluta, ela o teria feito.

"É o que sei por ouvir dizer", prosseguiu Fengon, tranqüilo. "Quanto a mim, havia feito o juramento de dedicar-me a uma dama inatingível, e me contentava em permanecer casto em seu serviço. Não era difícil reprimir o desejo num reino que se entregava, por um lado, a excessos revoltantes e, por outro, ao ascetismo e à autoflagelação. Há mosteiros nos promontórios e ilhas mais distantes onde se pode fugir das tentações do mundo, e no entanto para alguns monges o isolamento e a privação que esses lugares proporcionam não bastam, e corrompem-se com a prática freqüente da sodomia. Os santos são admirados em proporção às crueldades que praticam contra si mesmos. Condenam seus próprios corpos à insônia, obrigam-se a permanecer em pé por dias a fio; com júbilo, deixam vazios seus estômagos pecaminosos; constroem pilares e passam décadas no alto deles. Demonstram maior apreço pelos vermes que vivem em suas feridas do que por sua própria carne atormentada. A mania de pureza os leva a viver dentro de um buraco, como são Joaniquio, ou a instalar-se nos pântanos para alimentar os mosquitos, como são Macário. Há também os hesicastas, os quais imaginam que a luz divina há de emanar de seus próprios umbigos."

Geruthe não conseguiu conter um risinho de surpresa; Fengon sentiu-se estimulado a prosseguir em sua narrativa inacreditável: "Por algum tempo, Geruthe, a igreja deles voltou-se contra seus próprios ícones, arrancou mosaicos maravilhosos das paredes e cúpulas das basílicas e condenou à morte os fiéis que guardavam em casa imagens de Cristo e Sua abençoada mãe. As igrejas deles, ao contrário das nossas, que têm um cheiro limpo de tília e visgo, fediam a incenso enjoativo, crisma rançoso e vela derretida. Era impossível distinguir os loucos dos santos em Bizâncio, tal como os bispos dos assassinos — a religiosidade mórbida daquela gente me fazia ansiar pela simplicidade da nossa fé mais fresca e despojada, que se preocupa menos com as manifestações exteriores do que com a pureza interior".

"Não sei se nós dois ainda temos o direito de ousar falar em pureza."

Os dentes alvacentos de Fengon brilharam. Os da arcada inferior eram tortos, encavalados, e os caninos eram afiados. "Por que não? Não é casto este nosso encontro? Em algum momento nossa conversação sequer aludiu à possibilidade do adultério? Se tal já se deu, corto minha própria língua, antes de mais nada. A senhora me recebe por um portão de tal modo estreito", e apontou para a janela ogival, "que eu não poderia trazer um presente de grego mesmo se tal fosse minha intenção."

"O senhor me trouxe algum presente?", Geruthe se deu conta do quanto ainda havia de criança em si; estava curiosa para saber se havia algum objeto material que indicasse ter ele pensado nela naquelas terras longínquas e fantásticas. Lá fora os pássaros conversavam, com seus gorjeios, numa versão toda sua, abrupta e musical, do dinamarquês, e folhas de um verde pálido, recém-abertas, pontilhavam o ar fresco escurecido pelos lariços. Aquele homem, apesar de tudo o que nele havia de escuso e desconhecido, fazia com que ela se defrontasse consigo mesma. Se manifestasse qualquer fraqueza, seria diante de um olhar muito diverso da indiferença distraída que caracterizava o de seu marido. Era como se a aprovação paternal de Rodericke tivesse renascido, porém dessa vez fundida num metal mais duro. O olhar que Fengon fixava nela era ao mesmo tempo a arma que feria e o bálsamo que curava a ferida.

Ele riu-se daquela avidez inocente e disse: "Se eu voltar a visitá-la, quem sabe poderei usar a porta da frente, tal como fez Sandro, meu criado, que está neste momento no andar de baixo com a sua Herda, com ela compartilhando bolo, sidra e um silêncio de conspiradores".

Foi a vez de Geruthe rir. "Então o senhor enxerga através das paredes? Tornou-se um mago de verdade em Bizâncio?"

"Não um mago, mas um... um cosmopolita, um conhecedor da natureza humana. Já vivi num lugar onde se misturam homens de todas as raças e disposições, e onde tudo é tacitamente permitido. Os *dunatos*, os poderosos, vivem num luxo de pórfiro e jaspe, enquanto a dois passos das portas douradas de suas casas amontoam-se e morrem de fome pessoas que não têm onde morar, mães moribundas com filhos que mamam em tetas vazias. Os extremos da religiosidade e da crueldade se encontram numa névoa sanguinolenta. Pune-se o adultério cortando fora o nariz saliente da dama em questão, a qual vai para um convento, o qual, por sua vez, pode revelar-se um bordel, de tão disseminada que é a vocação religiosa. Quando é deposto o imperador, o que não é raro, o novo monarca, como se seguisse um protocolo de cortesia, arranca os olhos de seu antecessor, desse modo preparando-o para ser recebido no outro mundo e excluindo-o da política deste. No entanto, os bizantinos estão longe de ser selvagens. Os prazeres da guerra não lhes aprazem. Preferem enfrentar os inimigos comprando-lhes a paz, ou contratando em terras menos civilizadas outros que lutem por eles. O método que preferem para cometer assassinatos individuais é o uso de venenos, que seus boticários elevaram ao patamar de uma arte refinada. Esses romanos do Oriente separaram a consciência da religião, o que lhes permite caminhar de um lado para o outro, envoltos em suas vestes de seda, como se fossem enguias num lago excessivamente habitado, um escorregando por cima do outro, sem a espécie de atrito abrasivo e áspero que é tão comum aqui nestas terras do Norte, as quais eles designam com o belo nome de Tule."

Ela teve um arrepio. "Não obstante, ainda bem que foi o senhor quem esteve lá, não eu."

"A senhora teria sido muito apreciada por lá. As escravas ruivas valem o dobro do que as de tez menos clara."

"E o senhor sente muita falta dessas enguias de águas quentes? Talvez os nossos costumes congelados o deixem impaciente."

"Também eu, como a senhora, sou dinamarquês até o âmago. Apenas uma dama atende ao meu ideal interior. A senhora é minha *hagia sophia*, minha sagrada sabedoria."

"Sabedoria, senhor, ou insensatez?" Ela sorriu, exibindo a falha entre os incisivos.

"Em Constantinopla", explicou ele, "há muitas correntes religiosas, e segundo uma delas a cada homem pertence uma Forma de Luz, que é seu próprio espírito que permanece no Céu, longe do calabouço infernal da matéria que nos cerca. Quando o homem morre, sua Forma de Luz o recebe com um beijo, o chamado Beijo do Amor, que é reproduzido por algumas seitas heréticas, para horror dos mais ortodoxos. Ela é a salvadora pessoal do homem, a Sofia Maria a manifestar-se, o princípio feminino da divindade. Pode dizer que estou exagerando, mas creio de fato que é isso que a senhora é para mim."

Geruthe corou ao ouvir uma expressão tão calorosa da atração que lhe inspirava. "É exagerado a ponto de ser blasfemo; é vestir a natureza com traje excessivamente suntuoso."

"Essa afirmação traduz meus sentimentos de modo exato. No nosso plano terreno, minha devoção, eu sei, é absurda. A senhora é uma mulher, e existem muitas mulheres, como eu próprio admitia ainda há pouco."

Ela assumiu um tom ofendido. "A sua teologia me transforma num ser etéreo. Prefiro os presentes materiais", disse, quase zangada, sua dignidade de rainha ferida, "que o senhor diz possuir mas não ter conseguido passar pela janela. Na próxima vez, use a porta, como fez o seu criado. Estamos velhos demais para as acrobacias do amor adolescente. Que o refúgio de Corambis seja nosso para conversarmos de vez em quando, sem subterfúgios medrosos. Os que sabem o que fazemos são nossos colaboradores, e sua colaboração lhes impõe o silêncio."

"Não é por mim mesmo que temo", disse Fengon, pronunciando as palavras lentamente, como se cada uma delas precisasse passar por um teste de honestidade. "Há muitos anos que venho enfrentando perigos, dando a Deus oportunidade de livrar o mundo da minha paixão perturbadora. Este amor não era perigoso quando a senhora estava fora de meu alcance, quando era meu *amors de terra lonhdana*. Mas agora que a vejo perto de mim, em que seu rosto e seus gestos se encaixam na lembrança que deles guardo com verdadeiro fanatismo, tal como uma chave se encaixa em sua fechadura, temo por nós dois. Temo pelo trono, e pela Dinamarca."

"O senhor talvez tema em excesso, e sonhe em demasia. Grandes questões muito raramente dependem do afeto de uma mulher. O que o senhor chama de etéreo é na verdade o que temos em comum com todos os animais. Creio que já tivemos essa discussão antes, se o amor é do céu ou da terra. Eu sou da terra, e morro de anseios por ter nas mãos, sentindo-lhes o peso, os presentes que o senhor afirma ter trazido, dessa Miklagard que jamais hei de conhecer, para uma pobre dama de pele clara de Tule."

Fengon concluiu que ela não lhe concederia nada além desse ultimato naquele dia, e com uma mesura retirou-se. Sandro não esperava vê-lo tão cedo, nem tampouco que ele saísse pelo corredor e surgisse na câmara da lareira, pois levantou a vista surpreso das profundezas de um colóquio com Herda. Ela tinha o dobro da idade dele, porém guardava ainda alguns sinais de formosura. Junto ao enorme braseiro central, cada um com seu caneco de sidra quente, os dois desenvolviam um idioma comum; Sandro preenchia as lacunas de seu dinamarquês com gestos largos que deixavam Herda atônita.

"*Una regina*", disse-lhe Fengon em resposta à pergunta que viu estampada no rosto do outro ao saírem, "*non è una gallina.*"

O primeiro presente, trazido na semana seguinte, quando os botões compactos que cobriam os galhos dos bordos e amieiros já se assemelhavam a pequenos repolhos folhudos, era um pingente de esmalte cloasonado em forma de pavão, a cauda aberta em leque, dividida ao meio pelo pescoço e o corpo de um azul faiscante, a destacarem-se contra as penas orgulhosas, verdes com marcas amarelas e negras em forma de olhos. Cada segmento de esmalte era contornado por um finíssimo filete de ouro, até mesmo as minúsculas seções brancas, vermelhas, verdes e cinzentas que formavam os detalhes anatômicos da cabeça em perfil, com o bico voltado para baixo. Quem fizera aquele objeto tão fino certamente teria perdido a visão em pouco tempo; a cegueira do artesão conferia ao mimo parte de seu valor. "O senhor sempre me dá aves", disse Geruthe, e em seguida lembrou-se de que o primeiro desses presentes, o casal de pintarroxos mosqueados, lhe fora dado por Horvendile.

"O pavão", explicou ele, "é em Bizâncio o símbolo da imortalidade. É comum ver essas aves nos pátios, arrastando suas penas esplêndidas no pó, esticando os pescoços iridescentes para dar aquele grito enlouquecedor, que mais faz pensar numa alma penada do que num bem-aventurado no Paraíso."

"É belíssimo, e pesado." Geruthe levantou o pingente com sua corrente de ouro, tão fina que era como um fio de água a escorrer sobre a palma rosada de sua mão.

"Experimente, para ver se é muito pesado em torno do pescoço. Posso colocá-lo na senhora?"

Geruthe hesitou, depois baixou a cabeça e permitiu-lhe essa liberdade. Ao fazê-lo, os dedos de Fengon roçaram-lhe os cabelos, os mais finos e claros que brotavam junto à nuca, onde ele tentava prender o fecho. Os lábios dele, rubros e belos, estavam muito perto dos olhos dela. Quando por fim conseguiu fechar a corrente, Fengon retirou as mãos do lugar, porém a boca permaneceu onde estava. Cada fio negro de seu bigode tinha um brilho esmaltado. Seu hálito, exalando um cheiro de cravo trazido de terras longínquas, penetrou-lhe as narinas. Geruthe levantou um dedo para tocar aqueles lábios, reproduzindo ali a sensação que havia experimentado na nuca. O peso do pingente era uma pressão suave e fresca. Os dois corpos, tão próximos, pareciam imensos, como se compostos de microcosmos a rodopiar, cada detalhe, cada fio deles tão precioso quanto os fragmentos de esmalte do pavão imortal. A sensação de frio na nuca a impelia a procurar o calor daqueles lábios que seus dedos haviam explorado por um instante.

Geruthe e Fengon beijaram-se, mas não foi um beijo ávido e úmido como aquele outro em Elsinore. Ali, naquele castelo mais modesto, que era deles, agiam com mais cautela, sem a proteção paternal do rei, tentando domesticar a abominação que seus corpos estavam tramando. Geruthe sentia mais intensamente a culpa pelo fato de ela ser casada, e no entanto uma indignação antiga veio-lhe à tona e sobrepujou seus escrúpulos por toda a duração do beijo e todos os seus sucessores menos ardorosos e mais ensaiados, até que, cansada de sua revolução interior, Geruthe recuou e insistiu com Fengon para que conversasse com ela.

Porém Bizâncio e toda a Europa ao sul de Slesvig estavam se tornando menos distintas na memória dele a cada dia que permanecia na Dinamarca; as viagens deixaram em sua mente um resíduo de impaciência que em nada condizia com a tradicional impassibilidade dos dinamarqueses, uma dureza tensa, que aguardava dentro dele como uma espada embainhada. Geruthe, no entanto, tentava arrancar dele fragmentos de seu passado — a infância na Jutlândia, as primeiras campanhas ao lado de Horvendile, a instrução, irregular e mecânica, que lhe deram os padres — e em seguida falou sobre sua própria vida, com prazer e com uma franqueza imprudente, relembrando as mágoas que guardava do pai, do marido e do filho como se tudo aquilo formasse uma única narrativa divertida que pertencia a uma outra mulher. Naquela animação Fengon via um indício de que ela estava agora decidida a seguir em frente, com uma dureza equivalente à sua. Parecia-lhe que Geruthe estava ébria por antecipação, fortalecendo-se para enfrentar o próprio sentimento de culpa.

Com base na expressão do rosto de Sandro, durante a viagem de volta a Lokisheim, Fengon concluiu que a duração daquela visita à rainha fora mais razoável.

O segundo presente, levado numa semana em que as folhas das árvores já haviam se aberto o suficiente para envolver todo o bosque numa espécie de névoa esverdeada, foi uma taça, de prata tão fina que podia ferir o lábio; só na haste havia jóias, porém era uma abundância de gemas, bossas de crisópraso verde, quartzo rosa e cornalina pardacenta. O recipiente era gravado com um padrão intricado que, examinado atentamente, representava árvores, árvores mais simétricas do que as que havia na natureza, juntando-se na base de modo a formar uma folhagem irreal em que se amontoavam serpentes, serpentes e maçãs, e aves grandes demais para os galhos finos em que se empoleiravam de modo simétrico. Seus olhos eram circundados por anéis, e seus bicos tangenciavam cachos triangulares que pareciam ser de uvas.

Do lado oposto, em frente a essa árvore complexa carregada de frutos, dois monstros assimétricos postavam-se ao lado de um pilar no alto do qual havia uma cruz, uma cruz cujas extremidades fendidas abriam-se em linhas que encerravam uma espécie de estrela. Os monstros, dispostos um em cada lado do pilar como se estivessem diante de um espelho, tinham corpos de cavalos, só que as patas terminavam em garras, com dedos longos demais para serem patas de leões. As dianteiras alargavam-se à altura dos ombros de modo a formar asas, e os rostos, vistos de frente, não eram cabeças de cavalos nem de leões, e sim rostos sorridentes de mulheres, mulheres com franjas e pescoços finos com colares de seções quadradas, cuja forma lembrava as franjas de seu cabelo. Os rostos dessas mulheres — ou seriam crianças? — eram belos e serenos. "São fênix?", indagou Geruthe, despertando do transe de contemplação e constatando que o rosto de Fengon estava ao lado do seu, também imerso na contemplação daquele presente adquirido havia tanto tempo que ele já não se lembrava de todos seus detalhes bizantinos.

"Algo do gênero", respondeu ele. Aquela voz, tão próxima do ouvido de Geruthe, tinha também uma textura interna, áspera e úmida, um toque de insegurança. "A palavra grega é *chimaira* — origina-se de 'cabra', mas refere-se na verdade a um monstro feminino, composto de partes de animais diversos." A mão dele, Geruthe percebeu, estava pousada na cintura dela, do lado oposto ao que estava junto a si, um toque tão leve como se fosse apenas mais uma camada de roupa. No calor súbito daquele dia de abril, ela havia despido a manta de lã escura, restando-lhe apenas uma túnica com bordados de ouro por cima do corpete de linho branco. Geruthe não se afastou de seu contato, nem revelou ter consciência dele.

"E as pedras preciosas", disse ela, acariciando suas superfícies bojudas e lisas, contornadas em prata. "Outra mistura extravagante. Um pé tão grosso e pesado para uma taça tão delicada, tão vulnerável. Em comparação com ela, até mesmo os produtos dos melhores artesãos da Dinamarca parecem grosseiros." Aquela haste grossa e cheia de saliências a fazia pensar em algo que ela muitas vezes manejara, inspirando-lhe reações contraditórias, repulsa e medo que se transformaram em curiosidade e deslumbramento.

"O que me atraiu nela", disse Fengon, com sua voz suave e constante, "e me fez pensar na senhora, há alguns anos, num mercado em Tessalonica, é o que nela há de alegre, e de bem-humorado — os rostos das quimeras me fizeram pensar na senhora, em dobro."

A luz da janela ogival ressaltava as linhas gravadas. Era verdade, pensou Geruthe, as faces sorridentes lembravam o rosto cheio que ela via em seu espelho metálico oval todos os dias, embora seus cabelos não formassem aquela franja ática e sim duas tranças, presas num coque. Duas Geruthes para dois irmãos — essa fantasia precipitou-lhe uma sensação de mal-estar, de agouro, que ela tentou conter, como quem reprime a náusea. "Devemos beber juntos desta taça magnífica", decidiu ela. "Talvez Sandro e Herda não estejam tão ocupados em sua conversação que não possam nos trazer uma jarra de vinho do Reno. Corambis guarda vinho em sua despensa; tem provisões suficientes para resistir a um cerco. Cada vez mais Horvendile o considera um tratante, que só cuida de sua própria prosperidade." Lamentou ter pronunciado o nome do marido, embora Fengon conhecesse aquele nome e o homem que ele designava, havia muito mais tempo que ela.

"O Martelo nunca está de todo errado", observou Fengon, retirando a mão de sua cintura e afastando-se com aqueles movimentos fluidos e ariscos que ele adquirira no estrangeiro. "Fosse eu Corambis, também estaria cuidando de minha própria segurança. Se definirmos desse modo o termo 'tratante', quase todos nós seremos enquadrados na definição. Vamos ao vinho, sim, embora não tenhamos mais que uma taça. Uma basta?"

"Há dezenas de taças na despensa."

"Mas esta é nossa. Sua, pois a presenteei com ela, juntamente com minha adoração." Ele saiu do recinto privado, e pouco tempo depois Herda, com uma neutra expressão de serviçal, trouxe-lhes não apenas uma jarra de vinho numa travessa de tília, mas também pão e queijo. Com o punhal que trazia ao cinto, Fengon cortou-os em porções. O vinho era espesso e doce, e sob sua influência, bebendo primeiro de lados opostos e depois do mesmo lado da taça de haste grossa, foi-lhes impossível evitar o contato mútuo, e terminaram deitados na cama onde, sem despir-se, acariciaram-se nas partes mais tenras da carne, trocando beijos com as bocas amargas de vinho e sujas de queijo, porém doces assim mesmo, profundamente doces; era como se dois grandes funis angelicais derramassem através dos lábios unidos o conteúdo reprimido por tanto tempo naquelas duas almas, todas as feridas que precisavam sarar, todos os confortos até então negados. Vestidos, logo ficaram suados e vermelhos. As mãos de Fengon procuravam o sexo e os seios de Geruthe, encobertos pela túnica bordada, com seus vergões de costura, que a envolviam do pescoço aos pés. Gotículas de suor brotaram no lábio superior dela, onde havia uma penugem transparente que ele jamais percebera; as mãos dela buscavam nele, abaixo do cinto sobre a túnica de veludo, a haste dilatada de que seus dedos haviam se lembrado ao manipularem a taça. Mas apesar de todo esse ardor impetuoso, de todas essas carícias sufocadas e gemidos contidos, murmúrios e suspiros interrompidos, aquele empreendimento espiritual era excessivo para se consumar naquele dia. O peso da fatalidade era demais para a carne mortal dos dois.

No dia seguinte, Geruthe acompanhou o rei à Escânia, aquela faixa roxa e longínqua do outro lado do lúgubre Sund. Terra dinamarquesa desde a época de trevas em que os jutos e anglos dividiam a grande península agora controlada por Elsinore, a Escânia, com Halland e Blekinge, agora fazia fronteira com os territórios dominados pelo rei sueco, o qual ambicionava as terras férteis da Escânia e suas costas onde abundava o arenque. Horvendile julgava conveniente exibir a presença real naquelas paragens. Ele e sua rainha fizeram visitas oficiais a Lund, onde o arcebispo preparou um banquete de três dias, e a Dalby, onde o bispo organizou uma procissão solene em torno dos muros da cidade, na qual seguiam à frente relicários individuais contendo cada um os ossos de um santo. Geruthe e Horvendile foram, numa peregrinação patriótica, ao campo de batalha de Fotevig, onde, mais de cem anos antes, Erik, o Memorável, impusera uma derrota decisiva a Niel e seu filho Magnus, que haviam traiçoeiramente assassinado o duque

Knud, conquistador dos vênetos, no bosque de Haraldsted. Magnus caiu em Fotevig junto com nada menos do que cinco bispos. A vitória de Erik fora auxiliada por trezentos cavaleiros alemães contratados para a ocasião, protegidos por armaduras, uma inovação tecnológica que de vez tornou obsoletas as campanhas de recrutamento forçado entre os camponeses.

Fora ali, refletiu Geruthe, que Fengon aprendera seu ofício de mercenário. Estando ela constantemente ao lado de Horvendile, o romance com o irmão do rei parecia-lhe cada vez mais irreal. Era nas viagens que Horvendile fazia melhor figura, sendo recebido em banquetes e exibido em desfiles, encantando outros dignitários com sua beleza nórdica, ainda que um tanto deformada pela gordura. O populacho os aplaudia ao longo das estradas, jogando narcisos e flores de macieira sob os cascos de seus cavalos, que bufavam, assustados com aquela aclamação.

Uma conseqüência inesperada da alegria do rei foi a dedicação maior que passou a dar à rainha. Voltaram a fazer amor, nas camas de dossel que lhes ofereciam seus anfitriões eclesiásticos, como se aquele casamento contraído na juventude não tivesse se tornado mecânico e envelhecido. Seu marido era mais volumoso do que Fengon, seu corpo era menos musculoso e vivo em seus braços, a barba menos espessa e rígida, mas ele era *bom*, como rei e como marido, e sob ambos os aspectos era *seu*, seu rei, seu marido, seu conquistador. Ele a martelava com competência. A ela, bastava permanecer imóvel, como a fiel lápide que o rei Gorm havia construído em homenagem a Tyra, glória da Dinamarca, que a boa fortuna e o renome seriam seus. Aquele flerte incestuoso com Fengon a escandalizava, visto de longe. Como ela chegara perto da perdição! Tão logo voltasse, Geruthe lhe diria, de modo delicado porém categórico, que teriam de parar de se encontrar. Tamanha era sua impaciência de dizer-lhe isso, de livrar-se de uma vergonha iminente (como pudera ela chegar tão perto!), que chegou a ter insônia na Escânia.

Mas quando voltou para Elsinore quase nunca Fengon estava à sua disposição, e nas poucas vezes em que apareceu foi para tratar com o irmão e a corte. O impulso de renúncia que Geruthe sentira foi substituído pela dolorosa sensação de que fora Fengon que renunciara a ela. Suas faces ardiam de vergonha quando lembrava as juras que sussurrara no ouvido dele, e os beijos profundos que trocaram, e o calor que sentiu dentro de suas roupas, graças às quais não se entregara de modo calamitoso.

Já se passara uma semana após sua volta quando Corambis chamou-a para um pequeno recanto no corredor comprido, orlado de pilares, de soalho irregular, que levava à capela. "A viagem à Escânia deu um brilho novo à disposição de minha rainha", comentou ele, porém num tom hesitante, como se estivesse disposto a ser desmentido. Partilhavam um segredo, o qual deixava suas palavras tensas de perigo.

"Foi um alívio afastar-me de Elsinore e todas as intrigas mesquinhas daqui", replicou ela, altiva. "O rei brilhou de modo admirável. O povo de lá o adorou."

"O sol nasce no oriente", disse Corambis. Seus olhos avermelhados, de pálpebras amarelas e frouxas, brilharam como se ele tivesse dito alguma coisa espirituosa. Estaria o camareiro-mor se tornando senil? Aquele chapéu ridículo, fora de moda, em forma de pão de açúcar, a opalanda de mangas compridas... Ela compreendia os sentimentos de Horvendile: livrar-se daquele velho inútil e falastrão.

"O povo nos ama e confia em nós", disse ela. "Por vezes nos esquecemos daqueles sobre os quais reinamos. É animador vê-los de perto."

"Sem o esquecimento, senhora, a vida seria intolerável. Tudo aquilo que já sentimos ou soubemos nos avassalaria constantemente, enchendo-nos como trapos enchem um saco, tal como, segundo dizem, acontece com os infelizes no momento em que se afogam. É uma morte em que não se sente dor, pelo que afirmam, mas apenas os que se afogam poderiam nos dar certeza disso, só que eles estão em silêncio. Por terem se afogado." Esperou, a cabeça, tal como o chapéu, inclinada para o lado, para ver que conclusão ela haveria de tirar daquele amontoado de pensamentos sábios.

"Tentarei não me afogar", retrucou Geruthe, tranqüila. Percebia que ele estava ansioso para retomar o fio do segredo comum, do conluio antigo.

"É o que deseja toda a Dinamarca, e ninguém com mais entusiasmo do que eu. Esses meus olhos velhos e embaçados deliciam-se ao ver a filha de Roderick gozar o amor e a estima a que seu sangue altivo faz jus. Como já comentamos em conversas anteriores, à senhora o trono tem dado menos prazer do que imaginam as multidões que jamais se sentaram nele."

"Já tivemos muitas conversas, sobre este ou aquele assunto, nos muitos anos de convívio."

"É verdade, e peço-lhe perdão se estou lhe impondo ainda mais uma. Mas, por falar em esquecimento, assunto que comentávamos ainda há pouco, antes que eu esqueça, um amigo nosso gostaria de saber se, em meio aos estímulos e às emoções das suas viagens, ele foi esquecido."

"Ele próprio permanece em Lokisheim, e parece estar esquecido."

Corambis, o último elo vivo com a corte desregrada de seu pai, guardião de sua identidade infantil, agora parecia estar atraindo-a para o mau caminho, puxando-a de volta para algo que ela havia decidido deixar para trás. "Ele não está de modo algum esquecido, porém apenas respeita a sua vontade."

"A minha vontade..." Não lhe era possível confiar àquele intermediário idoso as palavras de separação que Fengon merecia ouvir de seus próprios lábios.

A língua de Corambis rapidamente aproveitou-se daquela pausa. "Ele tem um terceiro presente a entregar-lhe — foi o que me pediu que lhe trouxesse à memória. É o último presente, e, se dignar-se a recebê-lo, a senhora estará quite com ele, com suas tendências heréticas, seja lá o que isso quer dizer. São palavras dele."

"Minha vontade, como eu havia começado a dizer, é de não mais utilizar o seu refúgio tranqüilo à margem do Gurre Sø, agora que o tempo já está agradável o bastante para que eu não precise mais ficar encerrada entre quatro paredes. A rainha está profundamente agradecida por sua hospitalidade generosa. Consegui recuperar um pouco de contentamento e resignação na solidão relativa que lá encontrei."

No entanto, seu coração batia forte ao imaginar-se sozinha com Fengon lá, onde o lago secreto brilhava até a margem oposta, que refletia invertido o céu como se fosse uma grande salva de prata oval.

"Ele pediu-me que implorasse para que a senhora escolhesse um dia", insistiu delicadamente Corambis, relutando, bom cortesão que era, em perturbar a serenidade da rainha.

Orgulhosa, não vendo a hora de afastar aquele alcoviteiro e sua filha patética de sua vida, Geruthe escolheu o dia seguinte.

No bosque que os cercava, as árvores estavam cobertas de folhas, ainda que tenras. Uma garoa quente e constante reduzia ainda mais a visibilidade. A margem oposta do lago, com sua igreja, não se podia ver. O mês mudara de abril para maio. Os guardas que a acompanhavam — compenetrados na ida, mais soltos e até mesmo animados na volta, por efeito da cerveja consumida durante a espera — pareciam sisudos e tensos naquele dia, como se soubessem que havia chegado um momento decisivo. Herda, para assinalar a tão adiada retomada daqueles piqueniques, levara um lanche considerável — queijo, pão, carne salgada e fruta seca para seis pessoas —, e a visão daquela cesta tão pesada de algum modo teve o efeito de tornar mais leve toda a aventura, de transformá-la numa coisa menos terminal do que a situação imaginada por Geruthe. Comemos, cavalgamos, vivemos os dias conforme as condições do tempo, amamos, casamos, encontramos a vida em cada uma de suas etapas determinadas por Deus, desde que nenhuma peste ou nenhum acidente a abrevie — a vida faz parte da natureza; seu início é impossível de lembrar e seu fim não se deve conceber fora da igreja, o lugar das coisas finais.

Fengon e Sandro chegaram atrasados, o que nunca acontecera antes, como se quisessem adiar um veredicto adverso. Chegaram encharcados das nove léguas de viagem desde Lokisheim. Fengon explicou, na defensiva: "Tivemos de vir com cuidado, nos trechos em que a estrada estava cheia de pedras, para que os cavalos não escorregassem nas superfícies molhadas". Ele sabia que havia perdido terreno. Sozinho com Geruthe naquele quarto isolado, parecia pulsar de energia nervosa, tremendo por baixo da roupa empapada. Cheirava a lã molhada, couro molhado, cavalo molhado. O fogo que o caseiro manco havia preparado já estava quase extinto; juntos, os dois reavivaram as chamas. Fengon pôs troncos demais na lareira, próximos demais um do outro; Rodericke dissera a Geruthe uma vez, quando ela, ainda menina, estava quase cochilando em seu colo após o jantar, que o fogo, como qualquer outra criatura, precisava respirar. A entrevista daquele dia seria curta; não haveria tempo para que as brasas do braseiro esquentassem.

Relutante, o fogo da lareira foi crescendo. Fengon pôs-se de pé e disse, em tom de acusação: "A senhora divertiu-se na Escânia".

"As mulheres gostam de viajar. É pena, pois raramente somos convidadas."

"Horvendile revelou-se um bom companheiro."

"É verdade, Fengon. Ele se sente totalmente à vontade em meio à pompa, e a felicidade que nele transbordava chegou até mim."

"Pelo visto, nós que ficamos aqui não lhe demos muitas razões para voltar."

Geruthe teve de sorrir, apesar da dura decisão que tomara, ao ver aquele homem barbudo emburrar como um menino. "A razão que eu tinha era o terceiro presente que o senhor me prometeu. Com o seu temperamento, o senhor logo o daria para outra, que o satisfaça mais."

"A senhora me satisfaz mais do que ninguém, e creio já têla convencido disso. Porém diz-me a minha intuição que lhe dar o presente hoje seria como uma tentativa vã de subornar o verdugo."

Lá fora, a chuva tamborilava suave de um patamar a outro de folhagens tenras. Eles dois jamais haviam se sentido tão encerrados em um espaço. A presença de Fengon era inesperadamente vívida para Geruthe — seu cheiro de molhado, seu rosto inteligente queimado pelo sol e o vento da primavera, o calor nervoso e ofendido que emanava de seu corpo. Horvendile e as procissões eclesiásticas da Escânia pareciam perdidos num passado remoto. Não era a primeira vez que ela percebia como era difícil pensar num homem quando tinha de enfrentar outro.

Disse-lhe ela, num tom de gracejo: "Todos os mortais estamos sempre subindo na escada do cadafalso, mas quantos degraus faltam para chegar lá é coisa que só Deus sabe. Sua intuição me pinta com cores injustas. Mais apropriado seria ver-me como sua salvadora. Nós dois sabemos bem a altura da queda que poderíamos sofrer. Dar fim a estes encontros íntimos seria reforçar o sábio impulso que o levou a exilar-se da Dinamarca, doze anos atrás".

"Naquele tempo, eu estava longe de completar cinqüenta anos, e agora estou perto dos sessenta. Julgava que conseguiria livrar-me do seu fascínio, porém ele tornou-se mais forte enquanto eu enfraquecia. Minha vida já não guarda muitas oportunidades. Mas não tenha piedade de mim. A rainha precisa salvar a si própria; seu capricho é justiça, sua palavra é minha lei."

Geruthe riu, riu tanto de seus próprios sentimentos volúveis e instáveis quanto da gravidade severa de Fengon. Com aquele capuz encharcado, parecia um monge. "Tire essa capa fedorenta, pelo menos", ordenou-lhe ela. "O senhor trouxe meu último presente dentro dela?"

"Apertado contra meu peito para que não se molhasse", disse ele. Retirando a capa, desdobrou sobre a cama uma túnica feminina comprida, de um tecido com um padrão intricado e iridescente de penas de pavão, verde e azul e amarelo, pontilhado de negro e vermelho, um material mais flexível do que a própria pele, embora enrijecido no colarinho, nas extremidades das mangas e na bainha com fileiras de minúsculas pérolas. Os fios da túnica captavam a luz como se fossem facetados. "Este tipo de tecido ainda é desconhecido na Dinamarca", explicou Fengon. "Seda. O fio é secretado por lagartas verdes com chifres, alimentadas exclusivamente com folhas de amoreira. Os primeiros ovos e sementes, reza a lenda, foram trazidos clandestinamente da China por frades persas no oco de suas bengalas, e assim chegaram a Bizâncio. Os casulos tecidos pelas lagartas, que depois se transformam em mariposas cegas que vivem apenas por alguns dias, são fervidos e desmanchados por mãos de crianças, e em seguida as velhas torcem os filamentos formando fios que por sua vez se transformam em tecidos tão milagrosos como esse que a senhora vê, verdadeira imagem do Paraíso em toda sua glória preciosa."

Geruthe tocou o pano reluzente, e aquele toque foi fatal. "Eu devia experimentá-la", disse ela.

"Mas não permita que seu marido a veja, pois ele saberá que não é nada produzido aqui no Norte."

"Eu devia experimentá-la agora, para que possa ser julgada por quem ma deu. Fique aí." Ela própria surpreendeu-se com o tom autoritário de sua voz. Havia atingido um píncaro de impetuosidade. A chuva estava então torrencial, e o quarto escurecera, iluminado apenas pelo fogo cada vez mais forte. O calor envolveu a pele de Geruthe depois que ela tirou a capa úmida, e o casaco sem mangas, e a túnica comprida, singela, de mangas largas, e a cota branca sob ela, restando apenas uma camisa de linho; ela começou a tiritar. Gotículas de chuva ricocheteavam no parapeito de pedra da janela semi-aberta atrás dela e borrifavam-lhe a pele exposta. O calor da lareira lhe protegia os braços e ombros como uma finíssima armadura angelical. Mais uma vez voltou-lhe à mente algo de um recanto longínquo de sua vida — uma lembrança de sua vida de casada, com um leve ressaibo de humilhação. A túnica bizantina, dura onde havia fileiras de pérolas costuradas no tecido, cobriu-lhe a cabeça, como uma mortalha, por um momento, a farfalhar, e o som da chuva batendo na ardósia do telhado fundiu-se com o som amplificado do sangue latejando em seus ouvidos. Então, quando sua cabeça voltou ao ar e à luz, Geruthe exibiu-se naquele esplêndido invólucro de seda, ao mesmo tempo rígido e flexível, cristalino e fluido. As cores de pavão mudavam de verde para azul, de azul para verde, a cada movimento seu: de algum modo, as cores da seda eram cambiantes, tal como as cores das penas. Ela ergueu os braços para que as mangas amplas caíssem como asas, e, prolongando o gesto, retirou das tranças os grampos de bronze, hastes longas que, se cravadas entre as costelas de um homem, chegariam a seu coração. A chuva lá fora, o calor às suas costas, a seda sobre a sua pele, tudo isso a mergulhava na natureza, onde não havia pecado, não havia como voltar atrás. "É assim que imaginava que eu ficaria?"

"Mil vezes julguei ter imaginado, mas fracassei sempre. Há realidades que não conseguimos conceber."

"Meu corpo de matrona a enche demais, fazendo-a cair de modo menos agradável do que quando a trajou uma das suas ossudas meretrizes bizantinas?"

Ele não respondeu à provocação; na verdade, ao vê-la assim Fengon parecia estupefato.

"Por que estás tão longe?"

Ele deu um salto para a frente, como se o encantamento tivesse sido quebrado. "Foi a senhora que ordenou. A senhora foi severa comigo."

"Isso foi antes de vestires em mim este traje de mediterrânea desonrada. Vê, tenho cabelos negros. Tenho pele azeitonada." O rosto dela estava quente; o olhar pasmado dele era puro fogo. Seu corpo, mais baixo e mais tenso que o de Horvendile, radiava uma atitude de embevecimento que o tornava indefeso; seus braços levantados estavam curvos, como se arcassem sob um fardo pesado. "Vem, meu irmão", disse ela. "Bem podes despir o que vestiste."

Com aqueles braços curvos ele levantou a túnica aderente, e a camisa, desamarrada, saiu junto. Geruthe apertou seu corpo maduro e rosado contra as roupas ásperas de Fengon. Sua túnica de montaria tinha ombreiras de couro para protegê-lo da armadura. A mulher inalou o cheiro úmido de bicho morto. "Protege-me", cochichou ela, grudando-se a ele como se quisesse esconder-se em seu corpo, os lábios buscando a fenda que havia em meio à barba rude e molhada. Consumado o ato, ela pôs-se a brincar com os grampos de bronze que lhe prendiam o cabelo, pousando um no peito nu de Fengon, ainda deitado na cama. Apontou o outro para a pele alva entre os seios pesados. "Podíamos terminar tudo agora", sugeriu, e seus olhos, dilatados e suavizados pelo amor, sorriam da possibilidade.

Fengon, em seu estado lânguido, considerou a proposta. Aquele relaxamento adicional, e final, seria uma maneira conveniente de coroar seu triunfo. Delicadamente, tirou-lhe os grampos das mãos, beliscou-lhe a pele sob o queixo e pesou-lhe um seio morno na palma da mão. "Creio que herdamos demais a natureza de nossos pais", disse ele, "para sermos capazes de dar ao mundo uma vitória tão fácil."

Geruthe sentia que aquilo haveria de acontecer uma única vez, aquele desabrochar de seu ser, e por isso dava-lhe uma atenção intensa, como se fosse ela ao mesmo tempo a contadora da história e a protagonista, o médico e o doente. Naquelas horas roubadas de intimidade, Fengon revelava-lhe, no espelho alvo do corpo dele, peludo e pontiagudo, um eu que vivia dentro de suas fendas mais recônditas e que lá permanecera latente, adormecido, por quarenta e sete anos. Todos os seus lugares impuros ganharam vida e tornaram-se puros. Pois não corria por suas veias o sangue guerreiro de Rodericke e do pai deste, Hother, o que derrotara Guimon, que traíra Gevare e cujo corpo vivo Hother queimou por vingança? A indignação ardia secretamente dentro dela, e a ousadia, e a perfídia, e todas essas coisas vieram à tona em meio ao suor e ao embate da cópula adúltera.

Ela e Fengon valiam-se dos colchões que mais estivessem à mão, e por vezes de tão impacientes abriam mão do conforto da falsa corte por eles criada na casa de Corambis: um matagal menos de uma légua além do fosso de Elsinore, ou um nicho de pedra numa galeria pouco utilizada, em que bastava levantar as saias e baixar os calções para abrir espaço suficiente aos emissários de suas almas, aquelas partes inferiores tão ricas em sensações angelicais. Por ele, Geruthe seria capaz de deitar-se na lama, até mesmo na lama da pocilga, para vivenciar o êxtase que encontrava naquele amor bruto. Fengon não era sempre terno nem sempre rude; sabia valer-se das pequenas surpresas que são a arte do sedutor, as quais, no entanto, ela era obrigada a imaginar que brotavam involuntariamente nele, para pôr em movimento o grande elemento em si própria que estava além do controle da sua vontade.

Fengon, ao contrário de Horvendile, sentia-se à vontade no abismo da carne. Sua alma não vivia olhando ao redor à cata de uma saída para algum ambiente mais público, mais seguro, iluminado pela conversação polida e pelas velas eclesiásticas. Findo o ato, o rei ficava ansioso para recolher-se a seu próprio canto; uma religiosidade que implicava ódio à natureza lhe fora incutida na Jutlândia, e o emasculara. Os prazeres do amor, violentos e egoístas quando parte de suas investidas piráticas, eram para ele como coisas do Demônio. Fengon, por outro lado, deleitava-se em prolongar aquela concupiscência compartilhada, dizendo a Geruthe, vez após vez, com a língua e os olhos e seu membro novamente engrossado, toda a verdade sobre ela própria que lhe era possível conter. Revelava-lhe não apenas a guerreira que nela havia, mas também a escrava. Se ele ordenasse a ela que deitasse na merda dos porcos, Geruthe retesaria os músculos das nádegas e se entregaria com prazer à conspurcação. À noite, rememorando as carícias da tarde, lambia o travesseiro, ávida de se ver outra vez com o amante, o homem que a salvara do vazio mortal da vida honesta, que era seu próprio eu virado do avesso e revestido do aspecto de homem, meio urso, meio menino. Na corte de seu pai nunca houve vagabunda mais sequiosa que ela.

Geruthe constatou que lhe dava prazer até mesmo a idéia da trapaça, a duplicidade gritante de ter dois homens. Horvendile gostava de ver que agora conseguia excitá-la com rapidez. Ela continha-se para não lhe revelar as carícias e astúcias que lhe ensinara o irmão dele. Com o passar dos anos, o marido a procurava cada vez menos, apenas a cada lua cheia e lua nova, porém agora, excitado por perturbações ocultas cuja origem lhe era desconhecida, com mais freqüência atendia aos apelos silenciosos que lhe dirigia o corpo da mulher. Fengon percebia que Geruthe havia dormido com o marido, por mais que ela o negasse. "Tens o cheiro do Martelo", dizia ele, acusador. "Já vens a mim satisfeita."

"Ninguém me satisfaz senão tu, Fengon. Só tu me conheces. Só tu sabes o caminho que leva ao âmago de meu coração, a fonte mais recôndita de minha paixão. O outro não passa de um dever, o dever de submissão imposto a uma mulher por sacerdotes rígidos, para quem não passamos de pobres animais pecaminosos."

"Mas o fato é que te submetes. Como a rameira mais vil, abres as pernas para um freguês repulsivo. Eu devia surrar-te. Devia arrancar-te das tripas a gosma branquicenta daquele caralho."

"Podes ferir-me com palavras e olhares", alertou-o ela, "mas não me deixes marcas."

Os olhos de Fengon brilharam, compreendendo o significado daquelas palavras. "Para que aquele teu marido frouxo e ridículo, quando estiver se aproveitando de teu corpo, não veja nele nenhum sinal deixado por um rival indignado, nenhuma mancha roxa feita pela mão de um diabo."

Seu lábio superior retorcia-se de raiva; ela teve vontade de beijá-lo, por magoar-se tanto. O que fez, porém, foi aplicar-lhe este bálsamo:

"Ele pouco aproveita, Fengon. Limita-se a usufruir de seus direitos, com indiferença, com propósito tão embotado e sem ânimo que não chega a arrancar nenhuma faísca". Aquilo não era de todo verdade, e sim mais um fruto de seu estado de duplicidade; Geruthe sentiu o frêmito da mentira entre as pernas, onde dois homens a disputavam, um deles ungido pelo mundo, o outro ungido por ela própria. Conhecia-os a ambos, e nenhum dos dois a conhecia por completo. "O ardor é uma questão do espírito", prosseguiu ela, tranqüilizando-o, "e não do corpo, para as mulheres. Muita esposa é obrigada a abrir as pernas para um homem que odeia."

"Tu o odeias? Dize-me que o odeias."

Agora que ele pedia que mentisse, era-lhe impossível fazê-lo. O olhar de Fengon era tão triste, tão sério, que Geruthe não podia senão tentar ser sincera. "Quase, por vezes, mas nem tanto. Contra mim Horvendile só peca por omissão, de modo que a dor é pouca, fraca, porém constante. Viu-me de início como uma propriedade desejável, e trata bem de tudo o que pertence a ele. Mas, por ter ele roubado tantos dias de minha vida e me incutido um decoro de rainha que me mumificou, eu o odeio, sim. Tu, por ousares me amar, fizeste-me ver o quanto tenho sido maltratada. Mas assim é o mundo. Ele é meu senhor. Fora de Elsinore nada sou — inferior a uma serva, que ao menos tem sua robustez nata, seus pirralhos esfomeados, sua roça de feijão, sua cama de palha."

Se Geruthe esperava que Fengon contestasse a afirmação de que ela nada valia fora de Elsinore, ficou decepcionada. Percebeu que dentro dele a engrenagem do desejo desacelerava-se, substituída por outras maquinações, mais pensativas. Seus olhos castanhos escureceram — as pupilas negras expandiram-se — ao contemplar a caverna do futuro. "O que faremos", perguntou, com uma voz suave em que cada nuança era distinta, "se ele descobrir?"

Estavam isolados na câmara da torre redonda de Corambis. Tinham despido as roupas e repousavam na cama de dossel como se sobre uma jangada num mar de águas cálidas. O dia quente de verão inundava o ar com o zumbido dos insetos e a umidade das plantas que brotavam e se introduziam em cada nicho; a trepadeira à janela tentava invadir o quarto com suas folhas em forma de coração. As árvores que os cercavam e a superfície do lago cintilavam com um milhão de detalhes cambiantes, todo um mar de incidentes orgânicos em que flutuava o incidente daquele amor. Porém uma sombra fria de antecipação havia descido sobre seus corpos; o êxtase esfriou.

"Como poderia tal coisa acontecer?", indagou ela.

"Como poderia tal coisa *não* acontecer mais cedo ou mais tarde?", retrucou ele. "Os quatro que nos cercam sabem, e também Corambis, nosso anfitrião ausente, e aqueles em Elsinore que te vêem passar de cavalo regularmente, e aquela gente do campo que te saúda quando passas, e o velho casal da cabana que cuida de nosso refúgio. Todos eles possuem nossa verdade como refém."

Ela fechou os olhos. Fengon estava balançando a jangada, fazendo-a adernar, obrigando-a a pensar no abismo sem fundo que os aguardava. "E por que algum deles haveria de contar a Horvendile?"

"Para conseguir vantagens pessoais, ou por ser interrogado sob tortura, ou só pelo prazer inocente que cada alma experimenta ao ver o infortúnio alheio. Ou talvez por indignação, de ver que os mandamentos que tolhem os pobres de espírito deste mundo são violados pelos poderosos."

"Tenho sido imprudente", reconheceu a rainha, tentando pensar em si própria. Sentia que seu corpo flutuava nu, afastando-se da cabeça que pensava — os seios eram rosas desabrochadas, o sexo estava inchado e sensível sob os pêlos densos, os pés descalços formavam uma platéia distante de dedos cujos rostos eram as unhas. "Eu não sabia que era tamanha a minha indignação. Trinta anos de restrições impostas intensificaram meus apetites e os desencadearam sem que eu pensasse nas conseqüências. E, se nelas pensei, qualquer consideração foi ofuscada pela visão habitual que tem uma rainha de suas prerrogativas. Fui impulsiva e egoísta quando tudo isso começou, e agora para mim seria a morte abrir mão de ti."

"*Enamorata*, será para nós talvez a morte continuares comigo", alertou-a Fengon. "*Amor, mors*." Acariciou as pontas dos cabelos dela e puxou alguns fios, para ilustrar suas palavras. "O destino dá um pouco de corda ao marujo, porém um dia a corda se retesa. O credor permite ao devedor um período de moratória, porém depois começa a cobrar a dívida. Passamos esses meses de verão num intervalo sereno. Mas, tal como alguns são invisíveis por serem pequenos, nosso próprio tamanho e nossa proximidade junto ao rei talvez nos tornem difíceis de ver. Creio que ele não tenha tanta vontade de nos ver, pois tão logo isso aconteça será obrigado a agir. E essa obrigação, se conheço meu irmão, ele a cumprirá do modo mais indireto. Também as perturbações que ocorreriam na Dinamarca talvez o dissuadam. As simpatias da ralé não são influenciadas por escrúpulos pudicos. Para muitos, tu és o trono, e também eu tenho seguidores fiéis na Jutlândia, além de alguns amigos importantes no estrangeiro."

A mão esquerda dela retornou após uma incursão investigativa. “Ah, amor, olha — teu pequeno representante junto às partes inferiores perdeu o desejo por tua meretriz obediente.”

Fengon olhou para a parte do corpo normalmente coberta pelos calções. “A idéia de ser decapitado tem lá seus efeitos inibidores.” Fez uma carícia triste na carne macia sob o queixo duplo da mulher. “Creio que sou um pescador que perdeu o gancho”, disse ele, “e tu hás de voltar para as águas habituais.”

“Não, meu amo, agora sou parte de ti. Vamos continuar nadando juntos.” E, como se fosse de fato um peixe grande, deslizou na cama, para reavivar a virilidade do amante com uma técnica bizantina que ele lhe ensinara. Ela gostava daquilo, de chupar cegamente, mordiscando a raiz da vida. Reprimiu o espasmo do engasgo e abocanhou os testículos. Não havia necessidade de pensar. Era deixar o barco correr. Quando o membro começou a reagir à carícia, inchando, todos os escrúpulos desapareceram de sua cabeça. Tal como insetos, eles engordariam, depois bateriam asas e iriam embora.

“*Il tempo fa tardi*”, disse Fengon a Sandro quando finalmente saiu. “*Andiamo presto!*”

“*Il giorno va bene per Lei?*” O criado percebera que algo não ia bem.

“*Sì, sì. È un giorno perfetto. E per te?*”

Herda, embora sentada muito tesa ao lado da lareira fria e bem varrida, estava com o rosto vermelho e aplainado, e a touca, presa à faixa do queixo, estava um pouco torta. Os lábios pareciam irritados, os olhos úmidos.

“*Molto bene, grazie, signore. Crepi il lupo!*” Que o lobo estoure!

O calor daquele verão estendeu-se até o outono. Os dias de outubro, dourados com as folhas das faias e os bosques de castanheiros, eram quentes quando o sol estava a pique, embora nas madrugadas houvesse geada na grama do pomar e gelo nas poças do pátio. A cada tarde o dia encurtava em alguns minutos, e um frio rascante descia por volta da meia-noite, quando surgiam as primeiras auroras boreais. Exibiam-se fora de escala, num céu cravejado de estrelas que só pertencia a elas — altas cortinas trêmulas suspensas do nada, revelando nada quando se abriam, nada além de dobras ainda mais tênues de si próprias, vagas cores de pavão, violeta e turquesa, uma música longínqua de fosforescência. Ondulavam ao longo de suas dobras verticais, num movimento que era como um aceno, desvanecendo para ressurgir logo em seguida.

O rei permanecia mais tempo em Elsinore do que no verão, quando passara semanas a fio examinando seus domínios e visitando os governadores das províncias, eles próprios impedidos de viajar pela necessidade de supervisionar — ou controlar os que supervisionavam — as plantações, os rebanhos, as florestas cheias de caça, as colheitas trabalhosas e os impostos cobrados sobre elas, que os vilões e vassalos estavam constantemente tentando evitar. Em sua falta de visão, não compreendiam eles que, sem os impostos pagos ao trono, não haveria exércitos reais nem companhias de mercenários que os defendessem contra os noruegueses, os pomerânios e os muitos outros que queriam conquistar a terra e transformar em escravos todos os dinamarqueses. Não haveria castelos que os abrigassem em caso de invasão, nem pontes em que atravessassem os rios a caminho do mercado, das feiras, dos festejos — nos quais, aliás, pensava o rei, homens e mulheres que deveriam estar trabalhando desperdiçavam o tempo e a saúde contemplando bestificados monstros e trapaceiros, entregando-se à promiscuidade, a excessos de bebida e comida que aparvalhavam os argutos e aparvalhavam ainda mais os que já eram parvos. A Igreja, em sua estreiteza, criava cada vez mais santos e, com eles, dias de santos e desculpas para feiras e folguedos. Em pouco tempo não haveria mais dias de trabalho nem propósitos comuns. Sem uma autoridade central dotada de recursos, cada aldeia seria uma ilha, e não haveria cruzadas, nem justas patrocinadas pela nobreza, nem guerras que unificassem o país.

Enquanto o rei Horvendile percorria o país, verificando se as riquezas da terra estavam contribuindo com sua parcela para os cofres reais, Geruthe e Fengon podiam passar juntos horas a fio, saciando não apenas a volúpia — que não diminuía e sim se intensificava, à medida que a prática e a familiaridade lhes davam mais liberdade um com o outro — como também a curiosidade inocente que leva os apaixonados a colecionar, ponto por ponto, os detalhes mais triviais que compõem o ser da pessoa amada. Fengon, em particular, queria apossar-se da infância dela, penetrar a imagem de sua amante madura quando era uma menina robusta que atravessava, simpática, altiva e séria, as confusões da corte de Rodericke nos anos dolorosos que se seguiram à morte de sua mãe. Ele derretia-se diante daquela criança de olhos verdes confiantes, com um delicioso intervalo entre os dentes da frente — aquela criança de faces rosadas, com um boné de brocado que lhe cobria as orelhas e metade dos longos cabelos —, uma criança tratada com descaso e no entanto mimada, que passava do colo de uma favorita do rei a outra, e era depois devolvida com impaciência aos braços encarangados da velha ama, Marlgar, que a levava para o espaço protegido do solário, afastado do barulho dos adultos, e a colocava em sua cama junto à parede, com suas três bonecas de trapo cujos nomes ela ainda lembrava quarenta anos depois, recitando-os com tanto amor que aqueles olhos de contas e narizes de pano e sorrisos de retrós pareciam estar à sua frente, enquanto ela falava a Fengon sobre essas coisas.

"Tu te sentias sozinha?", indagou ele.

“Creio que não”, respondeu ela, após pensar por algum tempo, séria, como quem procura o próprio reflexo no fundo de um poço. “Não tinha irmãos, mas havia crianças de minha idade em Elsinore, filhos de gente inferior. Brincávamos de sarracenos e cavaleiros, e atraíamos as carpas do fosso com gafanhotos. Marlgar ia sempre atrás de mim, aonde quer que eu fosse, porém quase nunca me negava um folguedo ou um prazer. Ela nascera numa daquelas ilhotas ao norte de Lolland, onde as crianças são criadas em liberdade. Meu pai às vezes era rude, e seus amigos, quando bêbados, grosseiros, mas eu sabia que nada de mal aconteceria comigo. Eu era uma princesa, desde cedo soubera disso, e ficava a me perguntar qual seria o príncipe que viria a amar e desposar; muitas vezes pensava nele. E agora ei-lo aqui, a meu lado.”

“Ah, amor, não sou o príncipe perfeito imaginado por uma criança. Sou a sombra escura e mal-afamada de um rei. Tua princesinha — ela sabia que sempre haveriam de cuidar dela, independentemente de sua vontade?”

“Sabia. Minha vontade pouco valia; a mim só cabia me comportar e não me queixar.”

“E continuas assim, passiva e agradável.”

“Creio que sim. Isso te irrita?”

“Fascina-me, e assusta-me um pouco.”

“Não te assustes, amor. Tudo o que vive há de morrer. Desperdiçar esta vida em preocupações com a outra, ou com uma calamidade futura — também isso é pecado. Por havermos nascido, temos de seguir o mandamento natural de amar cada dia e aquilo que ele nos traz.”

“Geruthe”, exclamou ele, deleitando-se, como sempre, com as três sílabas melancólicas daquele nome que, em sua mente, evocavam a carne de sua amante. “Essa tua doçura sábia, ou doce sabedoria — nossos perigos te parecem irreais.”

"Não, parecem-me bem reais, porém tomei a decisão de correr esse risco. A mulher, tal como o homem, também faz sua escrituração." Acariciou os ombros nus de Fengon, lisos como a superfície de uma armadura, salvo pela presença de um vergão roxo deixado por uma cimitarra turca. Correu a ponta do dedo pela cicatriz até chegar ao ponto em que os pêlos abundantes do peito começavam. "A agonia que sofri no nascimento de Hamblet tornaram a vida e a realeza meus devedores. Decidi, talvez, finalmente cobrar a dívida. Meu pai e meu futuro marido negociaram minha posse, e tu me devolveste meu valor essencial, o valor daquela menina que agora, tantos anos depois, te encanta."

Fengon gemeu. "Tua confiança às vezes me esmaga. O mundo diria que sou vil, tão vil quanto qualquer arminho que corre, grunhindo, na direção em que o impele sua lascívia."

Ela sorriu. "Foste discreto e deixaste passar muito tempo. Eu estava disposta a receber-te no meu casamento. Mas, em vez de ires, mandaste uma travessa vazia. Quanto ao mundo, há uma verdade exterior e uma verdade interior. A verdade interior é nossa. Para mim, és confiável e fiel. Somos indestrutíveis, a menos que nos separemos."

Ele beijou-lhe as mãos, nuas sempre que ela estava com o amante, porém carregadas de anéis quando se sentava no trono ao lado de Horvendile.

Em Elsinore, com a proximidade do inverno, nos dias dourados da colheita, o rei pôde voltar sua atenção para assuntos domésticos. Num dia fatal, aquele dia de sol parco e anguloso dito de Todos os Santos, ele convocou o irmão para uma conversa em particular.

"Segundo boatos que chegaram a mim", começou o rei, "tens vindo a Elsinore mais vezes do que nos encontramos, como irmãos e camaradas." Desde a última vez que Fengon o vira, o irmão se tornara mais pesado e mantinha eretos o tronco e a cabeça como se lhe doessem os músculos do pescoço grosso.

"Tu tens todo um reino para supervisionar, enquanto eu não tenho senão minhas parcas propriedades, aqui e na nossa terra natal. Não quero intrometer-me com meus conselhos senão quando se reúne a *råd*, ou quando é convocada a *thing*."

"Teus conselhos e teu apoio explícito são muito importantes para o trono. Depois do príncipe, ninguém está mais próximo dele que tu."

"Mas o príncipe, que eu saiba, goza de saúde, e, salvo o impedimento de sua vontade caprichosa, está apto."

"Apto, porém escandalosamente ausente."

"Hamblet aperfeiçoa sua mente nos domínios de nosso augusto aliado, o imperador, preparando-se para ser um rei melhor, quando chegar sua hora. Porém não estás velho, e pertences à cepa vigorosa de nosso pai."

"Ah, nem todo dinamarquês de sangue nobre chega à decrepitude. Alguns se vão antes. Muitas vezes sinto os membros rígidos e o corpo lânguido. Mas isso não importa. Quem te diz que o príncipe está apto?"

Fengon hesitou por um instante, concluindo que não haveria nada de mau em dar uma resposta franca. "A mãe dele e teu camareiro-mor. Ambos falam com muito amor das capacidades viris do príncipe."

"O afeto natural e a polidez cortesã moldam as impressões desses dois. Meu filho é um mistério para mim."

"Embora não tenha filhos, que eu saiba, sou da opinião que é sempre assim, meu irmão, entre pais e filhos. O mundo do filho sempre difere do mundo do pai, nem que seja apenas pela presença dominante nele do pai. O mesmo se pode dizer do que sucede entre irmão mais jovem e irmão mais velho.

Entre ti e teus objetivos nada se interpõe; já eu tenho sempre de levar em conta a tua pessoa."

O rosto largo de Horvendile, com a boca pequena e seca, tentou por alguns instantes apreender aquelas geometrias, para ver se nelas havia algo de insolente. Porém suas preocupações estavam concentradas num ponto, e a ele voltavam inevitavelmente. "A rainha... tu conversas muito com ela."

Desconfiado, Fengon assumiu um tom despreocupado. Tinha a estranha sensação de não ter peso, como se todos os seus sentidos caminhassem nas pontas dos pés. "Minhas histórias de viagens a terras exóticas trazem algum alívio à monotonia de seu cotidiano. Ela tem uma mente aventureira, porém a rotina real não lhe dá vazão."

"No verão, ela foi comigo à Escânia."

"E muito se divertiu por lá. Disse-me que foste muito admirado, e estiveste admirável."

"Ela fala muito de mim?"

"Quase não tem outro assunto."

"E o que diz ela?"

"Meu caro *frater*, tu me pressionas como se eu fosse parte de teu casamento. Falou-me com adoração, na primavera, quando voltou, da tua bondade exemplar, o poder a que tanto fizeste jus, teu amor pelo povo, naturalmente correspondido."

"Ela me julga um tolo por amar a Dinamarca com um amor tão possessivo. Crê que levo demasiado a sério a velha idéia de que, se a bondade não fluir de Deus por meio do rei, então o povo há de sofrer e sucumbir, e todas as obrigações mútuas serão canceladas, e só restará um egoísmo animalesco, a mais selvagem anarquia. O rei é o sol que aquece a terra. Se algo o afeta, seus raios são desviados. As colheitas são prejudicadas, e o grão armazenado apodrece."

A grandiosidade daquelas imagens levou Fengon a sorrir, para proteger sua própria sanidade mental, para esquivar-se daquele vocabulário empolado, fruto de uma superstição autoglorificadora. O trono havia enlouquecido Horvendile. O Martelo desferiu mais um golpe: "Muitas vezes me pergunto, irmão, por que não te casas".

"Eu, casar-me? Pelo visto, o casamento é o tema desta nossa conversa."

"Ainda não chegamos ao tema principal. Porém atenta para minhas palavras e guarda teus sorrisos. Lena das Órcadas, que tomaste como noiva depois que meu casamento te apontou o caminho, e que me parecia a companheira indicada para um homem de natureza sonhadora e romântica como tu, morreu prematuramente. Desde então, estás constantemente cruzando um continente cheio de jovens núbeis, e no entanto te esquivas de tua obrigação inescapável para com nossa família e a Dinamarca. Não cumpriste teu papel de contribuir para a promoção dos nossos interesses. Agora mesmo, a filha do rei da Escócia, pelo que me informam os embaixadores, é louçã e inteligente, e deliciosamente jovem: uma união sólida entre nossas duas cortes colocaria os ingleses num belo quebra-nozes."

Fengon riu, uma imprudência. "Eu adoraria ver os ingleses de mãos atadas, mas não se minha esposa se tornasse uma parte da corda, que estaria nas tuas mãos. Não desejo esposa. Já passei desse momento. Sou um velho soldado, acostumado com o fedor camarada dos homens."

"Não desejas esposa. Como pode ser? Acaso és antinatural?"

"Sou tão natural quanto tu, irmão. Mais ainda, pois que não me tornei rei capturando uma jovem contra sua vontade."

"Foi Geruthe quem te disse que casou contra a vontade?"

"Não, fui eu que cheguei a essa conclusão. Foi o que concluí na época, e evitei assistir a teu triunfo, tão brutal quanto o estupro de Sela antes de ser assassinada."

"Sela assolava nossas costas", disse Horvendile tranqüilo, os olhos longos atentos. Havia um brilho no branco de seus olhos que tinha algo de peixe e parecia combinar com o aspecto anfíbio da boca decidida, desprovida de lábios. Fengon não deveria ter manifestado sua raiva, defendendo uma noiva adolescente que havia muitos anos já se transformara em esposa, e que talvez não tivesse sido tão forçada quanto dava a entender a seu amante. Ele fora traído por seu romantismo. Ao partir para o ataque, fez com que o equilíbrio de forças entre os irmãos fosse alterado.

"Se não desejas esposa", disse Horvendile, pesado, seco, confiante, "é talvez por já teres uma espécie de esposa — a esposa de outro. Não digas nada, Fengon. Imagina comigo esta fábula. Um rei bom e fiel tem um irmão que vive a vagar pelo mundo, até que um dia recorre a seu castelo, cansado de tantas aventuras infrutíferas, e, por tédio e ressentimento, seduz a rainha, com o auxílio do camareiro-mor traiçoeiro e senil do rei. Os adúlteros se entregam a seus prazeres nefandos mês após mês, num refúgio secreto que o camareiro-mor transformado em alcoviteiro lhes fornece por saber que o rei planeja privá-lo de seu cargo lucrativo. Eu te pergunto, como meu irmão amoroso e como membro fiel de minha *råd*: o que deve fazer esse rei, tão vilmente traído, guardião dos mandamentos do Senhor e protetor de sua família?"

Fengon sentia uma animação sobrenatural, todos os seus nervos banhados no líquido balsâmico e purificador da emergência. O abismo se abrira à sua frente, porém sua profundidade não ia além da sua própria morte, a qual teria de ser enfrentada mais cedo ou mais tarde. Tal como na batalha corpo a corpo com os turcos ou os sarracenos, os mercenários alsacianos ou os pisanos, todas as facetas da situação surgiram à sua frente ao mesmo tempo, e as múltiplas cores do mundo se reduziram a uns poucos tons fortes — o branco da vida, o vermelho do sangue e do contragolpe, o negro da morte. Respondeu Fengon: "O rei devia antes de mais nada torturar os que lhe contaram uma história tão estapafúrdia e improvável, para convencê-los a desmentir-se e confessar que mentem".

"Meu melhor informante não está mais aqui para ser torturado. Voltou para a Calábria. Nossas gélidas noites de outono o assustaram com o prenúncio do terrível inverno que se aproxima, e ele traiu-te em troca de uma viagem segura de volta à sua ensolarada terra de origem."

Fengon permanecia calado, mas pressentia que seu rosto enrubescido falava por ele. Os anos em que exercera a diplomacia lhe haviam incutido uma confiança excessiva em seus próprios poderes de persuasão, sua capacidade de inspirar lealdade, especialmente em jovens e estrangeiros. Os limites do idioma impunham uma falsa intimidade, criavam uma ilusão na interpretação que ele fazia do outro. Ele teria confiado sua própria vida a Sandro. De fato, fora o que fizera. *Crepi il lupo!*

Horvendile começou a andar de um lado para o outro da sala de audiências, pisando peles de lobo e urso, gozando seu controle absoluto da situação, exibindo uma tranqüilidade vingativa. "Não culpes Sandro apenas; muitas línguas falaram. Até mesmo meus próprios instintos, que — sei muito bem — tu e Geruthe julgam de todo embotados pelo peso da coroa, me diziam que algo estava errado; melhor dizendo, que havia algo a mais. Ela estava diferente comigo, mais expressiva, como se para compensar, por meio de confidências menores e atenções adicionais, o segredo maior que era necessário calar. Ela tornou-se — isso talvez te seja doloroso ouvir — mais fogosa, e não menos, como a decência levaria a imaginar. Continuava ardendo, mesmo longe do fogo. O fogo da danação, como diriam os sacerdotes — eles, que conhecem a carne dos livros e da penumbra do confessionário mas não como nós, da natureza, como lâmina de dois gumes, instrumento de violência e lenitivo, fonte vivificante e túmulo da razão. Geruthe é uma mulher decente", prosseguiu Horvendile, brincando com todos eles, meros fantoches em sua mente. "Não lhe foi fácil macular minha honra, que é também a da Dinamarca. Nosso tálamo conjugal ainda era sagrado para ela, embora o conspurcasse. Fui beneficiado por seus sentimentos de culpa, sem que de início compreendesse a causa. Havia algo de... seria indelicado dizer 'de podre', mas de excessivamente maduro naquela solicitude excessiva."

Ele quer que eu fale dela, percebeu Fengon. Queria que Fengon a pintasse em cores tão desavergonhadas quanto aquelas que ele lhe atribuía, como uma vagabunda que se entregara à devassidão, ardendo de culpa, revirando-se constantemente, um bocado apetitoso imerso num molho pungente, delicioso, as pernas abertas exibindo a entrada do inferno; era só assim que Horvendile poderia reapossar-se dela, por meio de seu irmão, naquelas horas roubadas. Olhando para trás, revendo aqueles meses mosqueados de paixão proibida, Fengon relembrou os reflexos de água no quarto redondo e lá fora, no lago, e a voz juvenil de Geruthe, provocante, deliciando-se com os presentes que ele lhe trazia, apertando contra seu corpo sua beleza rósea e madura, como se para esconder-se, no momento da entrega. *Protege-me*, ela implorara.

Fengon permanecia calado, apenas mantinha o olhar fixo no irmão, que rondava a sua volta, no nervosismo altivo de um predador de cujo bote é impossível fugir. Horvendile percebeu que seu irmão não iria compartilhar com ele aquele butim.

Encolerizou-se. Acusou-o, sarcástico: "Não me dás nenhum conselho".

"Não posso ser ao mesmo tempo réu e juiz. Não te esqueças, porém, que os tronos por vezes vêm por terra por obra de convulsões por eles instigadas. Sob teu reinado, como sob qualquer outro, a Dinamarca ferve com supostas injustiças e possíveis ganhos. Os homens que lucram com a ordem estabelecida são sempre menos numerosos do que os que depositam suas esperanças numa possível nova ordem."

"Ousas dar-me instruções, tu, que perturbaste a paz de minha casa e a dignidade de meu matrimônio? Tu, que conquistaste para tua concupiscência vil, fedendo a bordéis estrangeiros, a vontade de minha rainha virtuosa? Sempre foste inferior a mim, Fengon — uma sombra imunda constantemente à espreita, inferior nos esportes, inferior em força, menos justo, menos estudioso, menos querido por nossos padres instrutores e por nosso pai, sim, eu o afirmo, por mais que Gervendile tentasse nos dar cargos iguais na Jutlândia, como se na batalha tivéssemos tido o mesmo desempenho, revelado a mesma bravura e o mesmo talento bélico."

Fengon, ofendido, levou a mão ao punho arredondado de sua espada, tornado liso pelo uso constante. "Sempre fui menos cruel que tu", disse ele, "menos entusiástico ao saquear as indefesas aldeias das costas da Noruega, porém nego que tenhas sido superior a mim em engenho ou em coragem."

Os olhos de Horvendile haviam percebido seu gesto. "Levas a mão à espada? Queres golpear-me? Vem, irmão, eis meu peito, com apenas uma armadura de veludo. Não poderias ferir-me mais do que o fizeste quando enfeitiçaste e penetraste minha rainha aparentemente virtuosa!"

O velho truque de oferecer o peito, pensou Fengon. *Talvez haja arqueiros atrás de alguma tapeçaria. Ou acocorados numa alcova no alto, prontos para transformar-me num porco-espinho se eu der um passo em direção a ele.*

"Sempre tiveste um coração negro", prosseguia o rei, num tom de reminiscência, lento, enquanto a mão de Fengon se afastava do punho da espada. "A inveja inevitável que tinhas de mim te tornou dissimulado, e levou-te a um ensimesmamento excessivo e fantasioso, no qual tentavas envolver outrem, principalmente o sexo mais frágil, mais sugestionável. Idolatravas as mulheres e portanto tentavas degradá-las, sabendo que tua exaltação era irreal, fruto de tuas febres covardes e desprezíveis. A pobre Lena, criada naquelas ilhas nuas de árvores, pontilhadas de túmulos antigos, era o par perfeito, por ser tão irreal, para tuas invencionices dominadoras. Circularam os boatos mais negros a respeito de sua morte, dos abusos que tu terias imposto à sua inocência, porém jamais lhes dei fé. Sempre acreditei que amaste Lena até onde és capaz de amar qualquer pessoa que não seja simplesmente produto da tua mente doentia. Por que sempre me odiaste, Fengon? Nossos pais eram os mesmos, foi a mesma a criação implacável que nos deram. Não me tornei melhor que tu de propósito, para despertar teu despeito; poderias ter desfrutado de meu favor a meu lado, com honra quase igual à minha, em vez de infestar os cantos mais remotos da cristandade com tua volúpia perversa e teu orgulho de expatriado, desperdiçando a tua vida entre hereges e sibaritas."

Disse Fengon: "Não te odeio. Por mais que o mundo conspire no sentido de inflar-te, tu me pareces curiosamente insignificante. E, à medida que esta conversa se prolonga, prolixo e maçante. O que pensas que sabes é menos que a verdade, porém faze o que bem entenderes. Que resposta dás à tua própria pergunta, quanto à fábula hipotética?".

"Morte ao camareiro traidor, antes de mais nada", retrucou Horvendile.

"Suas cãs e seus muitos anos de serviço pedem clemência."

"Pelo contrário, pedem rigor, pois que mais sério tornam a afronta. O mal planejado por muitos anos é o pior dos males. Morte por tortura e esquartejamento, para servir de exemplo aos outros funcionários. Quanto ao mau irmão..."

"O qual já conteve mil pensamentos maus..."

"... merece a morte, porém lhe seria concedido o exílio permanente. A execução de alguém em cujas veias corre o mesmo sangue que nas veias do rei pode causar confusão nas mentes leais dos que nos têm por divinos. O exílio é mais grandioso que a execução, porque mantém o pecador vivo por muitos anos de arrependimento e inveja; pode até ser tomado por piedade, por alguém que há muito tempo se auto-exilou e que preferiria, tal como Satanás, ser lançado nas profundezas da terra a ser obrigado a atormentar seus olhos com a visão radiante de seu senhor por direito, que o derrotou."

"E a rainha? Não tens vergonha? E a rainha?"

Horvendile sentiu a tensão na voz do irmão. Sorriu; aquela boca sem lábios, quase sempre apertada com força, exprimindo uma atitude de discernimento frio, agora se alargava, vincando-lhe as faces e fazendo tremer os cachos da barba rala. "A rainha, conquistador incompetente, é problema do rei. Nos tempos nebulosos de nossos antepassados, a empalação era considerada um castigo adequado para transgressões como a dela. Reza a lenda que Jörmunrekr pregou Svanhildr, acusada de adultério, ao chão e deixou-a ser pisoteada por cavalos selvagens."

"A acusação era falsa, e a conseqüência foi o caos, segundo a lenda. Castiga a mim, queima-me vivo, ou então castiga a ti próprio. O que Geruthe, com sua doce alma de mulher, tentava fazer era compensar o descaso e desprezo com que tu a tratavas."

"A rainha é minha, por mais que tenhas abusado dela e por mais que difames um casamento do qual ela só te revelou os aspectos que te agradariam e que desculpariam o adultério grotesco e incestuoso a que ela se entregou. Abre mão dela, Fengon, e de qualquer preocupação com tua reputação. É necessário que ambos, a bem da verdade e da ordem, sejais desonrados. Confiscarei tuas terras na Jutlândia, e todos os teus direitos reais serão anulados."

Fengon atalhou, afoito: "Direitos que, por herança, pertencem mais a Geruthe que a ti".

Horvendile desprezou o argumento. "Viverás como um vagabundo miserável, Fengon, e a marca da vergonha e do mal que farei ser associada a teu nome, graças ao rumor de muitas línguas mercenárias, tornará teu assassino um herói. Serás menos que o pó, pois o pó não tem nome que se conspurque. Hás de arder, sim, mas por pensar que Geruthe continua sendo minha esposa, ainda que oprimida pelos espinhos do remorso cravados em seu seio, tanto que sua alma atormentada há de cantar melhor no Céu, ao final de todas as nossas tribulações sórdidas."

Seus pensamentos já estavam distantes. Fengon se deu conta de que, nos olhos gélidos do irmão, ele não era mais do que um inseto prestes a ser esmagado — não, já esmagado, reduzido a uma pequena mancha naquela página da história. Disse-lhe Horvendile, condescendente: "As vinganças tortuosas do passado já não cabem em nossa era cristã; o destino de Geruthe é permanecer sendo o que já é há trinta anos, minha esposa para sempre. Tu me julgaste mal, meu irmão incestuoso e invejoso, se pensas que sou inferior a ti até mesmo no amor por Geruthe. Porém meu amor é tão sagrado e severo quanto o teu é devasso e inconstante. És vil, e vives ilhado em tua vileza, enquanto eu tenho em meu poder todas as ilhas da Dinamarca. *Ha!*".

Horvendile marcara seu tento, tanto quanto no dia em que seu montante amputou o pé do rei Koll. Fengon sentia seu sangue se esvair em sua impotência. Separado de Geruthe... Ela, com sua natureza bondosa e flexível, após um tempo de dor e penitência voltaria a aceitar o marido, e sua carne fraca e seu espírito suave e sensível lhe devolveriam tudo que antes ela dera ao amante. Aquele carniceiro real, com seus golpes decisivos, o reduzira a um cerne de resistência que, por ora, não tinha recurso nenhum de que se valer. Eviscerado, Fengon sentia sua alma afastar-se da indistinta condição de homem comum para assumir a dureza inflexível dos servidores do Demônio, enegrecida pela férrea determinação de não se deixar derrotar. Fez uma mesura seca. "Aguardo tua decisão."

"Aguarda em silêncio por ora. Negócios de Estado com embaixadores da Polônia requerem minha presença neste momento numa esfera mais ampla e mais saudável que a dessa tríplice traição, que muito magoa minha alma, em verdade. Não me dá prazer constatar que os homens são lixo, e também o são as mulheres, e que o meu amor e minha magnanimidade reais podem gerar uma ingratidão voluptuosa."

"Eu te peço, meu irmão piedoso, que me empales se isso te apraz, porém poupa a cabeça daquele velho serviçal e não exponhas a rainha à desonra pública, por mais que a punas no âmbito privado. Ela sempre sentiu um orgulho inocente de ser a filha querida de Rodericke."

"Tais decisões cabem apenas a mim, e quaisquer comentários teus referentes à rainha são de uma impertinência inominável. Também eu a conheço, não te esqueças. Jurei amá-la para sempre. Não voltes a falar comigo. Eu te amaldiçôo, irmão, a ti e à monstruosa pilhéria da natureza que nos fez sair ambos do mesmo ventre."

Despachado de modo tão inglório, Fengon, ao afastar-se da presença do rei, percebeu que uma transformação se dava dentro de seu ser — gélidos horizontes se abriam, para além da raiva, nos quais seus pensamentos disparavam com a celeridade dos reflexos de um duelista. Todo seu romantismo se esvaíra no ódio. Agora os ossos da realidade estavam à vista. Geruthe já não lhe era a *princesse lointaine* ou a Forma da Luz, e sim um tesouro que era necessário recuperar, um território que não podia ser perdido. Porém ele continuava sem saber o que fazer, cônscio apenas de que seria capaz de recorrer a qualquer método. Tal como um falcão em pleno vôo, sua mente planava, imóvel, com olhos negros bem abertos, e cada retalho de terra que divisava do alto subdividia-se em muitos esconderijos rapidamente percebidos, nos quais alguma coisa viva talvez se ocultasse.

Ao sair da sala de audiências, viu mover-se a tapeçaria junto à porta. Não dera ainda dez passos pela galeria deserta quando deparou com Corambis a seu lado, ofegante. O velho escutara tudo e agora estava apavorado. Não tinha na cabeça o chapéu verde, e seus cabelos brancos irradiavam-se da calva central como se fugissem em pânico. Manchas vermelhas nas faces enrugadas revelavam seu estado de excitação nervosa, mas sua voz, instrumento de toda uma vida de trabalho, tinha então um timbre renovado, uma insistência juvenil que era fruto do choque.

"Ele passará três horas almoçando", disse Corambis, como se estivesse retomando uma conversa rápida. "Os poloneses bebem muito e dão muitas voltas antes de chegar aonde querem chegar. Ele ficará pesado de vinho. Não verá necessidade de tomar decisões apressadas em relação a nós e à rainha, tamanha sua confiança na solidez de seu poder. Sou capaz de apostar que vai dormitar no pomar, como sempre faz. À medida que os anos lhe vão pesando, para fugir dos cidadãos e cortesãos, nele vem ganhando força o hábito de descansar os olhos e o cérebro atentos, por uma hora ou mesmo duas, de abril a outubro, às vezes mesmo neste mês de novembro, que o dia de Todos os Santos acaba de nos trazer, protegendo-se da friagem da estação com peles, lã espessa ou um gorro de malha cerrada, quando no verão nada disso se faz necessário..."

"Sei, sei. Adiante. Fala menos e dize mais, Corambis. Aqui podem nos ver e ouvir."

"... num caramanchão, ou pérgula, ou, diriam alguns, belvedere ou pavilhão, construído para este fim com troncos rústicos e tábuas mal aplainadas, perto da muralha sul do pátio intermediário, para valer-se do calor que emana das pedras, ali no pomar, entre o fosso e o outro lado, como já disse, da muralha, a menos que o tempo seja o mais inclemente, até mesmo na chuva quando esta não é de vento, tanto apraz a Sua Majestade o ar do pomar, cheio de pétalas brancas e zumbidos das abelhas numa estação, noutra carregado de sombra verde, e agora recendendo a frutas caídas de maduras, cobertas de vespas..."

"*Dize*, pelo amor de Deus."

"Lá ele dorme, a sós, indefeso."

"Ah, sim. E como se tem acesso ao lugar?"

"Uma única escada em espiral, tão estreita que dois homens nela não poderiam passar, desce dos aposentos do rei até uma porta apertada cuja chave só poucos possuem, sendo eu um deles, para a eventualidade de ser necessário convocá-lo durante uma crise militar ou diplomática."

"Dê-ma", disse Fengon, e estendeu a mão para receber a chave tão raramente usada, que Corambis, com dedos nervosos e trêmulos, retirou de um chaveiro que continha muitas outras. "De quantas horas ainda disponho antes que ele vá dormir?"

"Os cavalheiros poloneses, como já disse, tendem a divagar, tergiversar e objetar de tal modo que fazer qualquer prognóstico..."

"Calcule. Talvez nossas vidas dependam disso."

"Mais de três horas, menos de quatro. O dia está quente para esta época do ano, ele não há de esperar até que as sombras tragam a friagem da noite."

"Então há tempo de ir até Lokisheim e voltar, se eu for mais rápido que o demônio. Tenho lá uma substância que virá a calhar. Ele fica sempre sozinho?"

"É protegido pelo fosso, e ele, que vive sob constante observação, tem prazer em sentir-se a salvo de qualquer olhar."

"Eu poderia passar pelos aposentos reais, descer e esperar."

"Mas, meu senhor, e se alguém o abordar?"

"Direi que procuro a rainha. Aquele de quem era necessário ocultar o segredo já sabe."

"Devo informar a rainha do ocorrido?"

"Não lhe diga nada. *Nada.*" O velho estremeceu quando Fengon lhe apertou o braço. "É preciso que ela permaneça inocente, para o bem dela e o nosso. Embora conspirasse comigo no amor, recuaria diante do... desse passo necessário. Apenas a ignorância poderá lhe manter serenos o coração e o semblante. Quanto a ele, os polacos o ocuparão por algumas horas, porém mantenha a rainha sob vigilância, impedindo-a de qualquer contato com ele, para que não lhe revele o ocorrido e a magoe, causando um alvoroço que nos comprometerá a todos. Agora me diga: há algum outro caminho para voltar do pomar ao castelo?"

Corambis inclinou a cabeçorra desgrenhada, uma abóbora recheada com cinco décadas de conspirações dinamarquesas. Até mesmo correndo o risco de ser esquartejado no dia seguinte, deleitava-o envolver-se numa trama. Respondeu: "A ponte levadiça pela qual os catadores de frutas atravessam o fosso já foi levantada, e assim ficará até o fim do inverno. Porém..." — uma luz fraca acendeu-se — "um poço vazio desce da latrina dos cavalariços do estábulo. Pode-se subir através dele até o castelo. Mas, para um cavalheiro, a imundície..."

"Eu cá hei de decidir quanto a esse detalhe. Separemo-nos depressa, com a esperança de voltarmos a nos ver. Se não neste mundo, então no outro, interminável."

Fengon se transformara numa ferramenta insensível a serviço de suas próprias mãos furiosas. Sozinho selou o cavalo, por sorte o mais veloz de quantos tinha, o árabe negro, cujo focinho já estava grisalho. Atrapalhou-se com as fivelas, maldizendo Sandro, que era tão destro ao manejar a sela genovesa com mãos amorosas. Por fim montado, e tendo passado o portão da barbacã, galopou por doze léguas até Lokisheim, passando pela floresta de Gurre, fazendo seu cavalo suar tanto quanto ele próprio suava dentro de suas roupas. Seus criados o receberam com espanto, pois ele havia partido ainda naquela madrugada, e foram molhar e cobrir o corcel trêmulo enquanto Fengon entrava às pressas.

O objeto que procurava estava escondido na arca trabalhada sob as alabardas cruzadas. Quando abriu os fechos em forma de peixes e levantou a tampa, o cheiro de iodo do Egeu chegou-lhe às narinas. Perto do fundo da arca, sob dobras de seda e camadas de couro trabalhado e peças de marfim e cedro entalhado — tesouros que guardava de reserva, para utilizá-los na corte da Geruthe —, encontrou uma grossa cruz de jade, uma cruz grega, com braços todos do mesmo comprimento. Uma dama elegante lhe dera aquele presente. "Para o caso de te defrontares com um inimigo", explicara-lhe ela, com voz lânguida. Mais jovem na época, tentando assumir um tom cortês, Fengon respondeu alguma tolice no sentido de que não temia nenhum inimigo enquanto a tivesse por amiga. A dama era mais velha que ele, e com um gesto fez pouco daquele lisonjeio vazio. Em Bizâncio, todos tinham sempre em conta que as vidas e os amores um dia chegam ao fim. Disse-lhe a mulher: "Tal como a cruz encerra tanto a agonia da morte quanto a promessa da vida eterna, assim também o sumo da hebena combina as essências do teixo com as do meimendro, junto com outros ingredientes adversos aos humores do sangue. Se introduzido na boca ou no ouvido, produz um coágulo imediato, parente próximo, porém virulento, da lepra lenta. A morte é rápida, ainda que terrível de se ver, e certa".

Selado com cera vermelha, um dos dois braços iguais da cruz tinha sido cuidadosamente ocado para que nele pudesse ser escondido um fino frasco de vidro veneziano. Fengon raspou a cera com a ponta do punhal, e o frasco deslizou para fora. O líquido fatal permanecera anos fechado ali, e um sedimento pardo fino se depositara no fundo; Fengon agitou-o um pouco, e o fluido assumiu um tom amarelo-claro, que, embora estivesse escura a sala, captou um brilho vindo de alguma parte. E se ela tivesse mentido? Havia mentido em muitas outras ocasiões. Mentira por mentir, pelo puro prazer de criar uma multiplicidade de mundos. As mãos de Fengon tremiam, com o arfar de seu peito, quando ele elevou o frasco à luz. Colocou o objeto frágil no bolso interno do gibão. Suas nádegas e coxas ardiam; as costas doíam com o esforço da viagem. Ele estava velho, velho; havia desperdiçado sua vida. Sentia seu próprio cheiro de velhice, de palha úmida bolorenta, abandonada no estábulo.

Na volta a Elsinore, o cavalo árabe foi instigado a dar tudo de si, chegando aos limites de sua capacidade. Fengon açoitava sem dó o animal já não tão jovem, gritando como um louco no ouvido do cavalo, que nada entendia — a orelha peluda tesa, o interior do ouvido delicado, com cor semelhante à da carne humana —, jurando que, se seu coração agüentasse aquele esforço, ele haveria de ser levado para um pasto cheio de éguas bem fornidas. Respondendo ao grito da sentinela sem diminuir o passo, Fengon cruzou a ponte a toda a velocidade, passando sob a grade, penetrando a barbacã e o pátio externo, num dos lados do qual ficavam os estábulos. Nenhum cavalariço estava presente: bom. Uma testemunha a menos, se um dia se convocassem testemunhas. Ele próprio pôs o cavalo na baia. Acariciou o focinho negro encharcado, as narinas sujas de sangue, e cochichou-lhe: "Que eu não seja menos corajoso que tu". Duas viagens de duas horas cada uma tinham sido feitas em apenas três horas. A imagem de Fengon era uma miniatura achatada, um gnomo barbudo, no olho de íris arroxeada do cavalo, orlado de cílios longos.

Sentindo-se aéreo e trêmulo, agora que pisava de novo o chão, foi seguindo sem impedimento, ao longo da muralha interna, chegando ao salão menor, subindo escadas largas, gastas por séculos de uso, atravessando o vestíbulo deserto, penetrando o grande salão, subindo mais escadas, com passo mais sorrateiro, atravessando a sala de audiências e penetrando os aposentos do rei e da rainha, com soalho de pinheiro. Ouviu, vindo de um cômodo remoto, um alaúde e as vozes finas e entrelaçadas de flautas doces — a rainha e suas damas estavam se distraindo enquanto bordavam. Talvez os lacaios do rei também estivessem lá para ouvir a música. Fengon se deslocava silencioso como uma serpente pelo solário vazio de seu irmão, e encontrou a abertura, baixa como o nicho onde se instala uma pia de água benta numa igreja, pela qual se chegava a uma escada em espiral. Era tão estreita que seu corpo roçava nas paredes de todos os lados, e a única fonte de luz era uma seteira na metade da descida. Aquela fatia vertical de paisagem — fosso reluzente, parte de uma casa com telhado de colmo, fumaça de alguma coisa ardendo no campo — doía-lhe nos olhos e projetava uma luz líquida na parede curva às suas costas.

Fengon mergulhou num poço de escuridão. As pontas de seus dedos esbarraram nas tábuas secas e nos ferrolhos enferrujados de uma porta; tateando aquelas superfícies ásperas, procurou o buraco da fechadura, tal como quem acaricia um corpo de mulher para encontrar o pequeno lugar secreto em que ela encontra o êxtase. Encontrou-o. A chave de Corambis encaixou-se na fechadura. O mecanismo lubrificado funcionou. Lá fora, o pomar parecia vazio. Ele chegara primeiro. Graças a... quem? Não ao Demônio; Fengon não queria acreditar que teria de servir para sempre o Demônio.

Os raios cálidos do sol arrancavam faíscas douradas da grama, que não fora cortada. Maçãs e peras apodrecidas enchiam o ar com um odor de fermentação. As botas de Fengon esmagavam frutas macias, caídas no chão, deixando uma trilha acusadora no feno emaranhado. O coração batia forte, fazendo companhia à resolução fria e abstrata de sua vontade. Não havia outra solução, por mais improvisada e arriscada que fosse aquela.

Ouviu passos vindos de cima, de dentro da muralha — a coordenação perfeita daqueles acontecimentos mostrava a mão da Providência. Agachou-se atrás de uma carroça que fora usada para transportar os frutos colhidos naquele pomar um mês antes, e depois abandonada pelos camponeses descuidados à mercê do inverno que se aproximava. Fengon apalpava a cruz espessa sob o gibão. As quinas de jade tinham sido lixadas e as superfícies foram polidas até ficarem lisas como pele; em seguida, nelas foram gravados desenhos circulares que pareciam uma espécie de renda a quem os acariciava. Ele tentou pensar na bela e rósea Geruthe, porém sua alma estava de todo concentrada naquela caçada sinistra, no golpe a ser desferido.

O rei emergiu da abertura em arco à base da muralha. Suas vestes reais brilhavam ao sol já baixo. Seu rosto parecia inchado e cansado, e desnudado para aquele olhar que o via sem que ele o percebesse. Fengon retirou o frasco de dentro da cruz e, com a unha do polegar, começou a forçar a tampa, uma conta de vidro afixada com cola, firme como uma rocha. Talvez a tampa não saísse; talvez ele fosse obrigado a ir embora à socapa, sem ter realizado seu intento. Mas ir para onde? Em direção à desgraça, e não apenas a sua própria desgraça — mas também a de alguém que lhe pedira: *Protege-me*. A conta de vidro cedeu. Uma camada fina de líquido ardeu na ponta de seu indicador.

De seu esconderijo atrás da carroça abandonada, Fengon via o irmão despir a capa de veludo azul e cobrir com ela a extremidade do divã com almofada colocado no chão elevado do caramanchão, como se fosse um palco coberto. O casaco do rei era de um amarelo dourado, sua túnica era de linho alvo como a neve. As almofadas de seu divã eram verdes; ele pôs a coroa octogonal, cravejada de jóias, sobre uma almofada perto de sua cabeça e cobriu-se com um cobertor de lã de um tom sujo de cinzento. Ficou deitado, olhando para o céu, enquanto as mãos entrelaçadas sobre o peito se remexiam sem parar, como se estivesse a se debater com o fato de que fora traído pela mulher e tinha de vingar-se dos criminosos de maneira exemplar. Ou talvez as negociações com os polacos não tivessem tido bom termo. Fengon temia que o monarca, irritado, não conseguisse dormir, e cogitou a possibilidade de avançar sobre Horvendile e obrigá-lo a beber o conteúdo do frasco, enfiando o veneno naquela goela a urrar, como quem derrama ferro derretido na boca de um herege.

Mas e se seu ataque não desse certo e os gritos do rei atraíssem seus seguidores? Nesse caso, ele haveria de ser mutilado e estraçalhado em público como traidor, para que os espectadores aprendessem a lição. Na Borgonha, ele vira um conspirador ser amarrado a uma estaca e obrigado a ver os cães devorarem seus intestinos desenrolados, no chão à sua frente; o público leal considerara a cena um excelente entretenimento patriótico. Em Toulouse contaram-lhe que os cátaros eram queimados amarrados como feixes de lenha, só que ardiam com mais relutância, a começar com os pés e calcanhares. Homens que haviam sobrevivido a torturas lhe explicaram que o espírito atinge um outro nível, do qual contempla o corpo e aqueles que o supliciam com serenidade, como se estivesse às portas do Paraíso. Assim, numa tensão incerta, ele aguardava, e quando os estorninhos e pardais que voejavam acima de sua cabeça já não assinalavam sua presença com chilreios zangados, como se ele fosse um gato, Fengon deu um passo à frente para ver se os longos olhos azuis de seu irmão ainda estavam abertos. Se estivessem, ele fingiria que viera para lhe dirigir uma súplica, e tentaria encontrar uma oportunidade de envenená-lo à força.

Porém do caramanchão do rei veio o som, mais alto que os zumbidos das vespas no capim adocicado, do ronco de quem dorme despreocupado. Fengon aproximou-se, um passo de cada vez, pisando a grama que já morria, com um frasco aberto na mão.

Seu irmão dormia numa posição que ele conhecia bem, torcido, de lado, o punho contra o queixo, tal como Fengon lembrava tê-lo visto muitas vezes quando dormiam na mesma cama, e depois em camas diferentes no mesmo quarto, na remota Jutlândia, onde os ventos interrompiam o sono a toda hora. Naquele tempo, embora fosse ele o irmão mais jovem, Fengon era o que tinha o sono mais leve. Horvendile esgotava-se diariamente com seus esforços, sempre desempenhando o papel de primogênito e valendo-se de suas prerrogativas nos jogos e nas justas, explorando o urzal e os morros áridos que os cercavam. Gervendile, que gostava de imitar os deuses pagãos em suas investidas na guerra e nas pândegas, e cuja esposa se entorpecera e secara no vento implacável da região, deixava os filhos à solta, na natureza. Assim, era Horvendile quem fazia as vezes de pai, comandando porém liderando, repreendendo mas levando sempre junto consigo o irmão menor, menos cativante, cujo nascimento ocorrera dezoito meses depois do seu. Corriam pelo urzal, atravessavam os capões, perseguindo a caça com estilingue e flecha, compartilhando o vento áspero, o céu enorme a fluir sobre eles. Não teria havido amor ali, de ambas as partes? Ah, o amor de tal modo permeia tudo, brota tão espontaneamente no coração da criança indefesa, que paralisa qualquer ação, mesmo a que se faz necessária para salvar a vida de um homem e garantir sua fortuna.

Como se movidas por vontade própria, as botas de Fengon, silenciosas, já haviam subido os dois degraus da plataforma onde o rei dormia de lado, uma das orelhas para cima, o rosto relaxado. Para derramar o conteúdo do frasco, Fengon teve de levantar um cacho louro do irmão, ainda macio, enroscado, onde a idade e a pressão da coroa ainda não haviam tornado ralos seus cabelos. Era uma orelha pequena, reta, branca, com um lóbulo grosso e uma névoa de pêlos grisalhos em torno da entrada encerada do ouvido. Fengon prendia a respiração com os dentes enquanto vertia o líquido. Sua mão não tremia. O ouvido do irmão, o orifício por onde haviam entrado as palavras venenosas de Sandro, o redemoinho que leva ao cérebro e ao universo construído pelo cérebro, aceitou o límpido sumo da hebena, que até transbordou um pouco. Sem acordar, Horvendile tentou desajeitadamente tocar no lugar, como se alguma vespa o estivesse picando num sonho. Fengon deu um passo para trás, segurando o frasco vazio com a mão em garra. Quem era o Martelo agora? O sangue pulsava com tanta força nas suas veias que os músculos saltavam.

Não ousou voltar pela escada em espiral, tão estreita e traiçoeira. No alto delas poderia encontrar lacaios, ou a rainha com suas damas e seus músicos. Agachado, foi ladeando a muralha torta até chegar ao lugar onde, tal como lhe dissera o ardiloso

Corambis, encontrou uma rampa de pedra que escorria em direção ao fosso, mas que podia ser escalada agarrando-se às protuberâncias e fendas da superfície de pedra, e — Fengon trincou os dentes e prendeu a respiração para não sentir o fedor — assim foi ascendendo, apertando braços e pernas contra as paredes. Ali não havia nenhuma trepadeira, como na primeira vez em que subira ao quarto onde estava Geruthe, mas com o passar dos anos a urina havia erodido a argamassa, formando reentrâncias onde se podia apoiar o pé, nas pedras cobertas de lodo, com fendas onde o sol jamais batia, habitadas por grandes centopéias brancas que diariamente recebiam seu alimento. A fenda luminosa em direção à qual Fengon se esgueirava era estreita, mas não mais estreita que a janela ogival de Geruthe. Havia conseguido passar por aquela janela, e agora subia por ali, como fumaça gordurenta de um fogão, como excremento fazendo o percurso contrário, suando, grunhindo, pedindo a Deus ou ao Demônio que nenhum cavalariço ou soldado resolvesse naquele momento aliviar-se. Se tal ocorresse, o punhal de Fengon teria de entrar em cena, com um assassinato exigindo outro.

Porém emergiu do fosso sem que ninguém o notasse. Com as mãos tentou livrar-se da umidade asquerosa de sua túnica e seus calções, e foi seguindo entre a muralha e a barbacã até chegar ao local em que seu cavalo árabe negro o esperava, ofegante. Fengon parou ao lado do animal, para confundir o cheiro deste com seu próprio suor. Chamou aos gritos um cavalariço, para que alguém testemunhasse estar ele recém-chegado a Elsinore. O frasco e a cruz de jade, ele lançou-os no fosso na primeira oportunidade. Embora depois viessem a atormentá-lo o remorso e o temor da justiça tardia de Deus, Fengon não sentia nenhum escrúpulo religioso, pois ainda estava aliviado por ter conseguido realizar seu feito; sua religião era agora a necessidade fria, e o culto que ela lhe exigia era caminhar sobre a corda bamba das coisas essenciais.

O cadáver só foi encontrado uma hora depois, quando a rainha, que nada sabia, mandou um homem descer para acordar o marido. O corpo de Horvendile, petrificado, os olhos cegos tintos de sangue e esbugalhados, estava coberto por uma camada prateada que lembrava a lepra; toda sua pele lisa se tornara repulsiva, todos os fluidos de seu corpo estavam coagulados. Fengon e Corambis, assumindo o controle no meio da confusão, lançaram a hipótese de que uma serpente venenosa escondida na grama do pomar havia cravado suas presas no nobre ser adormecido. Ou então um mal do sangue, que havia muito jazia latente nas veias do rei, se manifestara de súbito; nos últimos tempos, o monarca parecia desanimado e macambúzio. Fosse como fosse, apesar daquela calamidade, o reino, cercado de inimigos ativos, precisava ser administrado, e a pobre rainha tinha de ser consolada. Quem melhor para assumir tal responsabilidade que o irmão do rei, já que o príncipe, filho único, havia mais de dez anos vivia entregue a estudos inúteis, encerrado nos muros de Wittenberg?

III.

O rei estava encolerizado. "*Ordeno* que ele volte para a Dinamarca!", anunciou Cláudio a Gertrudes. "Esse insolente exílio voluntário é um desrespeito a nossa corte, que enfraquece nosso reinado ainda incipiente. É precisamente para isso que ele permanece no estrangeiro. Embora o tenhamos nomeado nosso sucessor, e embora nossa ascensão ao trono tenha sido em parte determinada por sua ausência prolongada, tendo meus colegas na *råd* me compelido a assumir a responsabilidade, decisão essa que foi ratificada pelas *thing*, rapidamente convocadas em Viborg — apesar de tudo isso, ele continua ausente, amuado, e quando se digna a aparecer exibe um comportamento de tal modo volúvel que mais parece louco. Foi assim que se comportou ao chegar, atrasado, para os funerais do pai, e, como apressou-se a ir embora tão logo os nobres ossos foram enterrados, seu amigo Horácio — um rapaz *excelente*, a quem pedi que ficasse por quanto tempo desejasse, e que não se furtasse a dar conselhos ao trono — nem sequer teve oportunidade de saudá-lo! Seu melhor amigo foi ignorado, e o populacho não pôde formar uma impressão com base numa aparição tão efêmera. Hamlet banca o fantasma, uma presença feita de rumores, apenas para me contrariar, pois o povo sempre o amou, e seu afastamento de Elsinore propositadamente afeta a credibilidade de nosso reinado!"

Gertrudes ainda não estava acostumada a ouvir seu amante expressar-se assim, de modo tão prolixo e pomposo. Agora, mesmo quando estavam a sós, ele falava como se houvesse outros a sua volta, cortesãos e emissários, o mobiliário humano do poder. Duas semanas tinham se passado desde o dia em que o rei morrera no pomar, desacompanhado, inconfesso, como um indigente anônimo desses que viviam nas praias do Báltico, ou como algum animalzinho sem alma preso entre as garras afiadas de uma ave de rapina. Para Gertrudes, Fengon já parecia mais corpulento, mais majestoso. Havia assumido o nome de Cláudio ao ser coroado, e Corambis, seguindo seu senhor, também se valera da dignidade imperial do latim e passara a chamar-se Polônio. "A meu ver, não tem ele nenhuma intenção de fazer mal a ti nem à Dinamarca", foi dizendo Gertrudes, defendendo o filho, sem muita convicção.

"A Dinamarca e eu, minha cara, agora somos sinônimos."

"É claro — o que é maravilhoso! Mas quanto ao pequeno Hamlet, ocorreram tantas mudanças de repente, e afinal de contas ele adorava o pai, embora fossem muito diferentes quanto à sutileza e à formação. O rapaz precisa de tempo, e ele sente-se à vontade em Wittenberg, onde tem colegas e professores..."

"Professores que professam doutrinas sediciosas — humanismo, usura, valores de mercado, a monarquia como outra coisa que não uma dádiva pura de Deus. O rapaz já tem trinta anos, é hora de voltar para casa e para a realidade. Tu *realmente* pensas", prosseguiu ele, num tirânico tom de acusação que a fez lembrar, com tristeza, o antecessor dele no trono, "que ele está em Wittenberg? Nem sequer sabemos se está lá ou não. 'Wittenberg' para ele é o mesmo que 'alhures' — qualquer lugar que não seja Elsinore!"

Gertrudes confessou: "Não é a ti que ele evita. É a mim".

"A ti, sua própria mãe? Por quê?"

"Ele odeia-me, por ter eu desejado a morte de seu pai."

"E tu o fizeste?"

O rei piscou.

A voz dela estava ficando embargada; seus olhos, naquelas duas últimas semanas, estavam readquirindo o hábito de chorar, e nesse momento mais uma vez ela os sentia marejar. "Minha dor não foi suficiente para contentá-lo. Eu não quis morrer — não tentei jogar-me na pira de seu pai, por assim dizer, embora hoje, é claro, não se usem mais tais costumes bárbaros, aquelas pobres escravas drogadas... E não pude conter o pensamento de que não havia mais nenhuma possibilidade de que Hamlet, Hamlet pai, descobrisse o que havia entre *nós*. A idéia me horrorizava, embora eu ocultasse esse sentimento, por não querer preocupar a *ti*. Fiquei *aliviada*. Odeio-me por admitir esse fato. Mesmo morto, Hamlet consegue fazer com que me sinta culpada, por não ser tão boa, tão dedicada ao povo, quanto ele."

"Compreendo-te. É um sentimento que tive a vida inteira — tu só o conheceste quando te casaste com ele."

"Pois o pequeno Hamlet tem esse mesmo dom. De fazer com que me sinta conspurcada, envergonhada, indigna. Tenho algo a te confessar. Não, é terrível demais." Ela esperou, para que ele insistisse com ela; como nada foi dito, seguiu adiante assim mesmo. "Está bem, vou contar: *prefiro* que o menino não esteja em Elsinore. Ele ficaria amuado. Ele tentaria fazer com que eu me sentisse frívola, tola, má."

"Mas como ele poderia saber... alguma coisa?"

Ah, os homens, pensou Gertrudes. *Querem que façamos tudo para eles, porém não gostam de falar às claras. Cláudio quer que tudo corra às mil maravilhas, agora que se tornou rei e que o passado está encerrado, virou história. Mas a história não morre com tanta facilidade; ela vive em nós, pois foi graças a ela que chegamos aonde estamos.* "Os filhos simplesmente *sabem* essas coisas", disse ela. "De início, não têm eles outra coisa a fazer senão tentar nos entender; e se tornam peritos no assunto. Ele percebe tudo; eu o desapontei muitíssimo. Queria que eu morresse, que eu fosse a estátua de pedra perfeita de uma viúva, guardando para ele o santuário de seu pai por todo o sempre, pois também contém sua infância. Para ele, adorar o pai é uma maneira de adorar a si próprio. Eles dois eram iguais — bons demais para este mundo. Na noite em que nos casamos, Hamlet nem sequer olhou para mim nua. Estava bêbado demais. Quanto a ti, ah, tu me *olhaste*, querido."

Cláudio sorriu, exibindo os dentes de lobo em meio ao velocino escuro da barba, um lampejo branco, tal como a mecha alva de seu cabelo. "Homem algum teria conseguido não olhar para ti, amor. Estavas, como sempre, sublime da cabeça aos pés."

"Sou uma ex-princesa mimada, gorda, de quarenta e oito anos de idade, mas de algum modo faz sentido que me chames de sublime. Uma espécie de *jogo*. Hamlet — Hamlet pai — não sabia jogar."

"Ele jogava só para ganhar."

Gertrudes calou a observação de que Cláudio também, com sua majestade recém-adquirida, demonstrava uma tendência a ganhar. Porém, tendo vivido sempre em companhia de reis, Gertrudes sabia que, para um rei, perder quase sempre significava perder a vida. Para os que estão no alto, a queda é sempre calamitosa.

"Na verdade, gosto dele", disse Cláudio. "Do jovem Hamlet. Creio que posso lhe dar algo que seu pai jamais lhe deu — eu e ele fomos ambos vítimas daquele brutamontes obtuso — o assassino de Koll. Somos parecidos. A sutileza dele, que mencionaste, é muito semelhante à minha. Nós dois temos um lado sombrio, o desejo de viajar, de ir para longe desta terra atrasada e nevoenta, onde os carneiros parecem pedras e as pedras parecem carneiros. Ele quer *mais*, aprender mais."

"Mas tu não disseste que no fundo ele não deseja estar em Wittenberg?"

"Ele ao menos vai a *algum* lugar, e aprende *alguma* coisa, o que o torna um insatisfeito. Insisto em dizer que eu o entendo. Somos ambos vítimas da pequenez dinamarquesa — a sede de sangue dos viquingues reprimida pelas exterioridades do cristianismo, o qual ninguém aqui jamais compreendeu, a começar com Haraldo Dente-Azul; para ele, era apenas uma maneira de evitar uma invasão alemã. O cristianismo transforma-se numa coisa lúgubre nas terras frias; e no entanto é um culto mediterrâneo, uma religião do vinho. Seja como for, tenho certeza de que hei de fazer com que o príncipe me ame. Foi por iniciativa minha que o nomeei meu sucessor."

"Quiçá ele se ressinta de permanecer príncipe, enquanto tu ocupas o trono do pai dele."

"Como poderia ele pensar tal coisa? Ele jamais esteve *aqui*, jamais demonstrou interesse algum em aprender a arte de governar, de tudo aquilo que ameaça e sustenta um governo. Correm rumores", disse Cláudio a Gertrudes em voz baixa, com um ar soturno, "de que ele está louco."

Gertrudes teve um arrepio. "Ele está perfeitamente são, e é muito astuto", disse ela, "mas mesmo assim não consigo lamentar sua ausência. Se voltar para casa, há de me trazer infelicidade, eu o pressinto."

"Mas é forçoso que ele volte; caso contrário, uma facção rebelde poderá se formar fora dos muros de Elsinore. E eis o plano que o fará voltar: casa-te comigo."

O primeiro impulso de Gertrudes foi receber aquelas palavras com alegria; porém aqueles tempos turbulentos deram-lhes um tom lúgubre, e elas lhe pesaram no ânimo, como se fossem de chumbo. "Meu marido, teu irmão, morreu há apenas duas semanas."

"Mais duas, e será um mês — tempo mais que suficiente para gente madura como nós. Gertrudes, não me negues a culminação natural do amor que lhe dedico há tanto tempo, e pelo qual tantos perigos corri. Nossa situação atual, habitando cômodos diferentes dos aposentos reais, é muito constrangedora; somos obrigados a nos encontrar escondidos, como se o fantasma de teu marido continuasse, ciumento, a zelar por tua virtude. Nossa união dará fim a todos os mexericos e proporcionará a Elsinore uma base sólida — um senhor e uma senhora." *E também reforçará minha condição de rei,* Cláudio não completou.

"Duvido que essa solução tenha o efeito de aplacar Hamlet", disse a rainha. A ambigüidade persistente daquele nome — pai, filho; rei, príncipe — sempre lhe dava um nó na garganta, como se fosse grande demais para engolir.

"Aposto que terá", disse Cláudio, direto e impulsivo em suas decisões, como cabe a um rei. "Assim a mãe dele voltará a ter a posição mais elevada, e o tio ocupará o lugar do pai. Nosso casamento há de reforçar a corte que ele faz de Ofélia, que tanto tu quanto Polônio aprovais — tu, pensando na saúde física e mental de teu filho; ele, para garantir um futuro excelso para sua filha. O velho tem o direito de querer de tal modo perpetuar-se; afinal, ele serviu bem a nossa corte."

A palavra "corte", usada de modo tão impensado por Cláudio, tocava num ponto sensível de Gertrudes. Ela se entregara despudoradamente ao amante quando ainda estava casada com o rei, e a inegável irregularidade de seu comportamento era descontada por sua consciência como um romance que lhe proporcionava uma fuga do tédio naquele casamento; mas desde que o rei morrera, sua conduta passara a incomodá-la: parecia-lhe que sua infidelidade de algum modo levara a serpente do pomar a picar o marido enganado adormecido. Ao mesmo tempo, Sandro havia desaparecido, e ela imaginava que talvez houvesse um motivo para isso que lhe fosse desconhecido. Questionara com Cláudio a esse respeito, e ele respondera que o rapaz sentia muita falta de sua terra com a aproximação do inverno, e por isso ele o deixara partir para o sul, dando-lhe um abono generoso. Era estranho que isso tivesse ocorrido assim tão de repente, sem que ela nada ficasse sabendo. Outrora Cláudio lhe falava com a liberdade descuidada de quem nada tinha a esconder; agora, porém, havia uma certa formalidade, uma circunspecção suspeita. Sim, seria bom envolver todo aquele episódio — a casa à beira-lago, a pequena guarda que os protegia naquelas escapadelas, o prazer febril de pertencer a dois homens ao mesmo tempo, o despudor pagão — no contrato incontestável e inquebrantável de um casamento real. O rosto em fogo, como se a virgindade lhe tivesse sido restituída, Gertrudes disse sim.

Cláudio bateu palmas: um acordo conveniente e lucrativo fora firmado. Acertou-se a data. Mensageiros foram enviados — para Wittenberg, para Laertes em Paris, para as capitais dos países amigos. Muito embora as comemorações planejadas fossem as mais austeras, um casamento enlutado, para Gertrudes aqueles dias cada vez mais curtos de novembro se alegraram. O que fizemos uma vez de modo imperfeito, ansiamos por fazer pela segunda vez com perfeição.

Havia muito menos convidados do que quando o bom rei Roderick reunia a flor da aristocracia dinamarquesa, juntamente com delegados vindos dos mais remotos domínios do poder dinamarquês, na Suécia e em Slesvig. Agora estavam na moda toucas coloridas e gibões com padrão de losangos, e também pares de meias de cores diferentes, até mesmo entre as pessoas mais idosas e discretas. Colares e correntes de ouro pesado eram restritos a prefeitos e funcionários, e os guizos que Gertrudes usara na cinta aos dezessete anos de idade seriam agora considerados uma curiosa relíquia. Além disso, ou ela bebeu menos vinho e hidromel desta vez do que naquela primeira festa vertiginosa, assustadora e gratificante, ou então sua resistência ao álcool aumentara. As palavras do sacerdote, a que na primeira vez Gertrudes mal dera atenção, de tão agitada que estava, agora lhe pareceram de um arcaísmo tocante — "conubial", "indissolúvel". *Até que a morte nos separe*. Quando se daria tal separação? A idéia lhe parecia impensável. No entanto uma separação eterna já ocorrera, subitamente, na tarde agradável do dia de Todos os Santos — uma serpente na grama ensolarada do pomar.

Ela e Cláudio haviam discutido a respeito da questão da música e da dança. Talvez fosse melhor excluí-las, já que apenas um mês se passara desde a morte do rei Hamlet. E no entanto a vida continua, e alguns dos convidados tinham vindo de lugares tão distantes quanto Holstein, Blekinge e Rügen. Uma música discreta, concordaram os noivos — um alaúde e um trio de flautas, com um pandeiro para marcar o ritmo —, serviria de fundo, como uma tapeçaria desbotada, para a festa, que seria ao meio-dia; e se depois os convidados começassem a dançar, que dançassem. Gertrudes e o rei, para deixar claro que a comemoração deveria ser contida, deram início à dança com os passos lentos da *ductia*, que mais parecia uma nênia, pensou ela, a vista embaçada pela fumaça das velas e das duas grandes lareiras acesas no salão principal. Ela sempre se casava no inverno, porém já estavam no início de dezembro e dessa vez as neves tinham sido parcas. O céu estava se contendo. Cláudio, passando por ela com movimentos lentos, tomando-lhe a mão e soltando-a para dar uma volta e tomar a outra, parecia-lhe de algum modo mais distante por ter se tornado seu marido. O peso das novas responsabilidades tornava seu toque rígido e tenso. Antes, quando se encontravam, expondo-se ao perigo, na floresta de Gurre, ela adorava sentir que Cláudio relaxava ao assumir a transgressão, entregando-se ao momento uma vez que atingira sua meta, que era a de conquistá-la fossem quais fossem as conseqüências. Agora estavam vivendo aquelas conseqüências, dançando ao ritmo do pandeiro, tentando sobreviver à extinção do casal adúltero e exultante que existira fora dos muros de Elsinore. O sedutor se transformara num homem público, e sua amada inatingível era agora uma obrigação cotidiana.

Cláudio soltou-lhe a mão quando a música cessou, e deixou-a para saudar os convivas, os súditos mais elevados de seu reino. Gertrudes o viu — a gola de pele do manto levantada, sua orla brilhando como se coberta de gelo, a cruz de ouro que lhe pendia sobre o peito refletindo um brilho avermelhado de fogo — aproximar-se de Hamlet e Laertes, que conversavam, unidos por seu conhecimento do mundo que se estendia ao sul da Dinamarca. Laertes usava um cavanhaque com a mesma forma do de seu pai, só que negro em vez de branco, e Hamlet deixara crescer uma barba ruiva. Era delicada, menos crespa que a barba loura de seu pai; o tom arruivado dos pêlos era uma versão mais suave da cor de cobre que a mãe ostentava nos cabelos fartos, e também em outras partes do corpo. Aquela barbicha rala causava repulsa a ela: parecia uma intimidade sua instalada no filho, que ele resolvera exibir. Na plenitude dos trinta anos, Hamlet a desafiava a afirmar seu controle maternal sobre o rosto dele. Isso ela não podia fazer, tal como não conseguia decidir de modo racional a que homem se entregar no amor e no matrimônio. Entre mãe e filho sempre se interpunha a incapacidade de Gertrudes de sentir que o pai dele a amara o bastante — era um obstáculo transparente, que não se podia mencionar, através do qual o filho contemplava a mãe, como se através do âmnio no qual ele nascera. Aquele filho a ferira muito ao nascer. Ninguém jamais a ferira tanto quanto ele, no dia em que a batalha de Thy foi ganha.

Gertrudes percebia, ao observar as contorções de seus lábios belos, avermelhados, quase femininos, que Cláudio falava francês com Laertes e alemão com Hamlet, dessa forma afirmando ser, tal como eles, um homem viajado, embora seu domínio dos idiomas fosse precário, e não ágil e recém-adquirido como o deles. Preocupava-a a possibilidade de que Cláudio, com seu cosmopolitismo já um tanto datado, lhes parecesse ridículo; os dois jovens, porém, pareceram reagir de modo polido, com uma certa animação no caso de Laertes e, no de Hamlet, com uma expressão oculta por aquela barba desagradável, ainda tão escassa que a palidez de suas faces era plenamente visível. Gertrudes tremia de medo pelo marido, ao vê-lo chegar tão perto de Hamlet. Sentia nas entranhas que seu filho era inimigo dele. A seu ver, eram de todo infundadas as esperanças nutridas por Cláudio de conquistar o afeto do rapaz; por outro lado, ele conseguira conquistá-la, com seu amor romântico impossível, chegando até aquelas núpcias triunfais. Para seu alívio, Cláudio afastou-se dos dois, pois tinha de receber a todos; ele era a estrela, o centro, precisava dar a mesma atenção aos outros. Gertrudes sabia como era ser estrela; ela o fora desde pequena, a filha única de um rei, em quem se fixavam olhares invejosos e possessivos quando ela ainda estava no berço.

Polônio, radiante com sua opalanda nova, aproximou-se dela e, tendo observado o alvo de seu olhar, disse: "Nosso rei saise muito bem, como quem já está há bastante tempo acostumado a ocupar uma posição de eminência".

"Eu não imaginava, confesso", disse ela, "que ele se dignaria a tal de bom grado. Tinha-o por um erradio, alguém nascido para correr mundo."

"Há homens, Majestade, que correm o mundo a fim de voltar com força suficiente para realizar o sonho acalentado há muito."

A Gertrudes desagradava a idéia de que Cláudio, tal como o irmão, desejara o trono. Preferia imaginar que havia chegado a essa posição por obra de um acidente infeliz. Era bem verdade que ele demonstrara iniciativa e determinação ao buscar o apoio da *råd* e conseguir ser eleito pelas quatro *thing* regionais, e ao obter por carta, sem perder tempo, um compromisso de fidelidade dos bispos de Roskilde, Lund e Ribe; mas tudo isso ela atribuía à intenção meritória de deter o caos na esteira de uma calamidade. Naqueles dias de aparvalhamento, depois que Hamlet foi encontrado morto, e não apenas morto como também horrendamente transfigurado, como se fosse uma estátua enterrada há muitos anos que se desintegrasse, soltando escamas reluzentes, Gertrudes se mantivera circunspecta, concentrando-se na antiqüíssima tarefa do luto, de arcar com o ônus da perda. Quase pela primeira vez em sua vida desde a menarca, sentira-se transformada pela doença, incapaz de levantar-se da cama, como se seu lugar apropriado fosse a sepultura, ao lado de Hamlet, no medonho cemitério fora dos muros de Elsinore, onde a névoa apegava-se ao solo macio, e as pás dos coveiros loquazes estavam sempre violando o submundo dos mortos. Isolada, tendo por únicas companhias Herda — que tinha seus próprios motivos para carpir, pois Sandro desaparecera e seu ventre estava dilatado — e as damas de honor, sempre a cochichar, tendo estampada no rosto a animação causada pelo nefasto acontecimento, e o médico do castelo, com seu balde cheio de sanguessugas a contorcer-se, Gertrudes era obrigada a pensar suas próprias feridas espirituais, tentando entender por que sua dor lhe parecia leve e conspurcada por uma sensação de alívio. O peso do rei lhe fora removido dos ombros. Ele jamais a vira tal como ela era, porém simplesmente a moldara segundo uma idéia preconcebida do que deveria ser a sua rainha. Ocorreu-lhe, mais tarde, que nesse intervalo uma outra rainha, na mesma situação, teria talvez reivindicado o trono para seu filho. Mas Hamlet compareceu ao funeral do pai e desapareceu em seguida. O instinto materno dizia a Gertrudes que o trono da Dinamarca, com todas as obrigações mesquinhas e cruéis que impunha a seu ocupante, era um prêmio que ele desdenharia. Tampouco Polônio, ao ser confirmada sua permanência no cargo, manifestou-se em favor do príncipe: havia uma certa animosidade entre os dois, uma antipatia que passara de pai para filho. Tudo aquilo, pensava ela, enquanto cochilava, doente, e entreouvia as queixas de suas visitantes, era complexo demais para ela, como uma cesta cheia de fio de lã emaranhado pelo gato que nela dormiu. Quando se recuperou, enfrentando condignamente a condição de viúva, tudo já fora decidido em Elsinore, e o rei Cláudio veio lhe pedir a mão em casamento. Teria sido impossível dizer-lhe não; ele a adorara a distância, e, ao aproximar-se para concretizar aquele sonho fantástico, revelara-se um homem agradável, disposto a vê-la tal como ela era na realidade. Ela conseguiria, aos poucos, no dia-a-dia, corrigir aquela imagem irreal, mantendo viva a figura da princesinha mimada que ele fizera renascer. Talvez fosse cedo demais para casar-se com Cláudio, mas o que poderia ela fazer? As rainhas que enviuvavam às vezes se recolhiam a um convento, porém Gertrudes via as freiras como mulheres infelizes, que haviam desposado um Deus que não lhes dava atenção, e se tornavam megeras tão amarelentas quanto as esposas mal-amadas deste mundo. Ela gostava da textura abundante, sedosa e encorpada, da barba de Cláudio, do odor de amêndoas de seu peito nu. Gostava de sua energia insolente de nômade, que agora, domada, servia aos propósitos do trono.

A noite de núpcias foi muito diferente da primeira. Naquela, o noivo não conseguiu permanecer acordado; nesta, ele não conseguiu descansar, embora a comemoração, relativamente contida, tivesse terminado com uma sucessão de despedidas corteses, e os sinos da meia-noite reaparecessem, tal como uma multidão que se dispersa porém volta para procurar uma luva ou uma bolsa perdida, como uma única batida, e depois duas. Cláudio amou-a em triunfo; seu odor de amêndoas parecia misturar-se ao cheiro de água salobra das margens do Sund acinzentado. Sensações intensas em suas partes inferiores elevavam Gertrudes a alturas tais que a voz lhe faltava, como uma ave que perdeu o canto; não obstante, tendo satisfeito seus desejos agora lícitos, ainda assim ele não conseguia dormir. No espaço aquecido do leito de dossel, também ela não adormecia, sentindo tensos os músculos do marido. A cada vez que seus pensamentos começavam a dissolver-se numa névoa de confusão — na quimera em que se desfazem as formas da realidade —, um movimento abrupto do homem a seu lado trazia-a de volta para a noite límpida.

"Dorme, meu marido", disse ela com voz suave.

"O dia não quer ir embora. O velho Rosencranz esteve a dizer-me que é necessário esmagar o jovem Fortinbrás, para dar fim à ameaça norueguesa de uma vez por todas. Esses nobres veneráveis ainda vivem num sonho de violência heróica, em que se trucidam e queimam inimigos e se chega a soluções finais. Ao mesmo tempo, engordam graças ao comércio trazido pela paz internacional."

"Era justamente isso que Hamlet dizia sempre." Embalada pelo sono, Gertrudes falara impensadamente, pronunciando um nome envenenado. O marido traído, o irmão invejado. Apressou-se em acrescentar: "Polônio julga que já te tornaste um rei excelente".

"Tem ele motivos pessoais para acreditar e desejar que isso seja verdade. Sua aprovação já foi comprada."

De que modo?, perguntou-se Gertrudes, sonolenta. "Ele me disse — não, disse a um grupo do qual eu fazia parte — que hás de nos levar de volta aos tempos do rei Canuto. Não o santo, mas o Canuto original."

"O que não conseguiu deter a maré."

Havia na sua voz um tom de sarcasmo amargo que foi como uma pontada em Gertrudes. Por mais que brilhem os archotes na cerimônia de casamento, quem se casa com um homem casa-se também com seu lado escuro. Explicou ela: "O que conquistou toda a Inglaterra e a Noruega".

"E que, se não me falha a memória, foi como peregrino até Roma para expiar seus muitos pecados."

"É o que desejas fazer?", perguntou ela, tímida. A idéia de uma tal peregrinação, tão cansativa, lhe parecia muito distante, ali sob as cobertas quentes. Quando estava na cama com Cláudio, sentia-se tal como quando, no tempo de menina, numa gélida noite de inverno, cobria-se com peles que pinicavam, roubando para seu corpo o calor daquelas outras criaturas. Marlgar, encarangada em sua capa com capuz, ficava por algum tempo sentada ao lado da cama da princesa, e as estrelas, vistas pela janela sem vidro, brilhavam como sincelos ao sol da manhã. Por haverem eles começado seu amor no pecado, seu marido a veria como uma mulher impura? Os irmãos tinham em comum aquela religiosidade sombria da Jutlândia, uma atitude de recusar-se a aceitar o mundo tal como era — um milagre renovado a cada dia.

"Ainda não", disse Cláudio. "Só quando a Dinamarca estiver na mais perfeita ordem. E hei de levar-te comigo, para veres Roma sagrada e aquelas outras cidades ensolaradas que há além dos Alpes."

Cláudio virou-se para o outro lado; parecia finalmente disposto a dormir, tendo conseguido despertá-la. Isso a irritou. Ele a usara tal como ela fazia outrora com Marlgar, como alguém que lhe velasse o sono. Disse ela: "Vi que conversaste com Hamlet".

"É verdade. Ele foi bastante simpático. Meu alemão enferrujado muito o divertiu. Não entendo por que tu o temes."

"Não acredito que consigas encantá-lo."

"Por que não, meu amor?"

"Ele está demasiadamente encantado por si próprio. Não precisa de ti nem de mim."

"Estás falando de teu próprio filho."

"Sim, sou mãe dele. Eu o conheço. Ele é frio. Tu, não, Cláudio. És cálido, como eu. Gostas de ação. Queres viver, aproveitar o presente. Para meu filho, tudo é falso, mera encenação. Ele é o único homem em seu próprio universo. Se existem outras pessoas dotadas de sentimentos, isso apenas torna o espetáculo mais agradável, ele talvez concorde. Até mesmo a mim, que o amo com amor inevitável de mãe, desde o momento em que a causa de minhas dores foi colocada em meus braços, gemendo e chorando em memória do sacrifício por que nós dois havíamos passado — mesmo a mim ele vê com desdém, como prova de suas origens naturais, prova de que seu pai sucumbiu à volúpia."

A voz de Cláudio tornou-se severa. "E no entanto, de meu ponto de vista mais distanciado, ele parece espirituoso, tolerante, complexo, muitíssimo atento a tudo o que o cerca, sedutor para os que merecem ser seduzidos, muito bem adestrado em todas as artes próprias de um cavalheiro, e belo, como a maioria das mulheres certamente afirmaria, embora a barba que deixou crescer talvez cause uma impressão hostil, tendo mais o efeito de ocultar do que de ornar."

Disse Gertrudes, hesitante: "Hamlet *quer* sentir, creio eu, e ser ator num palco exterior à sua mente fervilhante, porém ainda não o consegue. Em Wittenberg, onde vive cercado de estudantes frívolos, sempre a brincar na ante-sala do mundo real, essa sua deficiência — talvez até a loucura, a loucura do distanciamento — não se revela; ele deveria permanecer estudante para sempre. Aqui, em meio a preocupações reais, ele se sente desafiado, e transforma tudo em palavras e desprezo. Tenho a esperança de que o amor lhe proporcione a seriedade necessária. Não poderia haver ninguém mais doce, mais delicada, do que a bela Ofélia. Teu irmão a julgava frágil demais para lhe dar sucessores, porém ela se torna mulher, e o interesse de Hamlet cresce rapidamente".

"Muito bem", disse Cláudio, satisfeito com a sabedoria de sua esposa, e agora disposto a terminar aquele grande dia. "Porém tua análise implica mais um motivo para que ele não volte para Wittenberg. O verdadeiro amor requer um crescimento gradual, como tu e eu bem o sabemos."

Ela quebrou o silêncio que fora iniciado pela pausa de Cláudio. "Meu senhor?"

"Sim, minha rainha? É tarde. Para um rei, é necessário saudar o sol como seu par."

"Tu te sentes culpado?"

Gertrudes sentiu que o corpo dele enrijeceu, sua respiração cessou por um instante. "Culpado em relação a quê?"

"Ora, o que haveria de ser? Culpado em relação ao nosso... a estarmos juntos, enquanto... Hamlet era meu marido."

Cláudio suspirou e apertou com mais força o naco de cansaço que crescia cada vez mais, balançando o colchão de penas de ganso. "A regra nórdica sempre foi esta: o que não consegues conservar não te pertence. Tomei dele uma propriedade que ele nem sequer sabia lhe pertencer — um terreno que jamais havia arado. Tu eras virgem de amor incontido."

Embora Gertrudes pensasse que isso não era de todo verdade, era suficientemente verdadeiro para que os dois pudessem finalmente adormecer, ao mesmo tempo.

A rainha, algumas semanas depois do casamento, chamou Ofélia a seu gabinete, que fora outrora a câmara com balcão do rei Roderick. A filha de Polônio e da falecida Magrit, aos dezoito anos de idade, era uma jovem de beleza radiante, tímida porém graciosa, a pele de uma brancura imaculada, a cintura flexível, os seios altos, os quadris largos, indicando ser ela bem-dotada para a procriação. Trajava um manto azul, um diadema de fitas douradas e um vestido largo, de um material fino como a gaze, quase indecente de tão translúcido. Andava com o busto erguido, como se tivesse se assustado de repente, o que lhe dava um ar de expectativa e um enternecedor toque de fragilidade. Gertrudes olhou-a, procurando ver nela algo de si própria quando jovem, e percebeu que faltava um rosado em suas faces, e que o cabelo, penteado para trás de modo a exibir uma fronte mais alta do que a de Gertrudes jamais fora, era um pouco ralo e sem vida; não lhe brotava do crânio, e sim estendia-se, dócil, preso pela fita dourada. O perfil da moça era nítido como a efígie de uma moeda, mas quando visto de frente seu rosto possuía algo de indefinido, e os grandes olhos azuis tinham uma tendência a desviar-se um pouco para o lado. Os dentes, observou Gertrudes, não sem uma ponta de inveja, eram pérolas perfeitas, perfeitamente espaçados. Davam-lhes uma aparência arredondada, quase infantil, as gengivas pequenas, de um tom pálido de rosa, muito ligeiramente inclinadas para dentro, fazendo com que seu sorriso causasse uma sutil impressão de coquetismo, até mesmo de uma certa lascívia bem-humorada.

Gertrudes indicou-lhe a mesma cadeira lisa, de três pernas, em que se instalava Polônio quando vinha lhe dar conselhos. "Minha querida", foi dizendo a rainha, "como estás? Somos tão poucas, as mulheres de Elsinore, que devemos nos encontrar para uma conversa íntima de vez em quando."

"Vossa Majestade lisonjeia-me. Ainda me sinto criança nesta corte, apesar das atenções de que tenho sido alvo ultimamente, e que me fazem sair do canto onde costumo me esconder." Era lindo o lábio superior da moça, virado ao mesmo tempo para dentro e para fora, como a pétala de uma rosa colhida, um pouco amassado por ter ganhado corpo ainda em tempos recentes, e era atraente, pensou Gertrudes, o modo como tocava no inferior, hesitante, formando uma fenda triangular através da qual se vislumbrava o brilho dos dentes. As narinas eram delicadamente estreitas — Gertrudes sempre achara as suas um pouco largas demais, o nariz um tanto masculino e grosseiro.

"Como mulheres, a idéia de jamais nos tornarmos alvos de atenções não nos agrada, e no entanto quando tal acontece muitas vezes nos assustamos."

"Precisamente, Majestade." Se o caráter de Ofélia tinha um defeito, era um excesso de docilidade, que no entanto guardava, como ocorre com as crianças, um quê de desafio e segredo implícitos. Os olhos, muito diferentes dos olhos verde-acinzentados de Gertrudes, que nos momentos de paixão escureciam como as águas do Sund, refletiam o azul-claro vazio de um céu ensolarado.

"Não precisas chamar-me 'Majestade', nem tampouco seria possível me chamares 'mãe', por mais que eu deseje te suprir a ausência materna com bondade e conselhos. Também eu perdi a mãe muito cedo, e me vi obrigada a enfrentar um mundo de pedra e homens rudes."

"Vossa Majestade já manifestou muita bondade em relação a minha pessoa. Desde pequena tem sido boa para mim, dedicando-me cuidados que poucos tiveram comigo."

"Agora a minha bondade terá de ser exercida mais de perto. Creio que as atenções de que falas têm partido de meu filho."

Os olhos desanuviados de Ofélia alargaram-se, porém permaneceram ligeiramente descentrados, como se voltados para coisas invisíveis, o que tinha um efeito perturbador. O que dissera o rei Hamlet num momento de irritação? *Há em seu juízo uma rachadura.* "Em parte", reconheceu ela, dúbia. "Estando Hamlet e Laertes de volta desde que... Vossa Majestade e o novo rei..."

"Desde que nos casamos, sim."

"Eles estão sempre juntos, e por vezes me incluem."

"Querida Ofélia, creio eu que é justamente o contrário: como Hamlet procura a *tua* companhia, ele acaba incluindo Laertes por necessidade."

"Na verdade, os dois sentem um pelo outro um afeto impetuoso, e têm muito em comum. Ambos habituaram-se a viver em horizontes mais amplos, e sentem-se sufocados neste nosso ambiente atrasado e insular."

"A meu ver, embora teu decoro te leve a negá-lo, estás sendo cortejada, o que muito me agrada."

"Agrada, senhora?"

"E por que não, minha filha? É natural para ti; e, quanto a ele, já não era sem tempo."

"Tanto meu irmão quanto meu pai alertam-me sempre a respeito dos perigos que rondam a virgindade, e aconselham-me a conhecer meu preço e resguardar minha honra, que é também deles."

Gertrudes sorriu e inclinou-se em direção à moça, como se para sentir em seu rosto o calor irradiado da juventude. "Mas tu... tu achas difícil dar tanto valor a essa famosa honra, não é? Para nós, trata-se de uma abstração masculina, em nome da qual eles se exibem e morrem, mas que nos exclui dos deslumbramentos do amor."

Fez-se uma pausa, durante a qual a rainha ficou a se perguntar se teria sido compreendida, quando então Ofélia relaxou a postura rígida e, sentada na desconfortável cadeira triangular, confessou, cândida: "De fato, o príncipe Hamlet por vezes me pressiona muito. Ele me entontece com suas palavras, e chega a ser tão extravagante que parece louco. No momento seguinte, nós dois rimos juntos, e meu espanto cessa".

"Ele a espanta?"

Ofélia corou, baixando a vista, e Gertrudes viu com satisfação aquela prova de sensibilidade. Se lhe tivesse sido concedida a graça de ter uma filha, ela a teria amado; haveria de ajudá-la a enfrentar as tormentas dos sentimentos a que as mulheres eram tão sujeitas, e de tornar-se próxima dela, sem ter de lutar contra a relutância que os filhos homens sempre manifestam. Como mãe, fora um fracasso, a conclusão era inevitável; porém, por meio daquela futura esposa, ela ainda conseguiria, talvez, ter acesso a Hamlet.

"Às vezes", explicou Ofélia, "ele me elogia de modo tão excessivo que parece estar zombando de mim. Recita poemas, e às vezes até os escreve."

"Também Cláudio recorre aos versos", Gertrudes ousou revelar. "Os homens têm uma natureza mais dividida que a nossa. Passam da lama para o pico da montanha, em sua imaginação, sem jamais pisar num chão intermediário. Para justificar as exigências do corpo, sentem necessidade de exaltar o objeto dessas exigências, transformando-nos em deusas, em impossibilidades sublimes, ou então nos tratam como lama. Meu filho tem muita imaginação, e desde pequeno sente um fascínio pelo teatro. Ainda que desempenhe o papel de apaixonado até as últimas conseqüências, isso não quer dizer que esteja sendo falso."

"É o que digo a mim mesma. Hamlet é objeto de meu olhar desde o tempo em que eu não era mais que um par de olhos sobre dois cambitos. Não tinha eu ainda dez anos quando ele completou vinte e um. A mim, como a todos os observadores, ele parecia o príncipe perfeito — traje requintado, maneiras e fala irrepreensíveis, naturalmente nobre até as pontas dos dedos. Porém agora, que se interessa por mim, num momento é bonachão e divertido e no momento seguinte parece tomado pelo asco, como se o horror o dominasse no instante exato em que me faz a corte; de súbito suas efusões galantes secam, e ele se afasta sem nem sequer se despedir. Ora sua fala é tão elaborada que se torna obscura, ora sua franqueza chega a ser grosseira; não esconde de mim que considera meu pai um velho caduco, além de um interesseiro."

"O que diz ele do tio, meu marido?"

"Ele guarda para si sua opinião, senhora."

Gertrudes desconfiou daquela resposta, que saiu prontamente demais, porém insistiu na questão principal. Até que ponto havia progredido aquela corte? O retrato que Ofélia esboçara de seu filho distante e soturno lhe parecia irreconhecível; para Gertrudes, Hamlet sempre tivera algo de amarelento e inchado, tal como o pai. Porém o amor exigia que Ofélia fosse um pouco cega. "Dizes que ele parece zombar de ti?"

"Em meio a muitas expressões de ternura e louvores convencionais."

Gertrudes não gostou das tais "expressões de ternura". Teria Ofélia já cedido aquele prêmio que não pode ser devolvido? Teria ela a sabedoria feminina necessária para impor a seu pretendente alguma prova, a fim de fazê-lo dar-lhe mais valor? Ou, em sua inocência e seu fervor, teria ela entregue a Hamlet a dádiva final de seu corpo? Havia naquela beleza delicada, envolta no tecido transparente, algo que não parecia estar como deveria ser, algo um pouco conspurcado. Gertrudes tomou a mão da jovem, que estava a debater-se inquieta no colo de Ofélia. Surpreendeu-se de constatar quanto estava úmida de suor.

"Minha filha", abriu-se ela, "aproveita a tua mocidade, que ela pouco há de durar. Segue o coração e a cabeça ao mesmo tempo, se puderes. Se meu filho, com suas palavras elevadas e seus humores imprevisíveis, te proporciona mais confusão do que prazer, não te sintas obrigada a receber suas atenções só para agradar teu pai ou tua rainha."

"Ah, papai sempre me diz com veemência que devo me valorizar muito; no entanto, parece-me que essa união seria vantajosa para ele."

"Teu pai está velho. Ele já tirou todas as vantagens em seu tempo. As tuas vantagens pertencem a ti. Os homens", disse Gertrudes, abandonando todas as estratégias numa explosão de sentimentos solidários, "os homens são belos inimigos que nos cercam. Sem a aquiescência das mulheres, o mundo não poderia seguir adiante, e no entanto eles encaram com desconfiança a nossa aquiescência, vendo nela as sementes da desordem, da paternidade indefinida. Se somos aquiescentes com um homem, raciocinam eles, também podemos sê-lo com outros. A vontade de agradar é coisa que ingerimos junto com o leite materno, infelizmente." Gertrudes sentiu o calor em seu próprio rosto, porém esforçou-se para manter a tranqüilidade, sabendo que estava revelando mais de si do que uma mulher deve revelar a qualquer pessoa que não seja sua filha.

Ofélia, porém, obcecada por sua própria situação, exclamou: "Ah, não quero outro homem que não Hamlet! Jamais poderia amar outro tal como o amo! Se ele me abandonasse, eu buscaria refúgio num convento, onde a vida não é tão cruel".

"Abandonar" parecia um pouco forte, se aquele amor era mesmo casto. Mas, para ser realista, se Hamlet tinha ido mais longe do que deveria, talvez fosse por estar ele profundamente envolvido. Embora aquela conversa tivesse o efeito de preocupar Gertrudes um pouco quanto à estabilidade de Ofélia, ela continuava acreditando que Hamlet deveria casar-se — o casamento era a maneira mais rápida de fazê-lo sair daquele egotismo estéril, e também de restringir aquela liberdade de caprichos e movimentos que Cláudio julgava ameaçadora. O casamento nos prende à ordem estabelecida. A rainha largou aquela mão fraca e úmida, tão bela, com delicadas veias azuladas no dorso e no punho. "Amas Hamlet tanto assim?"

"Com todo o meu coração, Majestade, mesmo quando ele é ríspido comigo e se queixa da inconstância das mulheres."

Gertrudes ficou rígida. "É disso que ele se queixa?"

"Sim, e também de serem as mulheres suscetíveis à lascívia."

"Tal como eu dizia, nossas suscetibilidades são a salvação dos homens, e por vezes eles até se lembram de manifestar gratidão."

"Há momentos em que Hamlet é de uma ternura infinita, como se temesse que eu pudesse me quebrar."

"O que dizes? Em que circunstâncias?"

Ofélia contraiu a pétala do lábio superior, pensativa. As pálpebras cobriram o céu límpido dos olhos e depois se reabriram. "O tempo todo, quando estamos juntos, salvo nos momentos em que pensa nalguma outra pessoa que não identifica, ou quando pensa nas mulheres em geral. Ele odeia a espécie, diz-me, porém ama o indivíduo."

"Excesso de filosofia alemã", foi o diagnóstico de Gertrudes. "Tem o efeito de complicar tudo o que é simples." Quem, senão um louco, perguntou-se ela, seria capaz de não amar aquela beleza pura? "Tu me aproximaste de meu filho", disse ela a Ofélia. "Desde o tempo em que eu o trazia abaixo de meu coração que não o tinha tão próximo."

"Confie em mim, que sempre hei de dar valor a essa proximidade, e jamais farei mal a ele."

Gertrudes sentiu uma nota de complacência naquela resposta pronta. "Não temo por ele, minha querida, e sim por ti. Age com ele tal como dita teu instinto, mas só até onde não fores obrigada a violar teu instinto de autopreservação. Tu e ele tendes uma longa vida pela frente. É bom amar, tão bom que queremos prolongar suas etapas, adiar seu clímax para que dure mais a expectativa. Para os homens, o amor faz parte de sua impiedosa busca pela beleza; para nós, é mais uma questão de delicado autoconhecimento. O amor nos descobre a partir de dentro. Para que não penses que vejo os homens com cinismo, lembra-te de que acabo de casar-me, e não trocaria minha felicidade por todas as promessas do Paraíso."

Essas palavras assustaram a si própria, como se ela tivesse renegado a salvação. Ofélia, em sua simplicidade, ouviu apenas o calor da confissão, sem perceber o toque gélido da blasfêmia implícita.

"Ser bondosa e sábia como a senhora é tudo o que desejo. Se algum dia puder chamá-la de mãe, hei de fazê-lo com muito amor."

"E assim eu hei de ouvi-la também", disse a rainha, rindo de suas próprias lágrimas, enquanto as duas perfumavam o ar do recinto com o calor de seu abraço.

* * *

Polônio encontrou a rainha no saguão, um espaço marcado por pilares, onde o padrão xadrez da marchetaria do soalho se refletia nas bordas pintadas da parede que se estendiam ao longo do teto. “Minha filha ficou muito confortada e animada após a conversa com Vossa Majestade.”

“Ela é um anjo. Como lamento não ter tido uma filha. Que colóquios ardorosos não teríamos tido! Mas há algo de errado nas atenções que meu filho lhe dedica, se ela precisa ser confortada e animada por terceiros.”

“Ela é jovem, muito mais jovem que ele, e...”

“A diferença de idade entre os dois é pouco maior do que a que havia entre o falecido rei e mim.”

“E a senhora tinha-o por insensível e indiferente, como se queixou a mim com uma freqüência desconcertante.”

“Tanto assim? Sempre tentei guardar para mim mesma minhas queixas. E sem dúvida não eram tão severas quanto seus adjetivos dão a entender. Os negócios de governo o ocupavam, e eu era talvez demasiadamente sensível.” Gertrudes gostaria muito que o velho parasse de aludir àquelas suas velhas confissões e à cumplicidade que tiveram no passado. Quem se tornava seu devedor, devedor seu permanecia para sempre.

“É jovem e delicada a minha filha, dizia eu”, prosseguiu Polônio, “e ele se vale de sua condição de príncipe e de homem melancólico para exibir seus humores bruscos e oscilantes sem nenhum pudor, cambaleando de um lado para o outro, por assim dizer, manuseando o leme de modo muito brutal para uma donzela criada no silêncio da castidade. Já Laertes, como qualquer rapaz que se faz homem, sofreu a contaminação da taverna e seus agregados, o alcouce e a sala de jogos, enquanto meu criado Reynaldo o vigiava, para que as escoriações não se transformassem em chagas."

"O que é triste na criação da mulher", observou Gertrudes, "é dar-se de uma só vez, quando ela é obrigada a saltar da virtude virginal para a virtude conjugal. Dela se espera que passe numa única noite da total inocência para o conhecimento total."

O velho, sem dar ouvido aos argumentos dela, começava a exacerbar-se. "Na virtude reside todo o valor de uma mulher", disse ele. "Sua virtude é o que ela leva ao mercado. O príncipe brinca com Ofélia, e sou obrigado a puxá-la de volta. Vou coibir os encontros dos dois, até que ele dê mostras de que seu afeto é deveras sólido. Minha filha precisa descansar da presença altiva e cáustica do jovem Hamlet."

"Puxe-a de volta, e talvez o senhor venha a ficar com ela para sempre."

"Não a menospreze. Se ela se recolher mais, a chama tênue que arde no peito dele se tornará mais firme. Ofélia é Magrit, com todo o frescor que lhe foi roubado pela sucessão de abortos, e também com uma graça extraordinária, que lhe deve ter sido ensinada pelas flores do bosque. Vossa Majestade já a ouviu cantar?"

"Nas festas e reuniões no inverno, desde que ela era menina. Uma voz de verdade, porém frágil, que não se sustenta quando ela sobe demais o tom."

"Uma voz sublime, e que de fato não deve ser forçada. Minha rainha, não tema pela união que a nós dois interessa. Um pouco de recolhimento forçado dará ao príncipe uma oportunidade de refletir sobre o valor de minha filha."

Gertrudes ouviu aquelas palavras com impaciência; era a eterna crença daquele camareiro-mor decrépito na possibilidade de resolver todos os problemas humanos por meio de manipulações, como as engrenagens das mós e dos relógios, desde que o titereiro fosse destro. Ela, por sua vez, imaginava haver marés, naturais e sobrenaturais, às quais a sabedoria aconselhava ser melhor submeter-se, buscando a vitória na rendição. A seu ver, era necessário deixar o jovem casal entregue às garras do desejo, tentando escapar do labirinto construído pelos mais velhos. Quanto a esse ponto, porém, sabia que tanto Polônio quanto Cláudio haveriam de considerá-la sentimental e irracional, deixando nas mãos de Deus toda iniciativa, como uma camponesa ignorante ou um infiel maometano.

O velho conselheiro aproximou-se ainda mais da rainha e confidenciou-lhe: "Na minha opinião, e na de outrem, ele sofre por jamais lhe ter sido negado qualquer capricho ou desejo. Foi criado sem disciplina, senhora".

Referia-se ao pequeno Hamlet. Seu amor de mãe, por tanto tempo adormecido, estava sendo despertado numa reação de autodefesa. Era ela, e não aquele velho, que tinha o direito de questionar a criação que dera ao filho. Respondeu: "Ele nos parecia não precisar de muita disciplina. Tinha mais rápidas a inteligência e a língua que eu e seu pai, e antevia qualquer idéia punitiva que nos ocorresse. Quando o rei assumiu sua formação, perdi contato com ele, e não me restava outra coisa senão admirar de uma distância respeitosa".

"O rei era severo e imperioso; dominava o menino como um deus, com sua armadura, do alto do cavalo. Yorick foi para o jovem Hamlet uma espécie de pai humano, porém era um patife beberrão, e nada lhe podia ensinar senão palhaçadas e loucuras."

"O senhor parece não gostar de seu futuro genro."

"Ele não gosta de mim."

"Para Hamlet, gostar é coisa difícil. Ele vê muitas facetas em cada pessoa ao mesmo tempo. Porém o rei nele deposita esperanças generosas e já começa a amá-lo. Julga possível convencê-lo a aderir à corte, o que tornará nosso governo incontestável."

"Qualquer governo pode ser contestado, senhora, nesta terra traiçoeira e dividida, tão fértil em velhas rixas e matanças. Porém se há um homem capaz de manter a ordem, tal homem é Cláudio. Já lhe devo minha vida."

"Sua vida?" Curioso como os velhos ainda dão valor a suas vidas, quando o resto do mundo não os vê senão como tocos, trapos que mal servem como limpa-penas.

"Quero dizer, Majestade, minha posição, meu cargo, pois que minha vida há tanto tempo está associada à dignidade do posto de camareiro-mor. Porém confie em mim, o rei fez muito por nós dois, de modos talvez não muito evidentes, quando o momento exigia coragem."

Gertrudes estava intrigada. Parecia haver ali um segredo. O soalho dava a impressão de inclinar os quadrados pretos e brancos que se alternavam, ameaçando abrir-se sob seus pés, enquanto Polônio tentava, com sua tagarelice, fechar o abismo escancarado por sua indiscrição.

"Ah", prosseguia ele, "nós dois estamos juntos há muito tempo, Majestade. Lembra-se do dia frio e límpido em que viajei de esquis por doze léguas para testemunhar oficialmente que os lençóis da noite de núpcias estavam manchados de sangue? E estavam, e atestei que estavam. Naquele dia a senhora manteve a honra do reino, como desde então vem fazendo." Estava pensando em sua filha, cuja virgindade estaria ou não preservada.

"Sangrar", disse Gertrudes, "não é, decerto, uma das coisas mais importantes de que as mulheres são capazes."

"Em certos contextos, tem lá sua importância. O sangue governa o mundo, por trás de todas as cortesias. Ou a falta de sangue, quando se deseja um herdeiro para o trono. Mas devo calar-me; minha tagarelice já me aproxima da indelicadeza."

Ajustou seu alto chapéu verde, cada vez mais frouxo à medida que os cabelos louros rareavam e a camada de gordura que outrora lhe tornava a cabeça semelhante a uma abóbora ia secando sobre o crânio. *Começamos pequenos, crescemos e por fim murchamos*, pensou Gertrudes. *O mundo nos despreza quando ainda nos prezamos*. "Só quis alertá-la, senhora", continuou Polônio, em sua indiscrição, "para que, quando chegar a seus ouvidos que pedi a Ofélia que seja menos pródiga ao oferecer sua presença ao príncipe, é para o bem das esperanças matrimoniais que nós dois nutrimos."

"A filha é sua, cabe ao senhor discipliná-la", disse Gertrudes, tentando dar fim àquela entrevista desagradável. "Espero que a proibição tenha o efeito previsto por seus cálculos." Toda aquela preocupação que o mundo tinha com a criação de filhos, como se as pessoas não passassem de gado, tornava-se tediosa, além de grosseira. Se o afeto do príncipe fosse verdadeiro, ele derrubaria todas as barreiras que lhe fossem impostas. Gertrudes sentia um vínculo com o filho, apesar de não conseguir comunicar-se com ele, por obra daquela prova imposta a sua vontade amorosa. Pobre rapaz, que tal como ela viera ao mundo naquela moenda impiedosa de Elsinore.

A rainha perambulava pelo castelo como se, após toda uma existência passada ali, estivesse prestes a afastar-se, enternecendo-se com o pequeno solário vazio onde, quando pequena, brincava com suas três bonecas de pano sob o olhar modorrento de Marlgar, e contemplando a extensão verde-acinzentada do Sund, salpicada de gelo e cristas de ondas, por janelas em que tantas vezes buscara alívio para os olhos cansados de tanto bordar ou fixar-se no pergaminho reluzente de um romance, uma história de Lancelote e Guinevra, ou de Tristão e Isolda, histórias e *chansons* de amores adúlteros que, não obstante, eram sagrados e imorredouros.

Quando fora a última vez que ela bordara? A peça em seu bastidor, uma toalha de altar para a capela, permanecia intata desde os dias que antecederam a morte do rei. O fundo era de fio de ouro e ponto-atrás, e o desenho, traçado pela própria Gertrudes, representava Maria Madalena ajoelhada diante do Cristo ressurrecto. Os cabelos longos e ondulados, linhas paralelas de ponto de cadeia em que o preto alternava-se com o castanho, cobriam-lhe todo o corpo, menos o joelho rosado em ponto batido e o rosto voltado para o chão, em perfil, a pálpebra baixada, e uma mão levantada, como se para esquivar-se do gesto com que a abençoava o Senhor, envolto numa túnica alva. A figura de Cristo tinha sido delineada no linho a partir do pergaminho furado, e aguardava ser preenchida com linha colorida. Nos últimos meses, Gertrudes andava por demais ocupada com o amante e o marido para poder pensar num terceiro homem, ainda que fosse o maior de todos. Havia começado a trabalhar nos pés da figura, traçando cada dedo em ponto de corda bem grosso. Quando jovem, orgulhava-se de sua perícia em trabalhos com ponto de cadeia, perfurando a própria linha com a agulha vez após vez; porém com o passar dos anos foi ficando difícil enxergar os pontos, e sua vista cada vez precisava repousar nas lonjuras descoradas para os lados da Escânia. Agora se perguntava se algum dia sua alma voltaria a ter tranqüilidade bastante para que ela pudesse bordar com mãos firmes ao som de flautas, enquanto suas damas de companhia trocavam mexericos em conversas rápidas e fragmentárias.

Gertrudes percorria as vistas do castelo, as arcadas e escadas em espiral, as janelas de parapeitos inclinados, curiosamente situadas onde ninguém poderia delas usufruir, as privadas malcheirosas dispostas ao longo do fosso, a capela que lhe parecia ser utilizada com muito menos pompa agora do que nos tempos ainda semipagãos do rei Roderick, o grande salão onde foram comemoradas suas duas núpcias, as vigas altas ostentando bandeiras desbotadas e apodrecidas capturadas no campo de batalha ou entregues como tributo, as paredes enfeitadas com brasões de cores berrantes, contendo as insígnias de todas as províncias, ilhas e dioceses da Dinamarca. Embora Cláudio já estivesse no segundo mês de seu reinado e afirmasse sua autoridade em banquetes noturnos e audiências diurnas, em comemorações ruidosas e proclamações solenes, Elsinore, com todos os seus labirintos de pedra, desde as masmorras mais profundas até as ameias das mais altas muralhas, ainda pertencia, aos olhos de Gertrudes, ao rei Hamlet.

Seus pensamentos voltavam-se para ele, depois que se casara com outro, cada vez mais e não menos, como era de se esperar, agora que o crime do adultério e o fervor da duplicidade haviam sido deixados para trás e sepultados, tendo ela se casado segundo os ritos da Igreja. Talvez seu filho tivesse razão ao repreendê-la silenciosamente — ausentando-se de modo ostensivo dos eventos da corte, trajando sempre um luto profundo e impiedoso. A coisa fora precipitada, embora seu pretendente tivesse se valido de argumentos irrefutáveis; alguma questão fora deixada incompleta, insondada. A cada momento parecia-lhe que o primeiro marido poderia lhe surgir, tal como o fizera tantas vezes ainda no outono passado, na curva de um corredor, emergindo de sua portinhola, com o rosto inchado, após uma soneca no pomar, ou pisando com passo altivo nas pedras do pátio, de armadura completa, voltando de algum exercício militar, bufando tal como seu cavalo suado, gozando da força que ainda havia em seu corpo maduro. E também se ocupava de exercícios menos mundanos, pois Gertrudes o via voltando pela longa galeria que levava à capela, onde estivera buscando a cumplicidade de Deus para seu governo. Cláudio, ela percebera, raramente se valia desses colóquios sagrados; jamais se confessava, e quando o pão e o vinho passavam por ele durante a missa parecia recuar, como se o obrigassem a tomar veneno, embora lhe fosse impossível esquivar-se, diante de tantos olhos, das mãos brancas do sacerdote a oferecer a taça e a hóstia, redonda como a janela de vidro branco acima do altar.

Para Gertrudes, o rei Hamlet tornou-se uma presença quase palpável, que lhe avivava todos os sentidos, menos a visão, enquanto seus ouvidos imaginavam um farfalhar, uns passos, um gemido abafado, e os nervos e a penugem de seu sexto sentido pareciam excitados e roçados por alguma emanação que por ela passava, embora não houvesse janelas no corredor, nem uma vela recém-apagada ou lareira recém-acesa que pudesse explicar o cheiro de queimado, de fumaça, de carvão, de carne assada. E essa sensação vinha acompanhada de uma impressão de dor; esse algo que era menos que uma aparição, porém mais que uma ausência, parecia estar a chamar seu nome, numa agonia — *Gerutha*, tal como ela se chamara em outros tempos. Sentia pavor; muitas vezes estava a sós, pois a gravidez de Herda encontrava-se avançada e, tendo ela a idade que tinha, muito a debilitava. Gertrudes não queria nenhuma acompanhante frívola, nenhuma dama de companhia desmiolada, enviada por alguma corte provincial como espiã, que perturbasse aquelas suas rondas por Elsinore. Assim, não havia ninguém que pudesse corroborar sua imaginação quando ela se deteve de súbito, quase sufocada, como se uma mão ardente, porém gélida, lhe agarrasse o rosto.

O que poderia querer dela o Hamlet morto? Do além-túmulo tudo veria, e portanto conhecia-lhe agora os pecados, todas as indecências gozosas, cada grito de amor. Mas a imersão nas águas do Paraíso não lava as imundícies deste mundo? Os mortos bem-aventurados não assombram os vivos; só as almas penadas o fazem, por continuarem atadas aos vivos perdidos, e seu falecido marido fora um modelo de virtude, um rei exemplar. *Ele ainda quer que eu seja sua*, era o que Gertrudes intuía; o rei a amava, sempre a amara, e sua infidelidade, que ele nem sequer percebera em vida, de tão ocupado que estava com as incumbências de seu cargo, agora o atormentava de tal forma que ela quase conseguia sentir o cheiro de sua carne ardendo, ouvir sua voz estrangulada.

Tais pensamentos não eram naturais; era preciso pô-los de lado. Gertrudes sempre conseguira escapar para o natural, confiando no que era óbvio, palpável — os fios coloridos de seu bordado, as folhas de relva pesadas de semente —, relegando à Igreja a grande superestrutura rochosa da qual a natureza não é senão o rosto, a fração visível, o proscênio onde transcorre um drama evanescente. Confiantes, universalizantes, os sacerdotes proclamam que este nosso mundo triste e vulgar não passa do prelúdio de uma vida eterna no além, em que Jesus, Moisés, Noé e Adão fixarão seus olhares sobre nós, como cabeças de estátuas numa catedral feericamente iluminada por velas votivas. Agora o natural fora ligeiramente perturbado; ela sentia-se de algum modo perseguida. No quarto de dormir, tentava transmitir suas sensações a Cláudio, porém omitindo o nome de seu marido morto e a suspeita de que Hamlet, o falecido Hamlet, estivesse no castelo, reivindicando seus direitos de posse sobre a esposa.

Até mesmo Cláudio sentia a suspeita, pois fora ele que determinara que, mesmo depois de casados, eles dois não dormiriam no leito que Gertrudes outrora compartilhava com Hamlet, e sim num outro solário dos aposentos reais, numa cama veneziana incrustada com marfim, trazida, numa lerda carroça de feno, em um dia inteiro de viagem, de Lokisheim. Mais de uma vez, a força do hábito guiara os passos de Gertrudes, após ter ela se levantado no meio da noite, em direção ao quarto antigo, onde encontrara a porta trancada. Disse a rainha a Cláudio: "Sou feliz, sou grata, estou *contente*, e no entanto, amor, algo não se aplaca; isso preocupa-me".

Respondeu Cláudio, sensato: "Sofreste muitos golpes: enviuvaste de súbito, e de modo igualmente súbito te casaste outra vez". Seu tom de voz era mais judicioso e, embora afetuoso, mais categórico do que ela esperava. "Tua substância não é mais tão complacente quanto antes", acrescentou ele. Seria isso uma crítica? Já estaria ele lamentando a posse daquela mulher tão madura, desejada quando era muito mais jovem?

"Também Herda me preocupa. Parece tão abatida e cabisbaixa, e falta apenas um mês para que seu filho veja a luz do dia. Não sei se a criança vai vingar. Julgava ela que Sandro a amasse."

"Ele a amava de fato, quando lhe disse que a amava. Depois se assustou com as conseqüências de seu ardor. Ela não tem motivo para temer pela criança; certamente a economia de Elsinore comporta uma boca a mais. Se ela se recusar a amar a criança, esta morrerá."

"Falas de modo tão peremptório."

"Sem amor morremos, ou, no máximo, vivemos atrofiados." Para enfatizar suas palavras, beijou-a com força na boca. Cláudio ainda continuava a manifestar seu amor, desafiando o preconceito de Gertrudes, segundo o qual a devoção do homem enfraquece quando deixa de ser ilícita.

"Foi essa a tua experiência na Jutlândia?"

"Foi duro. Tivemos que sobreviver com meias porções."

"Eu, também, só recebi meia porção, pois minha mãe morreu quando eu ainda nem sequer podia conversar com ela. Tinha eu três anos."

Gertrudes percebia que ele estava reprimindo sua impaciência viril com aquelas explorações de sentimentos fúteis e de um passado irremediavelmente perdido. "Aos três anos", disse ele, "creio eu, nossa postura, nossa coragem, já se formaram. Tua mãe te amou, e tu floresceste. Ainda floresces, para meus olhos." Cláudio ouviu o que ele próprio dissera, e olhou para a mulher fixamente. Contemplada por aqueles olhos negros tão sérios, ela não pôde conter um sorriso. Disse Cláudio: "Olho para teu rosto sorridente, e é como se um rombo se abrisse na tristeza do mundo. Algo melhor flui, vindo de... de algum outro lugar. '*Tant fo clara*'", citou ele, "'*ma prima lutz d'eslir lieis don cre crel cors los huoills*.' Tão claro se fez, à minha primeira luz de escolher aquela cujos olhos meu coração teme".

Uma declaração tão romântica pedia um abraço, um beijo em retribuição naqueles lábios, lábios outrora tão poderosos, com sua forma cuidadosamente moldada, e que ainda eram capazes de comovê-la, excitá-la. No entanto, Gertrudes não conseguia parar de tentar entender o que, de algum modo, parecia fora de ordem na situação em que se encontravam, como um ponto saltado no bordado que desfaz toda a manga. "Tu ajudaste Sandro a fugir?"

"Não", respondeu Cláudio, enfático. "Sua fuga surpreendeu a mim tanto quanto a Herda. Eu o julgava leal. Donde se conclui: não confies senão num dinamarquês, e mesmo assim confia desconfiando."

"Ele certamente precisaria de dinheiro, mesmo se fosse a pé. Há que pagar as dormidas, e o alimento, e também é preciso subornar os guardas das fronteiras de cada principadozinho alemão."

"Querida, por que essa insistência? Eu traria Sandro de volta se pudesse. Mas ele saiu deste reino antes que eu me tornasse rei."

Algo naquela afirmação — a cronologia precisa, o orgulho da posse — aumentou a intranqüilidade de Gertrudes. A aproximação das lágrimas esquentou-lhe os olhos e tornou-lhe áspera a garganta. "É que a pobre Herda quis nos imitar, e agora tem esse fardo — enquanto nós só temos... felicidade!"

"Sim, para mim, ao menos, é uma grande felicidade. Não pedimos a Herda e Sandro que nos imitassem."

"Criamos uma atmosfera de licenciosidade", prosseguiu ela, as lágrimas e a voz desabando juntas numa explosão de dor, "e agora ela sofre as conseqüências."

"Creio, minha querida, que tu estás ficando..."

"Tu me excluis, de algum modo! Há coisas de que não sei! Polônio me disse ainda há pouco que tu lhe salvaste a vida, mas não quer me explicar de que modo. Deu a entender que eu também devo ser grata a ti, mas por quê? Quer dizer, além de por me amares e fazeres de mim rainha outra vez?"

Cláudio dirigiu-lhe um olhar soturno e pensativo; seu rosto escureceu, realçando a mecha branca sobre a cicatriz acima da têmpora. "Creio que nosso conselheiro e amigo de confiança está mesmo dando sinais de idade. Ele fala confusamente, faz alusões misteriosas. Meu irmão tinha razão — o camareiro-mor já devia se aposentar."

Gertrudes aproveitou aquela oportunidade para concordar com ele, não querendo que o abismo entre os dois se alargasse. "É verdade, ele se preocupa com tudo. Quer proibir Ofélia de encontrar-se com Hamlet, na esperança de regularizar o namoro. Teme que ela durma com ele e assim se desvalorize."

"Isso é provável?"

A rápida intensidade de seu interesse calou-a por um instante. "Não sei", admitiu Gertrudes, vulnerável. "Há nela algo de estranho. Hamlet — teu irmão — o percebeu. Achava que ela não era a mulher adequada para nosso filho. Queria uma princesa russa." Não gostava de evocar a memória do falecido, mas Cláudio já o havia mencionado — já o tornara presente naquele quarto.

"Quero Hamlet perto de nós", disse ele.

Referia-se ao jovem Hamlet, Gertrudes se deu conta. "Ah... por quê?", perguntou ela, numa explosão franca de sentimentos antinaturais para uma mãe. "Ele torna de tal modo pesada a atmosfera."

"Ele daria à nossa corte a unidade necessária. Uma tríade. O povo não quer um príncipe ungido que nunca está presente. Além disso, ele me agrada. Gosto de jovens que não gostam da Dinamarca. Creio que o compreendo, e posso ajudá-lo."

"Deveras? Como?" *Esses reis*, pensou ela. Nunca deixavam de surpreendê-la, com aquelas tentativas ingênuas de ser onipotentes.

"Ele se culpa, creio eu, pela morte do pai", explicou Cláudio, tranqüilo. "Sente que a desejou, por desejar a ti."

"A mim? Ele me evita, sempre me evitou."

"Por isso mesmo. És demasiado mulher para ele, querida, cálida demais para sua tranqüilidade. Ele fugiu para o frio, idealizando o pai e dedicando-se à filosofia alemã. Ama-te, como te amo eu, como qualquer homem que tenha olhos e coração. Temos mais uma coisa em comum, eu e teu filho: vivemos à sombra do mesmo homem, um homem oco que nada continha além de uma fome de reputação. O Martelo era um opressor; tu também o sentias, senão não o terias traído."

"'Traído' parece-me duro demais — o que fiz foi expandi-lo, era o que eu sentia. Expandia-o contigo, de tanto que insististe comigo. Amor, não fazes justiça a teu irmão. Não és razoável com relação a esse assunto. Tens — tinhas — muito em comum com ele, agora mais ainda, já que também te tornaste rei."

"Meu irmão sempre me trazia à mente a lembrança desagradável da Jutlândia — aquele panorama terrivelmente *plano*, os pântanos, as brumas, os urzais, os carneiros e as pedras sempre a pensar o mesmo pensamento mortal todos os dias: quão satisfeitos estavam por serem o que eram, por estarem exatamente ali, no centro do universo, varrido pelo vento. Mas isso são águas passadas. Voltemos ao assunto em pauta: quero que ames Hamlet. Hamlet, teu filho."

"Eu o amo. Então não o amo?"

"Em momentos de franqueza, já me confessaste que não. Agora tenta começar de novo. Procura-o, demonstra interesse nele. Não esperes que uma jovem imatura aja em teu lugar. Pára de temê-lo, Gertrudes."

"Eu o temo, sim!"

Essa confissão, que fez aflorar de repente todo o terror que havia muito fervia dentro dela, desconcertou Cláudio, que andava de um lado para o outro despindo-se, pontificando tal como o fazia em seu tempo o rei Hamlet. "O que há a temer? Ele só nos traz um coração sofrido, que pede cuidados. Sabe que seu futuro está aqui."

"Temo a guerra que ele traz dentro de si. Tu e eu estabelecemos a paz, na medida do possível, após um acidente trágico, e em paz a Dinamarca confirmou teu direito ao trono. Meu filho, com seus trajes negros e sua barba vermelha, vai perturbar todo esse equilíbrio complacente."

"Como poderá o rapaz fazer tal coisa? Ele nada tem além de suas expectativas. O poder é nosso, para o compartilharmos. Não tenho filho, mas espero ser um pai para o teu."

Ela rendeu-se, como de costume. "Tua esperança é generosa e amorosa, meu senhor; faz-me sentir vergonha de mim mesma. E deveria ter o mesmo efeito sobre Hamlet, se ele pudesse saber o que pensas. Tudo farei para seguir teu exemplo e tentar representar o papel de mãe." Gertrudes já sentira, durante sua conversa sobre Hamlet com a pobre e apaixonada Ofélia, uma renovação de seus sentimentos amorosos, como se ao tramar o casamento dele voltasse a trazê-lo dentro de si —

abaixo de meu coração, fora a expressão que utilizara. O ressentimento que lhe inspirara a forte ligação entre o filho e o pai já se dissipava, tal como sua insegurança quanto à sua capacidade de ser mãe. A intimidade terna e compassiva com Ofélia lhe demonstrara que não havia por que as gerações se tornarem inimigas, a mais jovem aguardando com impaciência a ruína da mais velha. E no entanto... "No entanto, querido amigo, por que este meu pavor?"

Cláudio riu, exibindo os dentes de lobo no meio da barba macia. "Tu adquiriste, minha doce Gertrudes, o que a maioria das pessoas tem desde o nascimento, ou então adquirem em pouco tempo — a intranqüilidade da alma. Sempre te sentiste em casa no mundo. Essa intranqüilidade, esse sentimento de culpa motivado pelo pecado original de nossos primeiros pais, é o que nos chama a Deus e nos atenua o orgulho pecaminoso. É o sinal, que Ele nos impõe, de Seu domínio cósmico, para que não julguemos nos encontrarmos no topo da hierarquia universal." Riu outra vez. "Como te amo! Esse teu olhar cauteloso, quando te perguntas quanto do que digo é só para provocar-te. Provoco-te, sim, mas com um toque de verdade. Por toda minha vida roí-me por dentro, sentindo não ser mais que meio homem, que a sombra de um homem completo. Não mais: tu me completas. 'Estou a serviço dela', diz o poeta, '*del pe tro c'al coma* — do pé ao cabelo.' Vem, minha esposa, quero ver-te despir-te. Em Bizâncio", prosseguiu, com um gesto amplo de professor, "em terras desertas, além do alcance dos potentados iconoclastas e dos monges intolerantes; ruínas de mil anos de idade exibem ao sol pilares sem telhados e estátuas quebradas de mulheres nuas — deusas, talvez, dos tempos anteriores à desobediência de Eva. Tu és irmã delas. A glória de tua pessoa é um bálsamo para meu espírito intranqüilo; a Criação que contém a ti, esposa, há de conter a salvação até mesmo do mais vil pecador. És minha virtude e minha peste, cuja cura eu desafio."

"Tuas palavras são excessivas, meu senhor", protestou ela, e no entanto continuou a despir-se. O ar do quarto vestiu-a com uma camada de frio que lhe enrijeceu os mamilos e arrepiou-lhe os pêlos claros dos braços.

Os olhos de Cláudio a devoravam, e sua voz e seus gestos tornaram-se extravagantes. "Vê, tu tremes; teu pescoço e teus ombros avermelham-se até a borda dos seios, de tão absurdos que te parecem meus elogios! Mas não são. São sinceros. Tu me tornas sincero. Tornas una minha alma, como diziam os trovadores heréticos. Já passamos da idade da beleza, dizem os jovens, mas nossos sentidos nos afirmam o contrário. Vem, Gertrudes, serei o tapete de pele para teus pés nus. Aquecerei a cama gelada com o ardor de meus velhos ossos!"

E, de fato, ela divisava algo de belo naquelas pernas já gordas, nas nádegas cobertas de pêlos escuros, no membro dilatado, enquanto ele se enfiava sob as cobertas, tiritando de frio por trás da barba, seus pés buscando os tijolos quentes envoltos em panos colocados ali pelas criadas. Antes Gertrudes temia que a paixão deles não sobrevivesse à passagem da selva perigosa do adultério para a segurança do matrimônio sagrado; seus temores, porém, se revelaram infundados. Assim, eles haviam provado que eram firmes e merecedores de todas as dificuldades e dos trabalhos do casamento. Ver-se no leito com Cláudio era reencontrar a si própria, vinda de longe, uma reunião direta e espontânea.

O rei estava eufórico. A noite fora terrivelmente fria, com o céu apinhado de estrelas gélidas e implacáveis, porém naquela manhã de sol o vento formava espuma nas cristas das ondas por toda a superfície do Sund, e Elsinore ressoava de atividade. Uma audiência formal fora marcada para aquela manhã, e, se ainda restava algum vestígio de intranqüilidade irremovível em sua alma, alguma nódoa de remorso negro do frasco de veneno que ele vertera no ouvido do irmão adormecido (aquele orifício encerado, no centro do universo, dera a impressão de beber o líquido com avidez, tragando o próprio zênite do céu), tais fantasmas foram banidos pelo sol de janeiro que inundou o salão principal; as chamas das duas grandes lareiras em arco eram ofuscadas pela luz que entrava pelas janelas altas do clerestório, desprovidas de postigos. Lá fora o céu exibia o azul impoluto de um ano novo, mais límpido que a consciência de um santo. *Tudo se purifica*, pensou Cláudio, *sob a roda do Céu*.

Dois meses já haviam se passado desde a morte de seu irmão, e um mês desde que Cláudio, com uma precipitação ousada, desposara a viúva do rei Hamlet. Suas palavras de abertura dirigidas à corte reunida mencionariam essas duas contingências desfavoráveis, e pelo próprio fato de reconhecê-las, com franqueza mas também com tato, as relegariam à história, transformando-as em pedras sobre as quais se assentava o edifício de seu reinado. Cláudio lembraria aos membros do conselho que agira com a aprovação deles; admitiria que, ao optar por casar tão cedo, pusera em conflito a prudência e os sentimentos naturais, porém, afinal de contas, ele, Cláudio, estava vivo, e tinha de pensar em si próprio e não só, com sábia tristeza, em seu querido irmão morto. A vida estava cheia desses contrastes.

Sua fala, marcada por um equilíbrio grave e engenhoso, fazendo música fúnebre em tempo de bodas, contrastando júbilo e luto, serviria para aplacar o ânimo de Hamlet, que vivia ostentando suas roupas negras e, com muitos suspiros e comentários de gosto duvidoso, deixava claro que não lhe agradara sua mãe ter cedido tão rapidamente à corte que lhe fizera seu tio.

Cláudio tinha plena consciência de que ele e seu sobrinho, o qual agora era também seu enteado, poderiam tornar-se inimigos ferrenhos, mas por ora urgia tentar uma reconciliação, tal como se faz com uma criança emburrada, fingindo não ver os insultos canhestros da imaturidade e abrindo os braços da tolerância paterna.

Cláudio diria também a sua platéia que Gertrudes não era rainha por acaso, pois ela própria tinha estreitos laços de sangue com o trono da Dinamarca, que de fato herdara do marido o direito a ele — um argumento sólido que certamente seria levado em conta por qualquer um para quem a ascensão de Cláudio ao trono fosse questionável e o processo de eleição, de tão precipitado, tivesse sido irregular. Também era importante afirmar a proximidade de Polônio a sua autoridade real, tão próximo quanto o coração está da cabeça, ou a mão da boca, aquele camareiro-mor que servira aos dois antecessores reverenciados do atual rei.

Aquele velho cortesão manipulador, cuja língua falava demais quando a cabeça já não funcionava tão bem, deveria ser publicamente tranqüilizado quanto ao valor que se dava a seus serviços e — isto ficaria implícito — a seu silêncio cúmplice. Ocorreu ao rei a idéia desagradável de que, se algum dia Polônio se aposentasse, deveria ser para recolher-se à sepultura e não para colocar-se em qualquer situação intermediária, como por exemplo a confortável cabana às margens do Gurre Sø, onde poderia se sentir tentado a voltar, por meio da venda de segredos, ao poder. Infelizmente, o assassinato e a usurpação são ácidos tão poderosos que ameaçam dissolver até mesmo o barril em que foram escondidos.

Porém agora a corte, o Estado e a nação, em círculos cada vez maiores de atenção, precisavam ser tranqüilizados. Embora Cláudio sentisse que sua mão segurava o cetro com firmeza, na mente do público persistia uma certa insegurança. Os preparativos para uma guerra defensiva que impusera à Dinamarca o jovem Fortinbrás, aquele filhote de cão arrogante, tentando presunçosamente reavivar o espírito aguerrido do pai, faziam com que até a paz domingueira fosse interrompida pelos ruídos de alabardas sendo forjadas, de navios sendo construídos. A fantasia corria solta; dizia-se que as sentinelas que faziam a ronda noturna sobre as muralhas do castelo tinham visto uma aparição trajando armadura completa. Naquela manhã, falando com voz límpida e ressonante, o rei dissipará a atmosfera geral de intranqüilidade com uma missão diplomática: Cornélio e Voltimando serão enviados em embaixada portando documentos redigidos com resolução e ponderação, destinados ao rei da Noruega, irmão de Koll, o que foi morto em batalha, e tio do jovem Fortinbrás, relíquia de uma era heróica, inválido e impotente, porém ainda investido do poder real da proibição; a missiva detalhada de Cláudio o informará de que seu sobrinho, por iniciativa própria, valendo-se de impostos e recursos que pertencem ao rei da Noruega e não a si próprio, planeja um ataque imprudente. Cláudio sabe por experiência própria que, nestes tempos modernos, há relutância em arriscar uma rebelião, seja entre a nobreza ou entre o povo, valendo-se de um aventureirismo sanguinolento para obter ganhos efêmeros; com o fracasso final das cruzadas, a guerra perdera sua aura de heroísmo. O velho rei da Noruega, o irmão mais moço, afeminado e doente de Koll, conterá o ímpeto de seu parente estouvado, e a Dinamarca há de prosperar com a paz acertada por seu monarca astuto e prudente.

Antegozando esses triunfos diplomáticos — e até mesmo a sensação das costelas a reverberar quando sua voz se projetasse até os recantos mais distantes do salão —, Cláudio apertou de leve o braço flexível da rainha, por baixo das amplas vestes reais, e os dois seguiram em frente, distribuindo sorrisos e acenos, atravessando a multidão colorida da corte de Elsinore. Hamlet estava presente, tendo no rosto a expressão azeda de quem dormiu mal a noite, a barba ruiva complementada por um tricorne de veludo, o qual ele retirou com um floreio irônico quando Gertrudes e Cláudio passaram. Aquela insônia que empalidecia seu rosto... teria ele passado a noite em claro, conspurcando sua carne com Ofélia, até o rubor da alvorada?, pensou Cláudio. Ela não estava ali; estaria talvez ainda dormindo, aquela aprendiz de rameira. O jovem Laertes, pelo contrário, parecia muito bem descansado, com a barba pontuda, como mandava a moda parisiense, envergando um elegante gibão justo que lhe chegava quase ao alçapão; postara-se muito teso ao lado do pai engelhado. Os dois tinham alguma petição inócua a fazer, o rei já fora avisado. Embora Polônio tivesse retirado o chapéu alto e fizesse uma mesura exagerada, expondo a calva e os cachos de bruxo, Cláudio percebia que os olhos rútilos do velho não perdiam nada do que o cercava. Ele piscou para o rei — seria tal coisa possível? Ou seria apenas um efeito da poeira e dos raios de sol? Fosse como fosse, a impressão causada era desagradável, e Cláudio, com um aceno cauteloso em resposta, lembrou a si próprio que era bom não adiar demais a aposentadoria de seu camareiro-mor.

Era maravilhoso sentir que as vestes reais, com o peso dos ornamentos de arminho, investiam de um sentido espiritual e de uma gravidade imponente cada gesto, por menor que fosse, fazendo com que o arco descrito pelo dedo indicador tivesse o poder de um golpe de espada. Ver-se em tal posição, em que o centro de toda a nação era seu coração vivo, sentindo que toda a reverência e todas as esperanças de um povo convergiam nele, vindo dos mais remotos domínios de Thy e Fyn, de Møn e da Escânia, era ver-se homem enfim, era realizar todo seu potencial, era magnificar cada pensamento e ato seu, conferindo-lhes um significado eterno. Sentiu uma pontada negra, a dar-se conta de que era alvo de todos os olhares, inclusive daqueles grandes olhos invisíveis que o contemplavam do Céu, pelas janelas do clerestório. Seu crime era grave, e a maldição original se pronunciara sobre ele. Mas para que servia a misericórdia senão para defrontar a face do criminoso? Tempo não lhe faltaria para reparar a falta, por meio da penitência e da prece. Depois de tudo o que conseguira realizar, também isso parecia possível; a intercessão da Igreja era tão acessível quanto o pão nosso de cada dia, e pouco mais cara que isso.

Enquanto Cláudio e a rainha, em uníssono, numa dança majestosa, subiam os três degraus do trono, a idéia do pão lhe trouxe à memória o quarto redondo na cabana emprestada, as refeições improvisadas que muitas vezes eram interrompidas pela festa da luxúria, e aquele dia de chuva, de chuva batendo nas folhas tenras das árvores, formando uma névoa esverdeada que se divisava através da estreita janela ogival, tamborilando freneticamente na ardósia do telhado, em que Gertrudes, tendo decidido livrar-se do amante, ao invés disso despiu seu vestido novo de seda e revelou-se a ele tal como era diante dos olhos de Deus e como viria a ser ao emergir do túmulo no Dia da Ressurreição, o dia em que o perdão seria servido tão livremente como os pães e os peixes.

Eufórico, ele sentia o corpo silencioso da mulher, possuído e vivo, ao lado do seu. Olhou-a de relance, e Gertrudes, percebendo o olhar, sem saber se seria lícito sorrir no auge da cerimônia, respondeu com um breve sorriso. Sempre que ele a via outra vez — os olhos de um verde acinzentado como as águas do Sund, a deliciosa falha entre os dois dentes da frente, a tez rosada de criança buliçosa cheia de esperanças, os cabelos cor de cobre, rebeldes mesmo sob o peso da coroa de ouro —,

Cláudio se dava conta do que era simplesmente verdadeiro, todo o resto não passando de aparências vazias e teatrais.

Rei e rainha assumiram seus tronos, em que, apesar da camada de ouro, já começavam a apodrecer os antiqüíssimos pedaços de carvalho e freixo, entre os quais, segundo se dizia, havia fragmentos da Vera Cruz e da árvore primeva, a Yggdrasil. Cláudio pronunciou sua fala em alto e bom som, para que todos ouvissem. O discurso lhe pareceu eficaz. Os lamentos e elogios foram distribuídos com nobre tranqüilidade, a cumplicidade de todos em suas decisões foi lembrada de modo sintético, e a questão de Fortinbrás e da resposta do rei foi resumida num tom decisivo. Tendo cumprido o dever de comparecer à coroação do rei, Laertes pediu permissão para voltar a Paris, a qual naturalmente foi concedida, ao mesmo tempo que Polônio foi elogiado em termos que apenas o velho cortesão pomposo não perceberia serem ironicamente excessivos. Gertrudes era mais feliz casada. Como um navio largo, ela adentrava com leveza o porto seguro. Sua incursão pelo desafio e protesto do adultério fora, tal como os anos que ele passara vagamundeando pelas terras meridionais, um desvio, uma exploração de sua própria natureza que, uma vez realizada, não precisaria ser retomada jamais.

Então, quando Hamlet rebateu com trocadilhos sussurrados a pergunta que lhe dirigira o rei, em tom paternal, referente a sua saúde, Gertrudes surpreendeu Cláudio intervindo, a seu lado, no sentido de que seu filho parasse de procurar seu pai no pó. "Todos os que vivem hão de morrer", disse ele, num tom suave, "e passar da natureza para a eternidade." Uma das razões, e não das menos importantes, do amor do rei por aquela mulher era seu realismo feminino, que dissipava as agitações e alucinações dos homens.

E quando o rapaz — rapaz! trinta anos de idade! — replicou prolixamente, diante de todos os ouvidos da corte, que era ele o único a lamentar verdadeiramente a morte do rei Hamlet, Cláudio assumiu o encargo de prosseguir a lição sobre o óbvio que a mãe já iniciara: todos os homens morrem, todo pai já perdeu seu pai, e é uma atitude pouco viril e ímpia persistir num luto que a nada pode levar. "Pensa em nós como teu pai", ordenou, lembrando: "És o mais próximo do trono agora". Desenvolveu o tema de seu amor e, enquanto falava, numa sucessão precisa de cadências jâmbicas, sentia-se incomodado pelo barulho de umas aves — estorninhos, pensou, de voz mais estridente que as gralhas — que vinha das janelas azuis do clerestório. Sentindo um cheiro de primavera no auge do inverno, os pássaros, excitados, eram atraídos em bando para o velho telhado de ardósia aquecido pelo sol.

Alguns dos presentes olharam para cima, talvez por ter se prolongado em demasia o drama a sua frente. Lá no alto, o dia prosseguia em sua rotação, lançando losangos de sol sobre as vestes de gala multicoloridas e as largas tábuas corridas de carvalho do salão, gastas e arranhadas. Nos tempos de antanho, os cavaleiros entediados subiam de cavalo a escada de pedra e disputavam justas sob as vigas, de onde pendiam as flâmulas capturadas, desbotadas e esfiapadas.

Cláudio encerrou sua peroração a Hamlet afirmando do modo mais direto — ao contrário de todos, que havia anos davam rodeios em torno da questão — que *não* queria que o príncipe voltasse a Wittenberg: "Tal idéia vai diretamente de encontro a nosso desejo". O tom imperioso dessa frase lhe agradou, porém em seguida suavizou-o dirigindo ao sobrinho uma súplica: que ele se dignasse a permanecer em Elsinore, "aqui, alegrando e confortando a nós, nosso principal cortesão, parente e filho".

Gertrudes desempenhou seu papel, acrescentando: "Que as preces de tua mãe não sejam em vão, Hamlet: eu te peço, fica conosco; não vás para Wittenberg".

Preso por aquela dupla profissão de amor, o príncipe, sob o cenho franzido, examinou os dois rostos de meia-idade que sorriam para ele, como lanternas a sua frente — odiosas luminárias, gordas de satisfação, saúde e apetite ininterrupto. Para livrar-se daquele duplo olhar, acedeu, secamente: "Farei o que puder para vos obedecer".

"Ora", exclamou Cláudio, surpreendendo-se com aquela concessão abrupta, "é uma resposta justa e amorosa." Haviam conseguido conquistá-lo. Hamlet era deles. A imaginação do rei já antevia as sessões de orientação, pontuadas por esquivas, com aquele filho postiço, a única pessoa no castelo cuja inteligência estava à altura da sua, e o crédito que tal proximidade lhe garantiria no coração da mãe, que acabara de redescobrir seu amor materno.

A era de Cláudio se iniciara; ela haveria de brilhar nas crônicas da Dinamarca. Se fosse moderado em seus festejos, talvez ainda ficasse dez anos no trono. Hamlet estaria com quarenta anos, a idade perfeita para assumir a coroa. Ele e Ofélia teriam uma fileira de herdeiros reais. Gertrudes perduraria por algum tempo, a encanecida e santa viúva do rei, na memória do povo. Cheio de júbilo diante de tais presságios, o rei, levantando-se para sair, anunciou em voz alta que o consentimento amoroso e espontâneo de Hamlet lhe falara de tal modo ao coração que, a cada brinde que ele fizesse naquele dia, os grandes canhões ressoariam nas nuvens. E sua rainha levantou-se a seu lado, sorrindo de rósea bondade, o rosto sardento luminoso de orgulho diante do desempenho do marido. Ele tomou numa das mãos a mão suave da mulher, na outra o cetro firme. Fizera o que fizera, e escapara impune. Tudo daria certo.

Posfácio

Seguem-se, é claro, os eventos da peça de Shakespeare. A versão cinematográfica de *Hamlet*, de quatro horas de duração, dirigida por Kenneth Branagh em 1996, reavivou minha imagem da peça e de certos personagens apenas mencionados no texto, como Yorick e o rei Hamlet. A idéia de que Cláudio teria atuado como soldado no estrangeiro foi sugerida pela passagem do ato IV, cena vii, linhas 83-4. Seu talento de sedutor é mencionado pelo Fantasma em I.v.43-5. Em *On Hamlet* (1948, ed. rev. 1964), Salvador de Madariaga aponta para algumas das muitas incoerências da peça, frutos do desleixo do autor — a aparente invisibilidade de Horácio antes do momento em que Hamlet o saúda, em I.ii.160, embora ele já esteja em Elsinore há dois meses, e as peculiaridades do clima, que num período de quatro meses passa de ameno o suficiente para que o rei possa cochilar no pomar para um "frio intenso" no alto das muralhas e termina com Ofélia colhendo flores de maio e junho — e enfatiza o autocentramento impenetrável de Hamlet, estabelecendo um paralelo entre o desprezo que o príncipe manifesta por seus interlocutores e o que o dramaturgo expressa por sua platéia. Em *Hamlet's perfection* (1994), uma exposição da peça totalmente positiva e entusiasmada, William Kerrigan apresenta um resumo fascinante da leitura proposta por G. Wilson Knight em *The wheel of fire: interpretations of Shakespearean tragedy* (1930; ed. rev. 1949):

> Se deixarmos de lado o assassinato e seu encobrimento, Cláudio parece ser um rei competente; Gertrudes, uma rainha nobre; Ofélia, um tesouro de doçura; Polônio, um conselheiro maçante, mas não malévolo; Laertes, um rapaz como os outros. Hamlet arrasta-os todos para a morte.

ESTA OBRA FOI COMPOSTA PELO ACQUA ESTÚDIO EM ELECTRA, TEVE SEUS FILMES GERADOS NO BUREAU 34 E FOI IMPRESSA PELA GEOGRÁFICA EM OFF-SET SOBRE PAPEL PÓLEN SOFT DA COMPANHIA SUZANO PARA A EDITORA SCHWARCZ EM AGOSTO DE 2001